옛날에,
금잔디 동산에

윤혁 산문집

옛날에, 금잔디 동산에

초판인쇄 2023년 05월 25일 **초판발행** 2023년 05월 30일

지은이 **윤 혁**
펴낸이 **이혜숙** 펴낸곳 **신세림출판사**
등록일 1991년 12월 24일 제2-1298호

04559 서울특별시 중구 퇴계로49길 14,
충무로엘크루메트로시티2차 1동 720호
전화 02-2264-1972 팩스 02-2264-1973
E-mail : shinselim72@hanmail.net

정가 15,000원

ISBN 978-89-5800-263-5, 03810

스무 해까지 나를 길러주신 후
세상을 떠나신 아버님께
이 책을 바칩니다.

● 다시 책을 펴내며

　오프라인 잡지에 실렸던 글들과 한때 블로그가 잡지 이상으로 인기 있을 때 그곳에서 연재했던 옛글들에서 새로 쓴 글을 보태어, 처음으로 산문집을 펴낸다. 1부에서 2부까지는 2000년 이전에 발표한 글과 2013년부터 2016년까지 〈옛날의 금잔디〉라는 제목으로 [다음블로그]와 〈맑고향기롭게〉誌에 연재했던 내용을 모았고, 3부에는 주로 근년에 쓴 글들을 따로 뽑아 묶었다.

　2013년부터 2016년까지 [다음블로그]에 〈옛날의 금잔디〉라는 카테고리 안에서 어린 시절의 이야기를 연재할 때는 꽤 인기가 많아서 100편의 산문(에피소드)을 목표로 글을 썼고, 그 결과 2014년 [대한민국 블로그 어워드] '예술/문화 부분'에서 '우수상'을 받기도 했다. 2022년 [다음블로그]가 없어지고 해당 콘텐츠가 '티스토리(Tistory)'로 이관되었다. [다음블로그]에 연재되었던 나의 글에 많은 독자가 보여주었던 반응(댓글)들이 카카오 측의 기술적인 문제 때문에 '티스토리'로 이관되지 않아 아쉽기 짝이 없을 따름이다. 당시 연재했던 100편의 산문을 모두 한 권의 책으로 묶고자 했으나 내용이 너무 많아 쉰 편가량으로 줄였음을 밝힌다.

　내용을 교정하면서 그때 내가 왜 그랬을까? 쓸데없는 일로 시간과 열정을 낭비한 지난날들이 후회스러워 수없이 자책하기도 했다. 책을 펴낼 때마다 겪는 일이지만 어설픈 표현과 중복된 의미의 단어를 반복하지 않으려 최대한 표현을 바꾸고 다듬었다.

　어린 시절, 세계 최빈국에서 살았던 기억과 20세기에서 21세기로 넘어가는 전환기에 살았던 어느 개인이 겪은 일상의 기록으로 읽히기를 바라며 그래도 당시 서로를 돌봤던 푸근한 기억을 되살려 『옛날에, 금잔디 동산에』라고 책 제목을 달았다. 자본과 기술과 이데올로기 그리고 이기주의가 지배하는 세상에서 자신을 지키기 위해 싸우고 사랑하며 때로는 좌절했던 생활인의 초상이 누군가의 공감을 얻게 해주기를 희망한다. 책을 읽는 당신에게 내 이야기가 전달된다면 문장 하나를 만드는데 몇 시간을 투자했던 수고가 새로울 듯하다.

이 책에 수록한 산문들은 2013년 5월부터 2016년 11월까지 포털사이트 Daum 블로그(https://blog.daum.net/yoont3)에서 「옛날의 금잔디」와 「살며 생각하며」라는 카테고리에 연재했던 내용을 정리한 것들이다. 쉰한 편 중 일부는 불교 월간지 [맑고향기롭게], 일간지 [매일신문], 월간 [샘터] 그리고 내가 근무한 직장의 사보에 게재되었던 내용임을 밝힌다. 원고를 정리하고 출간하는데 도와주신 출판사 대표님과 문우님께 두루 감사드린다. 특히 두 분의 '김쌤'께 더욱 그렇다.

- 산을 향해 머리를 조아리고,
바다를 향해 두 손을 모으며

2023년 5월 부산에서

윤 혁

차례

제1부 ... 따스한 손

제2부... 그 집 앞

제3부 . . . 전리단길

제1부... 따스한 손

찍지 못한 졸업 사진

작년인가, 『빛과 물질에 관한 이론1)』이라는 미국 작가 '앤드류 포터의 소설집'을 읽은 적이 있다. 그 책을 읽고 난 후 며칠 동안 뇌리를 떠나지 않는 과거의 사건 하나가 계속 생각났다. 어린 시절의 작은 사건이 생각난 것이다. 행여 나의 철없는 행동에 상처받았을지도 모를, 저세상으로 떠난 친구에게 이 글을 통해 미안한 마음 전한다.

우리는 누구에게든 하나쯤 있기 마련인 '지워지지 않는 어떤 순간'을 회상하며 시간이 지난 다음에도 그 기억에 아파하며 살아간다. 앤드류 포터가 쓴 작품을 읽으면서 누구에게나 하나쯤은 있을 법한 '숨기고 싶은 기억'에 대한 정체를 알 수 있었다.

초등학교 6학년 때 우리 학급에는 유달리 성격이 순하고 해맑으며 공부 또한 잘했던 '김상우'라는 친구가 있었다. 그의 집은 학교 옆 재래시장에서 식품 가게를 하고 있었는데 이를테면 배추, 무, 시금치 등의 채소류와 된장, 고추장, 젓갈 등을 판매하는 평범한 규모의 가게였다. 상우는 학급의 친구 그 누구와도 잘 어울리는 친절하고 고운 성격

---

1) 미국 작가 앤드루 포터의 처녀작. 2008년 플래너리 오코너 문학상 수상작인 이 작품을 통해 작가는 누구에게든 하나쯤 있기 마련인 '지워지지 않는 어떤 순간'을 회상하고, 시간이 지난 다음에도 그 기억에 아파하며 살아가는 이들의 이야기들을 편안한 언어로 그려냈다.

이었다. 게다가 상우 어머니는 가난한 시절인 1973년 그해 어린이날, 시장에서 장사하는, 크게 넉넉지 않은 형편임에도 불구하고 우리 반 아이들 먹으라고 단팥빵을 한 상자씩이나 사 오기도 하셨다.

그런데 6월 어느 날부터 상우가 학교에 나오지 않았다. 조회 시간 때 담임선생님은 상우가 백혈병에 걸려서 당분간 학교에 나오기 어렵다고 전하면서 어쩌면 한 해 정도는 휴학해야 할지도 모르겠다고 하셨다. 지금 생각해보면 너무도 어처구니없이 우리는 아무도 상우에게 병문안을 가지 않았다. 백혈병이란 병이 무엇인지도 몰랐거니와 아프면 감기처럼 좀 있다가 곧 나을 거라는 생각을 했기 때문이었다. 그리고 상우네 집은 학교에서 집으로 가는 길 중간에 있었으므로 우리는 언제든지 상우를 만날 수 있다는 여유 같은 것 때문인지도 모르겠다. 철없던 우리는 등하교할 때마다 상우네 가게를 바라보았는데 간혹 어떤 날은 상우가 하릴없이 가게에 멍하니 앉아 있어서 그를 향하여 손으로 인사하며 지나가는 일이 고작이었다.

더워서 방학 때는 학교에 갈 일이 없었으니 우연히 상우를 만날 일조차 없었다. 책 읽기를 좋아했지만, 당시 몹시 가난한 가정의 막내아들이었던 나는 읽을 것이 없어서 장롱 속의 족보까지 꺼내어 달달 외울 정도였다. 그러던 차에 기독교 계열의 사립중학교에 다니던 형의 교과서 중에서 '성경 이야기'라는 책을 발견했다. 그 책은 이야기체로 편집된 관계로 나는 구약 성경 전체 내용을 줄줄 설명할 만큼 자주 읽게 되었다. 8월의 어느 토요일 날이었다. 여름 방학 중에 열린 성당 주일학교에서 매일 시행하는 성경 시험에서 나는 상이란 상을 모두 휩쓸어 부모님을 기쁘게 해드렸다.

그러던 어느 날, 집에서 4km 정도 떨어진 성당으로 가는 길이었다. 상우네 가게 앞을 거쳐야 했다. 그날도 상우는 가게에서 어머니 옆에

덩그러니 앉아 있었는데 몰라보게 살이 빠지고 얼굴이 창백해져 있었다. 상우는 나를 발견하고는 매우 반가운 표정으로 "어디에 가느냐?"고 물었고, 나는 자랑스럽게 "성당에 가는데 주일학교에서 교리시험 쳐서 1등을 했다."라며 떠들었다. 상우는 그런 내가 부러웠는지 한참 쳐다보고 있었다.

얼마 후 여름 방학이 끝나 개학이 되었으나 상우는 계속 학교에 나오지 않았다. 시간이 흐른 10월의 어느 날 아침, 선생님은 상우가 며칠 전에 죽고 화장火葬했다는 소식을 조회 시간에 전했다. 우리는 세상 물정을 잘 모르는 어린아이들이었지만 친구의 장례식에는 가야 한다는 정도는 알고 있었는데 이미 화장까지 마쳤다니 우리가 할 수 있는 일이란 단 한 가지밖에 없는 듯했다. 그것은 등하교 때 상우의 집 앞을 지나지 않는 일이었다. 행여 상우 어머니가 우리를 알아보면 얼마나 마음이 아프실까 하는 생각에 모두가 이심전심으로 그 길을 지나가지 않았다.

그리고 시간이 흘러 우리는 6학년을 마치고 이듬해 2월, 졸업을 맞이하게 되었다. 졸업식 전날에 임시 소집이 있어 학교에 갔는데 선생님은 죽은 상우에 관한 이야기를 했다.

상우가 죽은 후, 우리가 모르는 사이에 상우 어머니는 학교에 오셔서 선생님께 상우 사진을 졸업앨범에 넣어 달라고 부탁했다는 것이다. 선생님이 난감해하시자, 상우 어머니는 '상우는 이미 세상을 떠났지만, 친구들의 기억에 영원히 남게 해 달라'고 사정하셨다고도 했다. 졸업앨범을 펼쳐 보니 과연 상우 사진이 우리와 함께 나란히 자리하고 있었다.

상우가 세상을 떠난 한 달 후인 11월에 우리가 사진관에 가서 졸업 사진을 찍었으니, 앨범제작자에게 상우 사진이 있을 리 만무했다. 상우 어머니가 가족사진을 학교에 가져왔고, 해당 사진에서 오려낸 것으로 짐작되는 앨범 속의 상우 얼굴은 희미하고 배경이 달라서 우리가 사진관의 조명 아래서 전문 카메라로 찍은 사진에 비해 금방 표시가 났다.

자식이 죽으면 부모는 자식을 평생 가슴에 묻고 살아간다는데, 상우 부모님은 그 큰 슬픔 속에서도 나를 비롯한 친구들의 기억에 상우가 영원히 살아남기를 바라셨다.

우리는 이후에도 상우네 집 앞을 다니지 않았고 내 어머니를 비롯한 급우의 어머니들도 마음이 아파서 그 가게에서 장을 보지 않는다고 말했다. 상우 어머니가 상처받고 마음 아파할까 봐 배려한 것이다. 그런데 우리가 졸업한 몇 달 후 시장통에서 상우네 가족은 완전히 자취를 감췄다.

나이 들어 생각해보니 그러한 배려들이 오히려 상우 가족을 더 힘들게 해서 이사하게 만든 게 아닌가 하는 판단이 든다. 그리고 아픈 상우 앞에서 내가 주일학교 교리시험에서 상 받았다 자랑한 사실 역시 부끄럽기 짝이 없다. 조금만 철이 있었다면 백혈병이 어떤 병인지 알아봤을 것이고 상우와 잠시라도 함께 시간을 보내는 등 좀 달리 대할 수 있었을 텐데 하는 미안함 때문이다.

지난 세월을 반추해보니, 과거를 안고 살아가는 사람의 상처나 아픔으로 남은 기억, 이유를 알 수 없는 죄책감이라고 해도 그 역시 지금의 나 자신을 있게 한 소중한 과거 중의 하나라는 결론에 이르게 된다. 그리고 나는 대다수 사람과 마찬가지로 평범하고 보편적인 삶을 살아왔지만, 그때 나에게 남은 기억은 나름대로 커다란 의미가 있으며 결코 쉽게 사라지지 않는다.

지난 일요일에는 운전하던 차를 돌려 어릴 적 내가 살던 동네의 그 재래시장을 들러보았는데 옛날 상우네 가게 자리가 보였다. 슬레이트

집이었던 그 가게는 반듯한 5층 건물로 변했고 1층에는 낯선 여인이
여전히 채소와 식품 등을 판매하고 있었다. 세월의 언덕을 넘기 전인
어린 시절 상우가 그 자리에 서 있는 것 같아 코끝이 찡했다.

- 월간 〈맑고향기롭게〉 2015. 9월 -

따뜻한 손

중학교 2학년 때의 일이다. 우리 집 바로 뒤 작은 언덕에는 형관이네 집이 있었다. 형관이는 나보다 한 살 나이가 많았고 학년도 한 학년 높았지만, 어릴 적부터 이웃에 살다 보니 친구로 지내는 사이였다. 형관이는 편모슬하에서 네 살 위 형과 어머니, 세 명이 한 가족을 이루며 살고 있었다. 지금도 어스름하게 기억하지만, 유달리 선량하고 고운 얼굴과 심성을 가진 분이 형관 어머니였다.

형관이의 형은 당시 고등학생이었는데 키가 크고 덩치가 건장했다. 그리고 정확하지는 않지만 형관 어머니는 봉제 아랫도급업을 하며 생계를 꾸려나갔다고 기억한다. 그러던 어느 날 형관네 집에 사람들이 찾아오는 빈도가 잦아지기 시작했고 이후 동네에서 흉흉한 소문이 돌기 시작했다. 날마다 형관네 집에서 악다구니 소리치는 사람들은 다름 아닌 빚쟁이들이었다. 짐작건대 혼자 몸으로 아들 둘을 중학교와 고등학교에 보내며 생계를 도맡고 있던 형관 어머니에게 재정적인 문제가 생기기 시작했고 빚이 눈덩이처럼 커지자, 자력으로 해결할 수 없는 사태에 빠지고 말았다고 생각된다. 형관 어머니는 우리 집과도 친한 이웃이었기 때문에 우리 어머니에게 얼마간의 빚을 지고 있었다. 요즘 돈으로 환산하면 몇백만 원 정도였으리라 짐작된다.

알고 보니 우리 집 말고도 동네에서는 몇 명의 채권자가 더 있었다. 소문을 들은 어머니는 "아이들 제대로 먹이지도 못하고 모은 돈인데……." 하며 형관이네 집으로 달려갔다. 바로 뒷집이었으므로 어머니 또한 하루에도 서너 번 찾아가서 빚 독촉을 했을 것이다. 아마도 친한 이웃이기에 인간적으로 호소하면 다만 몇 푼이라도 돌려받을 수 있지 않을까 하는 조바심 때문이었다고 생각한다.

그런데 문제가 터져버렸다. 여러 사람의 빚 독촉에 괴로워하던 형관 어머니가 갑자기 심장마비로 쓰러져 세상을 떠난 것이었다. 경찰이 오고 의사가 검시하는 과정에서 고혈압으로 인한 심장마비임이 밝혀졌다. 채권자들로부터 하루에도 수십 번씩 빚 독촉을 당하던 형관 어머니의 극심한 스트레스는 보지 않아도 뻔한 일이었다. 빚 독촉을 하던 이웃들은 갑자기 공황 상태에 빠져버렸다. 앞으로 빚을 어떻게 받을까 하는 걱정은 아예 사라져 버렸다. 사람이 죽었기 때문에 도덕적으로 모두 죄인이 되어버린 탓이었다.

형관이의 먼 친척 어른들이 와서 이틀 만에 쓸쓸한 장례를 치르고 동네는 다시 조용해졌다. 그런데 다시 문제가 발생했다. 당시 고등학교 3학년이었던 형관의 형이 만취한 상태로 우리 집 대문 앞에서 입에 담을 수 없는 갖은 욕설과 행패를 부리기 시작했다.

"이 개 같은 인간들아! 우리 엄마 살려내라!"

그가 그렇게 주장하는 데에는 나름대로 일리가 있었다. 컵의 물이 넘치는 이유는 항상 마지막에 떨어진 한 방울 때문이다. 그날 형관이 어머니에게 빚 독촉한 사람 중에 맨 마지막으로 찾아간 사람이 우리 어머니였기에 가해자로 판단하지 않았을까 하고 나는 판단한다. 이웃 중 다른 사람이 마지막에 그랬다면 그는 그 집에 가서 똑같은 행동을 했을 것이다. 우리 집 앞에서 그는 밤새도록 울부짖으며 절규했다. 아버지, 어머니, 형들 모두 침묵할 수밖에 없었다. 어렴풋이 내가 할 수 있었던 생각은 돌아가신 형관이 어머니 영혼의 안식을 위해서 나만이라도 기도해야겠다는 정도였다. 이후 그들 형제는 친척 집으로 입양되어 동네 사람들의 시야에서 사라졌다. 골치 아픈 일을 안고 살다가도 시간이 흐르면 잊게 된다는 사실, 그것은 인간 뇌 구조가 만든 망각의 장점일지도 모른다. 그렇게 해서 몇 달이 지나고 나는 중학교 3학년이 되었다.

당시의 시내버스는 이랬다. 아침 시간, 콩나물시루처럼 꽉 찬 그 속으로 사람을 계속 밀어 넣는 버스 안내양이 있었고 그 아귀소굴과 같은 공간 안에서 친구를 만나고 아는 사람들도 만나게 되는 일이 상례였다.

등굣길, 정류소에서 버스를 타고 다섯 정거장 정도 갔을까. 다음 정거장에서 내려야 한다는 생각에 사람들을 비집고 안내양 옆 버스 문 쪽으로 정신없이 가고 있는데 누군가가 내 손을 꼭 잡았다. 따뜻하고 부드러운 손…….

누군가 하며 내 손을 잡은 이를 쳐다보니 형관이었다. 나보다 한 학년 위인 형관이는 명문 상업고등학교 교모를 쓰고 있었다. 순간, 나는 표현하기 힘든 죄책감 때문에 온몸이 마비된 듯 멍하니 그를 쳐다만 보고 있었다.

나는 충격 흡수 마루가 깔리지 않은 바닥에서 기계체조를 하는 것처럼 힘이 들었다. 형관이는 내 생각을 모두 알고 있다는 듯 온화한 미소를 지으며 우연한 만남을 반가워하고 있었다. 형관이……. 이형관인지 김형관인지 잘 모르겠다. 그것이 어린 시절 내 친구 형관이와의 마지막 만남이었다. 그날 고의로 아무 말 없이 버스에서 내린 것은 아니었지만, 항상 미안한 생각에 마음이 짠해진다. 형관이가 그날 내게 차

갑고 냉정한 표정을 지었다면 평생 이렇게 무거운 마음으로 살지는 않았을 터인데 말이다.

그 시절, 앞집에는 둘도 없는 동갑 친구가 있었다. 친구의 부모님은 지금도 살아계시고 그분들과 내 부모님 역시 막역한 친구 사이였다. 죽마고우인 그와는 서로의 결혼식에서 한번 만나고 이후로 한 번도 만나지 못했다. 서로 사느라 너무 바빴던 탓으로 거의 20년 동안 만나지 못했다. 친구는 IMF 사태로 실직한 후에 그야말로 숨쉬기조차 힘든 중년을 보냈다. 그러다 내 어머니의 장례식에 연로한 부모님을 대신하여 그가 문상을 왔기에 재회하게 되었다. 시작이 반이라고 그날 이후 약속이라도 한 것처럼 그와 나는 자주 만나서 신세타령하며 소주를 마시게 되었다. 친구 역시 그랬는지 나를 만나면 모든 긴장이 풀어진다며 그간 성인이 된 후에 맛봤던 삶의 신산함을 이야기했다.

어느 날, 큰마음을 먹고 그에게 위의 형관이 이야기를 했다.

"형관이 알지? 우리 뒷집에 살았던……."

"기억하지. 그럼……. 이야기해봐."

형관이 어머니의 죽음과 나의 죄책감, 이후 버스에서 스치듯 이뤄진 짧은 만남에 대한 소회를 밝혔다. 내 이야기를 쭉 들은 친구는 간단하게 결론을 지으며 대답을 마쳤다.

"그때는 너무도 가난했을 때, 다들 그렇게 살았잖아. 너희 집 잘못이라고 누가 돌을 던질 수 있겠나?"

이야기는 여기서 마치도록 하겠다. 빚 독촉을 해야만 했던 어머니를 이해하며, 어른들에게 차마 할 수 없는 갖은 욕설을 퍼부으며 밤새도록 울부짖었던 형관이의 형을 이해한다. 전에도 썼지만, 나는 가난을 경제 현상이라기보다는 운명으로 정의하고 있다. 지나간 시대의 야만과 암흑의 순간은 우리를 슬프게 만든다. 나는 추락하지 않도록 자신을 붙들 수 있는 확고한 신념이 필요하다고 생각했고, 내가 살았던 방식이 오직 진실했다고 말하고 싶었다. 그 진실이 나의 삶에 항상 명예가 되었다고…. 그러나 나를 가장 부끄럽게 만든 순간은 형관이를 버스에서 만나기 전까지 가졌던 죄책감과 만난 순간의 미안함 때문에 끝내 그에게 마음을 열지 못했던 나의 소심함이 아닐까 한다.

- 월간 〈맑고향기롭게〉 2015. 8월 -

아버님이 들려주신 영화 「대제의 밀사」

1.

「대제의 밀사」라는 영화를 소개하고자 한다. 내가 초등학교 저학년일 때 아버님은 철도청의 노무자로 근무하셨는데 24시간 일하고 24시간 쉬는 '격일제 근무'를 하셨다. 당연히 한 달 절반의 주간晝間을 집에서 보내셨는데 일찍 하교한 초등학생 막내아들에게 당신이 보셨던 영화 이야기를 자주 하셨다. 지금 생각해보면 당시 30대 후반의 아버님은 그다지 밑천이 많지는 않았던 모양으로 「대제의 밀사」라는 영화 이야기를 너덧 번 하신 거로 기억한다. 아버님이 별세하신 이후 1980년대 후반에 TV '주말의 명화' 시간에 해당 영화를 우연히 볼 수 있었다. 이 글을 쓰면서 그때 아버님이 이야기하신 영화는 1956년 카르마인 갈로네Carmine Gallone 감독이라는 이가 만든 작품이라는 사실을 알게 되었다. 영화를 보다가 나는 감회가 깊어져, 기억 속의 아버님이 살아 나오는 느낌이어서 감정을 주체 못하며 영화를 보았다.

영화 「대제의 밀사」는 1956년 독일/이탈리아 합작으로 만들어진 작품으로 독일의 국민배우 굴드 율겐스와 이탈리아의 미녀 여배우 실바 코시나가 주연하였다. 19세기 말 내란이 일어난 러시아의 대설원을 배경으로, 두 남녀의 애틋한 사랑과 갈등을 다룬 작품이다. 영화는 1970

년에 에리프란토 비스톤더 감독에 의하여 리메이크되었으며, 우리나라에서는 1971년 신년 벽두에 「애련의 밀사」라는 제목으로 개봉된 적이 있다.

2.

줄거리는 다음과 같다.

19세기 말, 한창 내란으로 정세가 어지러운 러시아가 배경이다. 시베리아는 이미 러시아 제국령이 되었지만, 이를 인정 못 하는 몽골인 후예 타타르족의 칸은 러시아로부터 독립하려고 한다. 타타르족은 전신망을 절단하고 러시아 측의 시베리아 최후 거점인 이르쿠츠크를 포위한다. 이르쿠츠크는 황제의 동생인 대공大公이 다스리고 있었는데, 주인공 미셸(미하일) 스트로고프 러시아 육군 대위는 황제 알렉산드르 2세의 명을 받고 오가레프 대령이 적과 내통하고 있다는 사실과 구원군을 보내겠다는 내용의 밀서를 대공에게 전달하기 위해 이르쿠츠크로 파견된다. 오가레프는 러시아 제국의 육군 장군이었으나 실책을 저지른 후 강등되었고, 황제에게 복수하기 위해 타타르와 내통하고 있다.

임무 수행을 위해 목적지로 가던 미셸 대위는 나디아라는 여인을 만나게 되고 호감을 품게 된다. 그러나 나디아는 사회주의자로 타타르족 반란군 소속이다. 미셸 대위는 여러 사건에 휘말렸다가 결국 타타르군에 체포된다. 포로가 되었으나 아무도 그의 정체를 모르고 있었다. 그는 포로 신분으로 황야를 지나가 추적을 피한 후, 적당한 때에 탈출할 생각이었다. 그러나 오가레프는 미셸의 정체를 어느 정도 파악하고, 그의 어머니를 잡아다가 채찍질한다. 과연 오가레프의 계산대로, 미셸 스트로고프는 어머니를 구하기 위해 고문하는 단상 위로 뛰어올랐고, 오가레프는 밀서를 빼앗은 후 미셸의 눈을 불로 달군 칼로 지져 장님으로 만든다.

하지만 그 와중에 극적으로 적진에서 탈출한 미셸은 시력을 어느 정도 회복하고 임무를 수행해, 마침내 배반한 오가레프 대령과 마주하게 된다. 오가레프와 미셸은 치열한 결투를 벌이게 되나 결국 미셸의 장검이 상대의 심장을 꿰뚫게 된다. 이후 대공에게 자신이 황제의 밀사인 미셸 스트로고프 대위라는 사실과 밀서의 내용을 전달해 대공은 자신이 오가레프의 함정에 빠져있었다는 사실을 알게 된다. 구원군과 대공의 반격으로 타타르족 군대는 큰 타격을 받아 패주하다가 마침내 궤멸한다. 이후 미셸은 어머니를 다시 만나고 나디아와 재결합하게 된다. 미셸은 이르쿠츠크를 나디아와 여행한다.

영화는 미셸의 시력이 완전히 회복된 후, 황제를 만나고 근위대에 들어간다는 전형적인 해피엔딩 해설로 끝난다.

3.

이 영화는 쥘 베른의 장편소설 「미셸 스트로고프」를 극화한 것으로 일제강점기 때는 꽤 유명한 소설이었다고 하나 지금은 잘 알려져 있진 않다.

쥘 베른은 「해저 2만 리」라는 공상 소설과 「80일간의 세계 일주」라는 모험소설로 유명한데 「대제의 밀사」는 그의 많은 작품 중 거의 유일하게 공상과학이 안 나오는 작품이다. 공상과학이 없는 대신 모험 장면이 자주 나오고, 영화가 없던 시절엔 유럽인들이 잘 몰랐던 러시아의 풍광을 필력으로 재현했기 때문에 인기가 높았다고 한다. 소설은 러시아 황제 알렉산드르 3세가, 시베리아 한복판의 이르쿠츠크에 주둔하고 있던 자기 동생인 대공에게 보내는 밀서를 주인공인 미셸 스트로고프(러시아식 이름은 '미하일'이나, 프랑스식 원작을 따름)에게 전달하고, 미셸은 이르쿠츠크를 탈취해 러시아 영토를 반분하려던 타타르족과 그들을 돕는 이반 오가레프의 반란을 분쇄하기 위해 밀사 임무를 수행하는 내용으로 구성되어 있다.

쥘 베른의 소설 「미셸 스트로고프」는 지금까지 모두 일곱 번 영화화 또는 TV 드라마로 만들어졌다. 이 중에서 가장 완성도가 높은 작품은 1956년에 만들어진 카르마인 갈로네(Carmine Gallone) 감독의 작품이다. 우리나라 개봉 당시에는 70mm 필름으로 개봉되었는데 '닥터 지바고'와 같은 추억의 명화를 사랑하던 사람들이 아침부터 대한극장 앞에서 줄을 서기도 했다고 한다.

쥘 베른의 원작 소설에는 당시 시베리아의 사정이나 지리적 묘사가 정확히 묘사되는데, 그는 한 번도 이곳을 여행한 적이 없었다고 술회했다. 어떤 설에 의하면 쥘 베른은 당시 프랑스에 많이 와 있던 러시아 망명객과 교유하면서 시베리아나 타타르에 관한 이야기를 들은 후 이 작품을 구상했다고 한다. 당시 러시아 지식인들은 유럽의 대표 사교어 불어에 매우 유창했으며, 러시아 귀족들은 파리를 제집처럼 드나들었다. 특히 당시 파리에 살고 있던 투르게네프의 도움을 많이 받았다고 전해진다. 그러나 작품 속의 정확한 지리나 풍속의 표시에도 불구하고 이 소설의 구체적 사건들은 19세기에는 일어날 수 없었다.

러시아와 타타르의 갈등은 이미 16세기에 화기를 앞세운 러시아 측의 우세로 끝났고, 19세기에는 그 어떤 러시아령 내의 타타르족도 이미 근대문명을 앞세운 러시아 측에 반항할 수 없었기 때문이다. 다만, 히바 칸국이 명목상 독립국으로 남아있기는 했지만, 러시아에 대항할 힘이나 의지는 전혀 없었다. 소설은 낭만주의적 관점에서 쓰였으므로 해피엔딩이지만, 실제 비슷한 일이 있었다면 밀사는 황제에게 총살형을 당했을지도 모른다. 비록 어머니를 구함이었으나 밀사는 자신의 신분을 드러냈고 이 때문에 모든 것이 수포가 될 뻔했기 때문이다.

그와는 별개로 영화 속에서는 눈 덮인 시베리아의 대평원과 쫓고 쫓기는 첩보전 속에 서로 처지가 다른 두 남녀의 애틋한 사랑과 갈등이 화면 가득히 아름답게 펼쳐진다. 이 영화는 영화음악(나디아의 테마 : nadias theme[2])이 굉장히 유명한데 '한영애의 영화음악'에서 시그널로 사용되면서 영화음악으로 국내 팬들에게 매우 많은 사랑을 받았다. 어쨌거나 이 영화를 보면서 추억에 젖을 수 있었고 어린 시절 접했던 아버님의 입담과 기억력까지도 소상하게 추억할 수 있어서 더욱 잊을 수 없는 영화가 되었다.

---

2) Vladimir Cosma(1940 ~)Bucharest, Romania가 만든 영화 「대제의 밀사」의 테마 음악

유년 시절 기억의 끝자락

내가 아주 어릴 때 어머니에 손을 잡힌 채, 아니면 등에 업혀서 갔던 특정한 그 장소를 지금도 기억한다. 내가 세 살 정도일 때, 세탁소집의 아내로 가난에 쪼들렸던 어머니는 부업으로 '수예手藝'라는 일을 하고 계셨다. 천주교 초량성당3)에서 일감을 얻기 위해 코흘리개 어린아이인 나를 데리고 그곳에 가신 것이다.

50년 가까이 지난 세월이지만 흐릿한 기억에 초량성당은 바다 근처 언덕 위에 있었고 성당 입구에서 본당 건물에 도달하기 위해서는 많은 계단을 걸었던 일이 생각나곤 한다. 부두와 계단을 지나서 마침내 도착한 성당에서 내려다본 언덕 아래에는 부산항이란 커다란 부두와 도로, 기와집(적산가옥)들이 즐비했던 기억이 난다. 또한, 성당에서 함께 놀던 또래의 아이에게 구슬치기용 유리구슬을 한 뭉치 얻은 사실까지도 말이다.

그런데 최근에 와서 궁금해지기 시작했다. 3~4살 때 기억 말고는 그 성당에 가본 적이 없는데 과연 그 기억이 맞을까? 하는 의문 때문이

---

3) 부산광역시 동구 초량동에 있는 천주교 부산교구 소속 성당. 6·25 전쟁 이후 피란민들이 부산에 모여들어 신자 수가 증가함에 따라 동구 지역의 신자들을 사목하고, 지역 주민들을 복음화하기 위해 초량성당을 설립하였다.

다. 출장 시, 여행 시에 기차를 타기 위해 부산역에 들르는데 부산역 대합실을 나오면 지금도 정면 두 시 방향에서 2km 정도 떨어진 수정 산 낮은 언덕 위의 초량성당 건물이 보인다. 그때마다 나는 항상 궁금했다. 비탈길의 기나긴 계단이 있었던 초량성당, 그 기억이 과연 맞기나 한 것일까? 하는 점 때문이다. 어느 휴일, 작심하고 직접 그곳을 찾아가 보기로 했다. 몇십 년 만의 궁금증이 풀리는 순간이었다.

내 기억에 의하면 아주 어렸던 그날 나는 어머니와 함께 성당 입구에서 많은 계단을 걸어 올라가서 성당 건물 안으로 들어갔었다. 그런데 실제 가보니 과연 낡은 콘크리트 계단이 기억과 동일하게 남아있는 게 아닌가. 그런데 기억 속 배가 접안되어 있던 부두를 찾으니 고층 건물에 가려서 먼바다밖에 보이질 않았다.

그러나 큰길에서 성당 입구까지 걸어갈 때의 길었던 계단만은 분명히 뇌리에 남아있고, 계단을 지나 들어간 성당 사무실에서 누군가와 대화하던 어머니를 기다리다 지쳐 구슬치기하고 놀았던 기억 또한 그대로다. 어머니는 그날……, 미사포4)나 손수건에 수를 놓는 일감을 구하지 못한 듯했다.

어쨌든 그간의 오래된 모든 궁금증이 풀린 날이었다. 부산역을 오갈 때, 운전하며 이 근처를 지날 때마다 유년 시절 기억의 끝자락이 맞는지 늘 궁금하기 짝이 없었다. 약 60년 전, 부부가 된 두 사람은 이후 아버지가 되고 어머니가 되었다. 그리고 알고구마 같은 자기 핏줄을 얻는다. 어머니는 자식들이 서식하고 있는 둥지를 지키고 아버지는 사냥을 나간다. 가시덩굴에 긁히고, 절벽에서 굴러떨어지고, 맹수한테 쫓기고, 독사한테 물리고, 추위와 더위에 시달리기도 한다. 헐떡거리며

---

4) 미사포(Missa 布)「명사」「가톨릭」 미사 때에, 여자 신자가 쓰는 머리쓰개. 흰색과 검은색의 두 가지가 있는데 보통 미사나 축일 때는 흰색, 위령 미사나 장례 미사 때는 검은색을 쓴다.

사투를 벌인 결과 얻은, 사냥 노획물을 둥지 속에서 자라는 자식들에게 제공한다.

그렇지만 세상의 모든 아들, 딸들은 그러한 사냥꾼과 둥지였던 부모님의 아픔과 절망과의 사투를 제대로 이해하지 못한다. 그들이 고독과 소외감에 몸부림칠 때 가난과 무능력을 탓하고 추궁했던 기억들은 중년이 되어가는 나를 부끄럽게 만든다.

내가 세상에 태어난 것은 내가 결정한 사항도, 선택한 사안도 아니다. 그러나 그 때문에 삶에 대한 나의 책임, 당신의 책임, 우리의 책임이 면제되지도 않는다. 나의 탄생은 내가 결정한 바 없고 선택한 바 없는 일이지만, 그러나 탄생 이후 나의 삶은 내가 감당해야 하는 사건이기 때문이다.

6.25 전쟁 이후 10년 정도가 지난 당시, 살기가 참으로 막막할 때, 부모님 두 분은 어떻게 세상을 바라보며 사셨고 위기를 이겨내셨는지 새삼 경의를 표하고 싶다. 삶은 모호한 만큼 때로는 이루어지지 않을 것만 같은 결과를 터무니없이 수월하게 이루어 보이곤 한다. 삶이라는 잿빛 덩어리는 수많은 우연으로 이루어져 있으면서도, 그 우연을 교묘하게 숨기고 단지 모호한 겉모양만 드러내 보이는 것이 아닐까 한다.

- 월간 [삼성자동차 사보] 1997. 11월 -

내 마음의 고향

아버님 고향의 행정 주소는 경상남도 김해군 김해읍 내동이었지만 그 지명은 근래에 김해시 내외동으로 바뀌었다. 할아버님은 제법 큰 농사를 지으셨으며 머슴을 셋이나 두었다. 큰 머슴, 작은 머슴, 꼴머슴 등이다.

우리 옛 속담에 '늙은 쥐가 독 뚫는다'라는 말이 있다. 그런 일이 있었기에 생긴 속담일 것으로 여겨지는데 나의 할머님은 직접 보셨다고 했다. 어린 시절 나는 방학 때 큰집인 김해에서 거의 살다시피 했는데 머슴방에 가서 가마니를 짜고, 새끼를 꼬며, 멍석 엮는 모습 등을 자주 보았다. 할아버지 소유의 논밭이 많았고 집은 컸다고 기억한다. 큰채, 아래채(사랑채도 있었던 것 같다) 또 별채가 있었고 또 뒷간 채도 있었다. 뒷간 채 한쪽은 여자용이고 한쪽은 남자용이었다. 아래채에는 큰 광이 있었는데 컴컴하고 무서웠다. 그곳에는 큰 독이 아주 많았다.

일곱 살이 되지 않은 우리 꼬마들은 숨바꼭질이나 깡통 차기 할 때 광에 들어가서 숨으면 들키지 않았다. 광이 넓고 컴컴했고 또 빈 항아리들이 있어서 개구쟁이들은 큰 독에 들어가 숨었다. 꼬마들이 둘씩이나 들어가는 독이 있었고 그런 독에는 주로 곡식과 고구마, 감, 술 등을 넣어두었다. 그런데 쥐가 많았다. 또 큰 뱀(진대라고 했다)이 쥐를

감아 집어삼키는 것을 여러 번 보았다. 가까이 가서 봐도 위험이 없었고 어른들은 그 뱀을 '찌끔'이라고 해서 쫓아내지 않고 그냥 두었는데 내쫓으면 집안이 망한다는 속설 때문인 듯했다. 이 큰 뱀은 제멋대로 기어다녔다. 작은 방, 부엌으로, 광으로, 헛간으로, 심지어 지붕 위로 기어다녔다. 쥐가 많으니 그런 뱀이 있었던 모양이다. 어린 나는 부엌의 시렁 위에 도사리고 있어 깜짝 놀라기도 했다.

할아버님께서는 광이 붙은 방에 주로 기거하셨다. 할머님은 허리에 주머니와 함께 열쇠 꾸러미를 차고 계셨는데 광을 여닫는 것은 할머님의 권한이고 큰어머니나 어머니, 숙모님 등 며느리들은 시어머님께 열어 달래서 출입했다.

할머님은 쥐가 독을 뚫는 것을 직접 봤다고 하셨다. 한잠 자고 일어나셨는데 광에서 이상한 소리가 들려서 문틈으로 자세히 들여다보신 것이다. 마침 달이 밝아 공기(환기)창으로 달빛이 비쳐 들어와 광의 일부가 환했다고 한다. "똑똑!" 하는 소리가 나기에 유심히 보니 몇 마리 쥐들이 밑에서 받쳐주고 큰 쥐가 입에다 돌을 물고 독을 두드렸다. 어찌하는가 하고 가만히 두니 날이 새도록 계속되었다고 하셨다. 그 쥐들이 독을 성공적으로 뚫어서 곡식을 먹었다고 했는데 과연 사실인지는 모르겠다.

한 손엔 영어 단어장 들고
가름젱이 콩밭 사잇길로 사잇길로 시오리를 가로질러
읍내 중학교 운동장에 도착하면
막 떠오르기 시작한 아침 해에
함북 젖은 아랫도리가 모락모락 흰 김을 뿜으며 반짝이던,
간혹 거기까지 잘못 따라온 콩밭 이슬 머금은

작은 청개구리가 영롱한 눈동자를 이리저리 굴리며 팔짝 튀어 달아나던,

내 생에 그런 기쁜 길을 다시 한번 걸을 수 있을까[5]

할아버님은 할머님 몰래 이웃 동네 과수댁 할머니를 방에 데리고 와서 주무시다가 할머님에게 들켜 봉변당하셨는데 지금 와서 생각해 보니, 상당히 재미있게 사셨다. 할아버님은 내가 초등학교 4학년 때 돌아가셨다. 운명하시던 날 아침 대청마루에서 마당을 내다보시며 "마당에 웬 군인들이 이래 와 있노?" 하셨는데 순간 옆에 있던 어린 나를 비롯해 모두 마당을 쳐다보았다. 그런데 아무도 없었다. 사람이 숨을 거둘 때 저승사자가 나타난다고 하는 속설이 있는데, 내가 직접 목격한 일이라 나는 그 말을 지금까지 믿고 있다.

이웃에 우리 집안과 친한 동네 할머니가 한 분 계셨다. 아들이 셋으로 막내아들과 함께 그곳에 사셨는데 패물을 상당히 많이 갖고 계신다는 소문이 있었다. 특이하게도 주머니 하나에 귀한 보물을 넣어서 그 주머니는 항상 차고 있었다. 언제나 몸에서 빼지 않았다. 위의 두 며느리는 서로 자기 집에 모셔가려고 애를 썼다. 큰 며느리는 큰 며느리대로 모실 권리가 있다고 주장하고, 막내며느리는 지금 자신이 모시고 있으니 그 권리가 자신에게 있다는데, 가운데 며느리의 주장은 이랬다. 딱 가운데 자식이니 자신이 맡는 게 이치에 맞는다는 소신이었다.

세 며느리가 서로 모시려고 하니 즐거운 비명이었다. 팔십이 가까웠으니 이제 돌아가실 때도 얼마 남지 않았고 잘만하면 그 주머니에 든 보물은 자신의 차지가 되기 때문에 일어난 일로 보인다. 그런데 막상 그 할머니가 돌아가셨을 때는 동작 빠른 큰 며느리가 재빨리 주머니를 챙겼다. 그런데 손아래의 두 며느리는 불만이 많았다. 큰 동서가 그

---

5) 이시영 시집 '마음의 고향 4 - 가지 않은 길' 전문

보물을 혼자 다 차지할 가능성이 컸기 때문이다. 그래서 그 주머니를 장롱 속에 단단히 넣어두고 봉한 후에 장례를 치르기로 했다. 이후 장사지낸 다음 장롱을 열어보니 똘똘 말은 헝겊에 싸여서 겹으로 싼 주머니 속에 든 것은 보물이 아니고 여러 색깔의 돌멩이 몇 알이었다. 며느리들 속만 보이게 했던, 동네의 유명한 일화이다. 동네에서 글줄이나 읽었다는 문사는 이렇게 이야기했다.

'우리의 나이 많은 어머님들이여, 절대로 자식들에게 전 재산을 몽땅 주지 말지어다. 다 주고 나면 공일이 되는데, 어찌 앞의 그러한 극진한 대접을 받을 수 있겠습니까?'

어쨌든 볼일이 있어 창원으로 가다가 아버님의 고향인 김해시 내외동을 거치게 되었다. 어릴 적 추억 속의 초가집과 들녘은 흔적도 없이 사라지고 대신하여 그 자리에는 헤아릴 수 없이 많은 아파트 단지만 빼곡했다. 주유소에서 기름을 넣는데 그 자리가, 옛날 할아버지의 집……. 아버님이 태어나고 자라나셨던 그 장소, 내 어릴 적 놀던 집, 그곳 마당임을 아는 데는 긴 시간이 걸리지 않았다. 이제는 사라지고 없는 것들, 옛 선비는 '산천은 유구한데 인걸은 간 곳 없네.'라는 시를 읊었지만, 산천은 몰라볼 수밖에 없는 현대 도시로 변했고 그리운 사람들은 모두 사라지고 없었다.

- 월간 〈맑고향기롭게〉 2015. 10월 (원제 '사라진 고향') -

아주 오래된 기억

내가 갓 태어났을 때 우리 가족은 부산항이 아래에 내려다보이는 부산시 중구 영주동 산꼭대기의 판자촌에서 살았다. 언젠가 인터넷에서 1960년대 초반 부산항 전경을 담은 사진을 본 적이 있는데, 부모님은 그때 살던 집이 지금의 코모도호텔 부근이라 했으니 해당 사진을 찍은 위치쯤 될 듯하다. 한국전쟁 때 영천 전투에서 북한군의 총탄에 전상을 입어 다리를 다친 아버지는 국가로부터 상이군인 인정을 받지 못했다. 총상의 후유증으로 한쪽 엄지발가락이 굽어 있었고 종아리에 파인 깊은 상처가 눈에 띌 만큼 컸음에도 불구하고 '상이군인 불가'라는 판정을 받았다. 아버지는 곡괭이를 들고 영주동에서 10km가 넘는 길을 걸어서 온천으로 유명한 동래구 온천동까지 노동일을 하러 다니셨다. 그걸로 겨우 가족들 입에 풀칠하였는데 그마저 못하게 된 몇 주일이 있었다.

백범 김구 선생 저격범. 안두희安斗熙.

삼십 년 전에 돌아가신 아버님에게서 직접 들은, 아주 오래된 기억 속의 이야기는 이렇다.

내가 태어나던 그해 호열자虎列刺라고 불리던 콜레라가 유행했다. 한국전쟁이 끝나고 피난민들은 다들 각자의 고향으로 돌아갔다지만 영주동

판자촌에는 이촌향도 현상으로 도시로 몰려든 빈민들로 가득했다. 당시 영주동은 부산직할시의 대표적인 피난민촌이었다. 게다가 부산의 중심부 시청 뒤에 있는 산동네였으니 당연히 인구밀도가 높았다. 우리 가족이 살던 판잣집 근처에는 커다란 적산가옥敵産家屋이 하나 있었는데 그 동네에서 가장 부유한 안두희가 살았던 모양이다. 감기였는지 영양실조였는지 돌이 채 되지 않은 내가 몇 주 동안 고열에 시달렸는데 소문을 들은 안두희는 증세를 콜레라로 판단하고 우리 가족이 사는 판잣집 주위에 철조망을 둘러 아무도 출입할 수 없도록 봉쇄해버렸다. 아기는 고열에 시달리고 가족들은 계속 굶고 있는데 동네 양아치가 쳐놓은 철조망 때문에 힘든 노동일마저 할 수 없었던 30대 중반 가장의 심경은 어떠했을까?

안두희는 1948년 육군사관학교에 입교한 뒤 1949년 한독당 조직부장 김학규의 추천으로 한독당원이 되었는데 이는 백범을 죽이기 위한 의도적인 포석이었으며, 당내 내분으로 조작해 배후를 은폐하려는 시도라는 사실이 역사학자들의 분석이다. 현역 육군 포병 소위 안두희는 1949년 6월 26일 백범白凡 김구 선생의 개인 저택인 경교장에서 4발의 총탄으로 백범을 암살하였다.

그는 1949년 국방경비법 위반으로 중앙고등군법회의에서 종신형 선고를 받았으나 같은 해에 징역 15년으로 감형되었고, 서울 육군형무소에서 복역 중 한국전쟁을 핑계 삼아 1950년 형집행정지로 가석방되었다.

안두희는 그해 7월, 특별명령으로 육군 소위로서 원대 복귀하였다. 이후 그는 중위로 진급하였고, 1952년에는 형이 면제되었으며, 12월 25일 소령 진급과 동시에 예편하였다.

이후 그는 군사령부 관내 사단에 공급하는 군납 식료품 공장을 인

10년 정도 경영한 데에서 알 수 있듯이 중형을 면한 데다가 1년여밖에 복역하지 않았다. 역사학자들은 안두희 석방 후 군부가 군납사업을 알선해 주었던 사실에서 그를 두둔하는 세력이 있거나 배후에 누군가가 있다고 분석한다. 국가 공권력이 그의 범행을 은닉시켰거나 방임시킨 일면이 있기 때문이다.

1960년 4·19혁명 직후인 6월 26일 결성된 '백범 김구 선생 시해 진상규명위원회'는 10개월여의 추적 끝에 그를 붙잡아 백범 암살의 배후를 자백받고 검찰에 넘겼으나, 그는 조사받기는커녕 일사부재리의 원칙에 따라 처벌 불가 판정을 받았다. 또한, 테러당할 우려가 있다는 이유로 당국에서 보호조치를 하기로도 했으며, 1961년 5·16군사정변 이후에 귀가 조처되었다.

1950년대엔 거리를 활보했던 백범 암살범 안두희는 1960년 4·19 혁명 직후 [백범살해 진상규명 투쟁위원회(위원장 김창숙)]가 결성되면서 '도망자'가 되었다. 이 시기에 안두희는 부산시 영주동으로 잠입한 것으로 보인다. 그는 법적 시효로부터는 자유로운 몸이었지만 '역사의 시효'를 믿으며 그를 응징하려는 사람들이 잇따랐다.

1965년 12월, 20대 후반의 청년이던 곽태영 씨는 강원도 양구에서 군납사업을 하고 있던 안두희를 공격했다. 그는 칼로 안두희의 목을 두 군데나 찔렀으나 안두희는 세 차례에 걸친 수술 끝에 극적으로 살아나서 그때부터 '심판자'들을 피해 더욱 필사적인 은신에 들어갔다.

1996년 안두희가 버스 기사 박기서 씨에게 '응징'을 당하고 척살되었을 때 나의 뇌리에 가장 먼저 떠오른 사람이 있었다. 권중희 씨. 대한민국에 민족정기가 부재함은 백범 암살자를 제대로 밝히지 못하고 처단하지 못함이라고 믿었던 그는 평생을 그 실천에 옮긴 기개 높은 사람이다. 스스로 만든 단체인 민족정기구현회 회장인 권중희 씨는 정의를 향한 '집요한 응징자'였다. 15세 때 「백범일지」를 읽고 백범을 민족혼으로 받아들인 그는 1980년대 초 안두희가 미국 이민을 시도하고 있다는 신문 보도를 접하고 추적에 나섰다. 권중희 씨는 1987년 서울 마포구청 앞에서 몽둥이로 안두희를 공격한 것을 시작으로 1991년 한 차례, 1992년 세 차례에 걸쳐 응징을 계속했고 이 과정에서 암살 배후에 대한 안두희의 자백을 받아내기도 했다.

결국, '최후의 응징자'는 버스 운전기사 박기서 씨로, 그는 1996년 10월 23일 인천시 동구 신흥동 안두희의 집을 찾아가 이른바 '정의봉'으로 안두희의 머리를 내리쳐 처단했다. 박 씨의 집에서는 권중희 씨가 쓴 「역사의 심판에는 시효가 없다」 등 백범 관련 서적 10여 권이 발견됐다.

그러나 사회라는 곳은 강자의 강제력에 의해서 지탱되는 부자연스러운 장소다. 이런 점에서 일탈적 행위를 하는 존재는 개인 차원의 문제가 아니라 지배적 권력집단의 이해관계 차원에서 고려해야만 한다.

인생에서의 의미는 무엇일까? 2007년 권중희 씨가 심장마비로 타계하자 아주 오래된 기억, 안두희에게 숱하게 괴롭힘을 당했던 젊은 아버지가 생각났다. 아버님의 삶을 생각하면 항상 가슴이 먹먹해진다. 6.25 전쟁 이후 10년이 더 지난 그때, 살기가 참으로 막막할 때, 아버님은 어떻게 세상을 바라보며 사셨고 미래를 생각했을까? 새삼 경의를 표하고 싶다.

말할 수 있는 것에 대해선 모호한 것은 없다고 누군가 말했다. 내 어릴 적, 자식들을 먹여 살리기 위해 최선을 다한 부모님은 다른 무엇이 아닌, 하늘이 아니었을까 하는 생각할 수밖에 없는 이유다.

- 월간지 〈맑고향기롭게〉」 2015. 7월 -

풋술을 마시다

　고교 시절 절친한 친구였던 그는 대학에 들어간 후 연극에 미쳐있었다. 그는 수업도 듣지 않고 거의 날마다 학교 연극부에서 살다시피 했는데 학교 내의 행사인 정기 연극공연 때 겨우 만날 수 있었다. 그래서 언제인지 확실하지는 않지만, 녀석 때문에 대학 시절 보았던 '우리 읍내'라는 연극을 기억하고 있다. 이 연극에서 지금도 내게 깊은 감동적 인상으로 남아있는 장면이 있다.

　여주인공이 아이를 낳다가 그만 죽어버리고 만다. 그녀는 무대감독을 맡은 상징적인 신神에게 나는 이대로 젊은 나이에 죽을 수는 없다, 내 일생 가장 행복했던 시절로 한 번쯤 돌아가 볼 수 있게 해달라고 애원한다. 그러자 무대감독이 묻는다.
　"당신이 행복했던 것은 언제입니까?"
　여인은 대답한다.
　"내가 열 살 때의 생일이었어요."
　소용없는 일이라는 말을 되풀이하면서 무대감독은 여주인공을 열 살 때의 시절로 되돌려 보낸다.
　장場이 바뀌면 열 살 때의 생일 아침이다. 어머니는 딸의 생일상 준비에 여념이 없다. 그때 여인은 이렇게 말한다.

"어쩌면 어머님이 저처럼 새파랗게 젊으실까."

그녀는 어머니 옆에서 끊임없이 말을 건넨다. 그러나 어머니는 딸의 존재를 전혀 의식하지 못하고 있다. 옆에서 말을 걸어도 듣지 못하고 있으며 옆에서 붙잡아 끌어도 전혀 느끼지 못한다. 결국, 여인은 행복했던 추억이란 과거로만 존재하는 것이며, 그것이 그처럼 아름답다 해도 되돌려 재현할 수 없다는 절대적 명제 앞에 깨끗이 과거의 미련을 떨쳐버리고 자기 죽음에 승복한다.

왜 갑자기 연극의 한 장면을 떠올리는가 하면 이제는 만날 수 없는, 그립기 짝이 없는, 그날이 생각났기 때문이다.

고2 때의 겨울방학으로 기억한다. 우리 삼 형제는 세 살 터울로 내가 막내였는데 큰형은 국립대 공대 기계과를 졸업하여 거제도에 있는 대기업 조선소에, 공고를 졸업한 작은형은 울산에 있는 대기업 조선소에 제도사로 근무하고 있었다. 부모님들이 고생한 보람이 있었는지 아들 형제들은 무난하게 사회의 중간층으로 편입되는 중이었다. 문제는 나였다. 고1 때 사춘기를 유달리 혹독하게 겪으며 방황을 많이 한 탓으로 학교 성적이 엉망이었기 때문이다. 내가 재능을 갖고 있었던 미술 공부는 가족의 반대로 아예 엄두조차 내지 못했으며, 시인이 되겠다던 꿈 역시 스스로 재능이 없음을 깨닫고 자포자기한 상태였다. 게다가 성당에서 알고 지냈던 동년배 여학생과 주고받았던 연서戀書 사건은 나를 자책하게 했다. 이후 방향 감각을 잃은 나는 이러다가는 아무것도 안 되겠다고 스스로 느낄 정도였다.

투명한 유리그릇에 물을 가득 담고 그곳에다 흙을 넣어보시라. 당장은 흙으로 인해 흙탕물이 되겠지만, 시간이 흐르면 흙은 바닥에 가라

앉아 그릇 속의 물은 다시 맑아진다. 자기 정화력. 이 말은 자연현상에 사용되는 용어지만 인간사에도 적용되었다. 고2로 넘어오면서 나는 평정심을 찾기 시작했고 무슨 일이든지 최선을 다하면 뭔가 길이 보일 것이다. 늦었다고 생각할 때가 가장 빠를 때다, 그러니 아무 생각하지 않고 공부만 열심히 해보자는 결론에 이르렀다. 바둑판처럼 정돈된 골목 길가의 내 창은 새벽까지 불이 켜져 있었다. 나는 코피를 줄줄 흘리며 공부했다. 앞집은 연세가 들어 퇴역한 예비역 육군 중령의 집이었다. 그 집 아저씨는 새벽 네 시에 일어나서 동네를 산책했는데 항상 내 창에 불이 켜져 있음을 발견하고는 칭찬하셨다.

"저 집 막내아들 공부하는 걸 보니 뭐가 돼도 큰 인물이 될 거야!"

어느 날, 토요일 근무를 마치고 저녁 어스름에, 울산에서 부산으로 넘어온 작은형이 나를 쳐다보며 말했다.

"야, 어디에 가서 우리 한잔할까?"

"형, 내가 고등학생인데 어떻게 술을 마실 수가 있어?"

형은 헐... 웃으면서 말했다.

"녀석! 세상에 안 되는 일이 어디 있겠니?"

둘은 부모님 몰래 집을 빠져나와 동네 시장통에 있는 한산한 막걸릿집에 도착했다. 당시 고등학생 머리인 스포츠머리를 한 나는 미성년자가 술집에 들어간다는 사실이 마음에 걸렸지만, 형이 옆에 있기에 두렵지는 않았다. 형은 부침개. 튀김과 삶은 게, 회무침 등과 막걸리를 시켰는데 주인아저씨는 내가 고등학생인 것을 알고 있는 눈치였지만 안주와 술을 푸짐하게 내놓았다.

'풋술'이란 단어가 있다. 사전에는 '맛도 모르면서 마시는 술'로 정의되어 있지만, 남자들 사이에서 통용되는 뜻으로는 '처음 마시는 술'이라는 의미가 정확하다. 이 풋술이란 보통 남자 주량의 서너 배는 된다는 사실이 통설이고 보면 그날 내가 얼마나 많이 마셨는지는 기억조차 나지 않는다.

갈 '지之' 자로 비틀거리던 나는 형과 함께 겨우 집 앞에 도착했다. 대문 옆에 있는 초인종을 누르니 집안에 계시던 아버님이 마당을 가로질러 대문까지 오셔서 손수 문을 열어주셨다. 순간 나는 당황했지만, 정신을 가다듬고 술 냄새를 풍기지 않으려 내쉬던 숨을 멈추며 대문 안으로 들어갔다. 그러나 아버님은 금방 아들 둘의 상태를 알아채셨다. "이놈의 자식들! 너희 술 마셨지? 어린 나이에 술 마시면 머리 나빠지는 거 모르냐!"

말씀은 그렇게 하셨지만, 왠지 대견해하시는 표정이었다. 곧장 방으로 들어간 나는 얼른 요를 깔고 잠들었다.

옛날에 금잔디 동산에
메기 같이 앉아서 놀던 곳
물레방아 소리 들린다
메기 내 사랑하는 메기야

동산 수풀은 우거지고
장미화는 피어 만발하였다
물레방아 소리 그쳤다
메기 내 사랑하는 메기야

이후 오랜 기간 우리는 그 집에서 살았다. 아침이면 옆집의 어린아이들이 우리 가족(세 살 터울인 형들과 부모님) 앞에서 소프라노와 알토로 노래를 부르곤 했다.

어른이 되기 위해 떠난 여행

그해 대학 입학 예비고사와 본고사를 치른 후였다. 우리는 고교졸업과 대학 입시 시험 결과 발표를 얼마 앞두고 있었다. 유달리 감성이 뛰어났던 같은 반 친구 두 명과 나는 무작정 완행열차를 타고 동해로 떠나기로 했다. 한 명의 이름은 뚜렷하게 기억하고 있으나 나머지 한 명은 누구인지 생각나지 않는다. 당시 유행했던 송창식의 '고래 사냥'이라는 노래의 영향도 컸을 듯하다. 시험을 평소 실력에 비해 잘 치지 못했다고 생각하고 있었으므로 결과는 두려웠다. 그러나 하늘이 무너져도 솟아날 구멍이 있지 않겠느냐는 막연한 기대 하나로 버티며 지내던 시간이었다. 그렇게 무작정 집을 떠나기로 한 이유는 입시에서 벗어났다는 해방감과 앞으로 살아야 할 날들에 대한 막연한 두려움 때문이었다고 생각한다.

부산의 중심지 서면에 있는 부전역에서 울산, 포항으로 그리하여 종국에는 강릉까지 가서 '신화처럼 숨 쉬는' 고래를 만나자는 그야말로 황당하기 짝이 없는 계획이었다. 철없는 초급 청년 세 명은 작은 배낭에 옷가지 몇 점과 만 원짜리 지폐 서너 장을 쥔 채 열차에 몸을 실었다. 여행을 도모한다고 했지만 기실, 학교의 수학여행을 제외한 아무런 여행 경험이 없는 처지들이었다. 완행열차인 비둘기호가 부산 시내와 해운대를 지나 현재 기장군 지역의 좌천역이라는 바닷가 시골 역에 도착했을 때였다.

 승객을 모두 태웠음에도 열차는 출발하지 않고 계속 멈춰있었다. 열차가 고장 났다든지, 다른 기차를 보내기 위해 잠시 멈춘다는 내용의 열차 내 방송 또한 없었다. 그때 친구들과 내가 바라본 차창 밖 플랫폼에는 열차 차장과 승객 한 명의 승강이가 벌어지고 있었다. 강제로 내려진 승객은 10대 후반 정도로 짐작되는, 뚱뚱하고 키가 작은 청년이었다. 짧은 스포츠형 머리와 허름한 점퍼를 입은 채 보퉁이를 하나 들고 있었다. 무엇 때문에 청년은 무임승차를 했고 차장은 빈 좌석이 많음에도 가난한 청년을 눈감아 주지 않았을까? 차창 밖 광경을 구경하던 우리는 궁금증 속에 그들을 주시했다. 청년은 다시 열차에 올라타야 한다는 애절하고 간절하기 짝이 없는 눈빛을 차장에게 보내며 계속 승차하려고 시도했다. 그러다가 놀라운 광경이 벌어졌다.

 연이은 탑승 시도가 저지되자 청년은 차장에게 항의라도 하듯 입은 옷을 하나씩 벗기 시작했다.

 "앗! 이럴 수가……."

 열차 안에서 무료하게 광경을 지켜보던 승객들은 모두 경악하고 말았다. 청년이 점퍼를 땅바닥에 내던진 후 스웨터와 상의 속옷까지 벗자 아주 큼직한 젖가슴이 적나라하게 드러났다. 그는 차장이 저지할 틈도 주지 않고 곧바로 바지와 팬티까지 벗었는데 여자였다. 당황한 차장은 무전기로 근처의 역무원을 불러 담요로 상대의 나신을 감싼 채 역 구내로 강제로 데리고 갔다. 잠시 후 차장이 돌아오자, 열차는 아무 일도 없었다는 듯 출발했다.

 친구 둘과 나 사이에는 몇 분 동안 계속 침묵이 흘렀다. 이윽고 한 명이 입을 열었다.

"무엇이 저 사람에게 저런 행동을 하도록 만들었을까?"

당시 우리는 열아홉에서 스무 살로 넘어가는 애송이였지만 나름 소설 같은 추측을 할 수 있었다. 다른 친구가 의견을 말했다.

"그녀는 나이가 20세 전후이고 무슨 이유인지 모르지만, 발달 장애 또는 지적 장애 상태로 보인다. 아마도 보호된 시설 또는 주변 사람에게 어린 시절부터 숱한 성폭행을 당했을 듯하다. 반복되는 괴롭힘을 당하다 못해 그곳을 무작정 탈출하여 자유로운 곳으로 가기 위해 무임 승차를 한 게 아닐까? 그러나 우리가 목격하다시피 곧 열차 승무원에게 적발되었고 그 상태는 그녀에게는 다시 있던 곳으로 돌아가야 한다는 공포로 돌아왔을 게 뻔하다. 그녀는 온전한 정신 상태가 아니지만, 예전의 지옥과 같은 상황을 모면하기 위해서는 뭔가 반대급부를 제공해야 한다는 것을 터득했고 그것은 성性이었겠지. 위기를 헤쳐나가기 위해 오늘도 저렇게 하고 있음이 틀림없다."

묵묵히 듣던 다른 친구가 입을 열었다.

"이제 우리는 고등학교를 졸업하고 어른이 되어 넓은 세상으로 나가야겠지? 그러나 이토록 잔인하게 움직이고 있는 세상은 참으로 무섭구나."

오래전의 장면이지만 나는 그날의 일을 또렷하게 기억하고 있다. 그리고 그 일은 내 인생에 많은 교훈을 남겨 주었다. 요즘의 관점에서는 소외된 계층의 복지 차원에서 접근할 문제겠지만, 당시 우리는 인간이 지닌 배타적이고 이기적인 속성을 단적으로 목격했기 때문이다.

그해 겨울, 강릉에 도착한 애송이 셋은 송창식의 노래 가사에 나오는 '신화처럼 숨 쉬는 고래'를 만나지 못했다. 세상을 향해 다가간 우리에게 보이는 건 첫째부터가 돌아앉아 있었는지도 모르겠다. 세상살이는 함하고 인간은 이기적이며 기성세대가 만들어 놓은 세속적인 세상은 만만치 않다는 사실을 처음으로 깨닫게 된 날이기도 했다. 엄동설한의 겨울날, 무작정 옷을 벗어야 했던 그 소녀가 만난 험한 세상을 우리도 나아가야 하리라는 현실이 우리 앞을 기다리고 있었다. 철부지 열아홉 살의 우리는 어른들이 만들어 놓은 기준에 따라 각자 적성에 맞지 않는 학과를 선택했고 점수에 맞춰 서로 다른 대학에 입학했다.

그러나 세상의 시정市井일이 항상 그러하듯, 꽃답고 아름답다는 것은 한 번 그늘지고 시들기 시작하면 절정일 때만큼 더 처참하고 황폐하기 마련이다. 이후 함께 여행을 갔던 두 친구 중 한 명은 다른 나라로 이민하였고, 다른 한 명은 중년이 시작될 즈음에 지병으로 죽었다. 어쨌든 두 친구를 그 여행 이후로는 다시는 만날 수 없었다.

살다 보면 오랜 친구 간이라고 하더라도 의견의 차이나 감정의 대립으로 원수 같은 사이가 되기도 한다. 오랫동안 그리워할 수 있는 사이는 축복받을 만한 일이 아닌가 생각해본다. 지난날을 돌이켜 보면서 우리는 삶의 어느 한 부분을 지적하며 특히 그것을 꽃다운 시절이라든가 아름다운 시절이라는 식으로 표현하는 경우가 많다. 우리의 삶이 하나의 긴 여행이라면 그 굽이에서 우리는 숱하게 많은 사람을 만난다. 그들 중 어떤 경우는 단 한 번에 스쳐 지나가므로 끝나는 이가 있었고, 만나긴 했지만, 도무지 어떻게 해서 만났는지 기억조차 없는 사람도 있다. 세월의 길목에서 쓰라림과 외로움을 함께 나눈 지난날의 벗들, 세월이 흐르더라도 그때의 기억만은 살아남아 가끔 그리움으로 떠오르는 시절이다.

- 월간 〈맑고향기롭게〉 2015. 11월 -

장군과 대학생

1981년의 늦은 봄이었다.

5·18 사태가 일어난 1년 후였다. 대학 2년생인 우리에게는 이수하지 않으면 학교 졸업을 하지 못하는 '필수 과목'이라는 것이 있었는데 그 것은 바로 '교련'이라는 과목이었다. 대학에 와서 학군단이라는 곳에서 교련을 배워보니 고등학교 교련 시간에 배우던 내용과 같았다. 다만 다른 점은 학년마다 직접 군부대에 입소해서 열흘가량 군대 생활을 직 접 해본다는 부분이었는데 강압적인 분위기에서 통제된 군사훈련을 받 는다는 사실은 당시 지성인이라고 자부하던 우리에게는 치욕적인 면이 있었다.

전년 1학년 때는 향토사단에서 열흘 동안 군대 기본 훈련을 받았다. 4월 말에 진행되었는데 5월 하순부터는 잠정적으로 중단되었다가 가 을에 재개되었다. 이후 알게 되었지만, 전남 광주시에서 발생한 군부의 시민을 향한 대형 살상극 때문이었다. 군부대에 입소한 열흘 동안 교 관이나 조교들은 학생들에게 본때를 보이기로 작심한 듯했다. 구보나 각개전투 등의 훈련에서 체력이 약해서 뒤처지는 학생들에게 얼차려라 고 부르는 기합은 기본이었고 군인이 아닌 학생 신분임에도 심한 구타 를 가하는 일도 예사였다. 군사 정부 때였고 그들 또한 군사 정부의 하수인들이기 때문이었다. 예를 들면 일제강점기 때 그 협조자들이 자신 행동의 부당성을 애국으로 착각했듯이 말이다.

지금도 그곳에서 잊지 못할 치욕은 우리에게 지급된 군복의 등짝에 페인트로 인쇄된 '삼청교육대'라는 표시였다. 각개전투와 같은 격한 훈련을 하는 훈련병들에게 지급되는 허드레옷이었다. 말로만 듣던 삼청교육대라는 조직이 실제로 존재했고 그 장소가 '병영 집체교육'이라는 명목하에서 우리가 교육받는 곳이라고 생각하니 비참한 심정은 이루 말할 수 없었다. 하물며 그들이 말하는 '정화 대상'이 입던 옷을 대학생인 우리에게도 입히니 더욱 그랬다.

대학생이지만 폐쇄된 사회였기에 선진 민주주의의 실상을 모르는 현실이었다. 왕처럼 군림하던 전직 군인 대통령이 죽으면 그 아래 군인들이 정권을 잡는 것은 어쩔 수 없다고 판단하는 이도 상당했다. 그러나 그들의 부당성을 외치는 시민들을 총칼로 진압했다는 사실은 그 누구도 용납할 수 없는 폭력이었다. 그것은 시대를 역류하는 행위일 뿐만 아니라 역사에서 보는 악랄한 독재자들의 전형적인 수법일 뿐이었다.

서울 신촌역에서 탄 열차는 경기도 파주로 향하고 있었다. 목적지는 9사단이라고 부르는 백마부대였다. 중간에 금촌이라든가 파주역이라는 작은 시골 역이 보였으나 문산역에 도착할 때는 난생처음 전방前方이라는 곳에 발을 딛는 순간이었다. 북한군이 수시로 출몰하는 지역에서 철책 근무를 하게 된다는 사실에 상당한 공포심이 생기기도 했다. 9사단이란 부대는 '12.12 군사 쿠데타'가 성공하게끔 한 결정적인 역할을 했다. 전두환이 도모한 군사 쿠데타가 반대 세력에 의해 위기에 처하자, 공범인 노태우가 자신이 사단장으로 있던 9사단 병력을 서울로 동원해서 반전을 이루었기 때문이다.

지금은 각종 과학 장비가 발달하여서 전방 철책선 근무라는 것이 어떤 의미인지 모르겠다. 디지털화된 열 감지 카메라가 경계병 역할을 대신할 수 있다는 사실이 객관적인 평이고 보면 현시점에서 철책선의 경계병 의미는 과대 평가된 측면이 있다고 나는 생각한다.

당시 해당 사단에서 차출되었다는 50명의 ROTC 출신 중위들이 각각 대학생 소대를 직접 지휘했으며 밤마다 경계병들과 함께 철책선 저편에서 누군가 침투하는 것이 아닌지를 지켜보는 일이 열흘 동안의 중요한 업무였다. 그러나 1년 전 향토사단에서와는 달리 아주 신품인 군복과 보급품을 지급했고 식사 또한 그곳과는 차원이 다른 것이어서 과연 전방은 전방이구나 하는 평을 하게 되었다. 잘 먹여야, 힘쓰다 죽을 수 있기 때문이라는 생각도 들었다. 열흘 동안 간단한 구보와 각개전투 같은 내용을 훈련했는데 비인간적인 모욕을 주거나 구타를 가하지는 않았다. ROTC 소대장은 자신이 이 정도 우수한 병력을 갖고 소대를 지휘한다면 전 세계에서 가장 높은 수준의 부대를 만들 자신이 있다고 말했다. 이후 하루는 대대장인 중령이 내무반에 직접 와서 대담 시간을 가졌다. 그 다음날은 대령 계급장을 단 연대장이 내무반에 와서 전날과 같은 시간을 가지기도 했다. 그들은 뭔가 양해를 구하고 타이르는 투의 말씨를 썼는데 '나라가 조용해야 북한이 쳐들어오질 않고 또 정치적인 안정이 나라 발전의 첩경이니 다들 면학에 열중했으면 좋겠다.'는 말이 요지였다. 육체적으로 괴로울 것이라는 걱정과 달리 열흘은 금방 지나갔고 퇴소식 날이 되었다.

문산역 앞에서 도열하고 있으니 부대 군악대가 나타나 박력 넘치는 곡을 연주했다. 잠시 후 검은 안경을 쓴, 별 두 개 견장을 단 장군이 등장했다. 그 음악이 스타 마치Star March라는 사실을 이후 실제 입대하여 훈련소를 마치고 자대에 가기 위한 퇴소식을 할 때에야 알았다.

ROTC 소대장은 퇴소식 때 사단장이 일일이 악수를 청할 예정이니 장군이 악수를 청하면 손을 꼭 잡지 말고 가볍게 잡힌 상태에서 우렁차게 관등성명을 외치라고 주문했다. 그때 우리의 신분은 무엇이었고 뭐라고 했는지 지금 기억에 남지 않는다. 아마 "교육생! 김 아무개!" 이런 식이 아니었나 싶다.

300명에 가까운 학생들과 일일이 악수를 하더니 사단장 훈시가 시작되었다.

"전체 차렷! 사단장님께 경례!"

"백마!"

지금 생각해보면 실로 부끄럽기 짝이 없는 순간들이다. 공부하는 학생들에게 독재자는 국가라는 명목으로 '복종 표시'를 당연시하는 폭력을 가하고 있었고 대부분은 그것을 폭력이라고 깨닫지 못했기 때문이다.

훈시가 마치면 우리는 열차를 타고 귀가하게 될 것이고 적어도 군에 입대하기 전까지는 '군대'라는 낱말을 잊고 생활해도 될 터였다. 훈시를 끝낸 장군은 "제군들! 질문 없나?"라고 물었다. 대개 그런 자리는 조용하게 끝나기 마련이었는데 아무도 예상하지 못한 일이 벌어졌다. 우리 중 누군가가 손을 번쩍 들었다.

"질문 있습니다!"

"뭔가?"

"군부는 왜 정치에 관여하는 겁니까?"

갑자기 전체가 쥐 죽은 듯 조용해졌다. 그러다 조금씩 웅성거리는 소리가 들리기 시작했다. 뒤쪽에서 누군가가 "아, 저런 질문을 왜 하지? 쓸데없이……."라는 탄식이 새어 나왔다. 또 한쪽에서는 "저놈 때문에 우리, 행여 집에 못 가게 되는 건 아닌가?"는 푸념도 튀어나왔다. 그러나 사단장의 신경질적인 한마디 고함은 금방 좌중을 진압했다.

"학생은 본분인 공부만 하란 말이야!"

질문한 친구 또한 만만하게 물러나지 않았다.

"그러면 왜 군인은 군인의 본분에 충실하지 않은 겁니까. 나라만 지키면 되는 것 아닙니까?"

학생들은 다시 웅성거리기 시작했다. 그런데 그 웅성거림의 내용은 전과 같았다.

"그냥 조용히 집에 가면 될 텐데 저럴 필요가……."라는 불만과 "답은 뻔할 것인데 동료들에게 왜 피해를 주느냐!"는 이기심 어린 불평이었다. 그러나 곧 조용해졌다. 장군의 연이은 고함 때문이었다.

"공부만 하란 말이야! 알겠어? 자네! 개인적으로 꼭 한 번 찾아와, 속 시원하게 설명해 줄 테니까."

황○○ 씨.

그 질문자의 이름이다. 당시 도서관에서 나름대로 사회학이나 역사철학에 탐닉하고 있던 내가 볼 때 그는 운동권 학생은 아니었다. 고수는 고수를 알아본다. 끼리끼리 사용하는 몇 가지의 용어만 살펴도 그가 어떤 종류의 사람인가를 파악하던 시절이었기 때문이다. 이후 인연이 되어 그와 같은 그룹 소속의 회사에 다니게 되었다. 신입사원 연수 때 같은 방에서 생활하게 되었다. 둘이 있을 때 그날 왜 그런 질문을 했는지를 물어보았다.

"정치외교학과 학생으로서 정치사에 만연한 군사 정변에 참가하는 이의 본심이 무엇인지 궁금했지요."라고 그는 대답했다.

그날, 검은 안경의 장군을 생각하자면 지금 우리가 발을 들여놓고 있는 시대는 군중의 시대라고 불러야 할 것 같다. 프랑스 사회학자

르봉은 "군중은 진실을 갈망한 적이 없다."라며 새로운 '군중의 시대'에 대해 비관적이었는데 그 이유를 알 듯했다. 그날, 비겁하게도 '군부가 왜 정치에 개입하는가?'에 대한 질문에서 학생들은 그 질문 자체를 외면하거나 비난하고 말았다.

개인이 군중에 속하면 더 큰 힘을 갖게 된 것처럼 행동한다. 군중 속에서 자기를 잃고 익명화되어 무책임한 행동도 서슴지 않는다. 그날 군중으로도 볼 수 있는 학생들 다수는 질문한 학생에게 비난을 퍼부었다. 내가 볼 때는 군중이 된 학생들은 권력자 앞에서 비이성적이었으며 동료의 행동이 참인 줄 알면서도 인정하려 들지 않았다. 군중 속에 숨는 일은 쉽지만, 빠져나오기란 힘들다는 것을 뼈저리게 느낀 날이었다.

- 월간 〈맑고향기롭게〉 2016. 8월 (원제 '장군과 군중')-

그들이 내 노래에 무슨 짓을 했는지 좀 보세요

아주 오랜 옛날부터 사람들은 다른 누군가를 핑계 대며 신에게 부질 없는 부탁을 하지는 않았을까? 이를테면 강가의 풀숲에서 열심히 일하는 개미가 자신이 아무리 노력해도 갑자기 불어난 강물에 자신이 떠내려가든지 죽든지 하는 운명을 거스를 수 없을 때도 말이다. 어부들은 인당수에 심청을 밀어 넣었으며, 에밀레종을 만든 예술가는 쇳물이 끓는 도가니 속에 아기를 집어넣어 함께 녹였다. 인간은 부질없는 짓을 하면서도 자신이 하는 잔인한 일이 맞는다고 믿는 오류를 가졌다. 사람들은 오랫동안 인신 공양이라는 신에 대한 예의를 잊고 있었는데 그로 인한 신의 노여움도 다소 해갈되지 않을까 하는 기대에서였다. 신이 우리의 운명을 쥐고 있다는 논리야말로 황당무계한 이야기임에도 뭔가가 있을 것이라고 막연하게 생각했기 때문이다.

어린 시절 '주말의 명화'에서 방영하는 서부극을 보면서다. 주인공 존 웨인[6]이 잔인한 인디언들을 박멸하는 장면에서 나는 손뼉을 치며 신이 보여준 정의에 기뻐했다. 웃기는 일이다. 인디언 처지에서는 존 웨

---

[6] 존 웨인(John Wayne, 1970!1979) : 미국의 영화배우. 주요 출연작은 〈역마차〉, 〈조용한 사나이〉, 〈붉은강〉 등이다. 주로 서부 영화에 출연해 과묵한 카우보이나 보안관을 연기했다.

인이야말로 평화롭게 살던 그들을 침범한 불의한 존재이기 때문이다. 그렇다면 신은 누구의 손을 들어줄까? 늙고 피곤한 하느님은 너무 바쁘셔서 그런 일에 신경 쓸 겨를이 없을는지도 모른다.

얼마 전 나는 낡은 앨범에서 어떤 처녀의 사진을 찾아내었다. 내가 고등학교 2학년 때 국제 우편으로 편지를 주고받던 말레이시아 여학생 사진이다. 그녀는 편지에서 해당 사진은 학교 복도를 배경으로 찍은 사진이라고 했다. 말레이시아는 다인종 국가이지만 사진 속의 Irene는 화교여서 우리와 똑같은 동북아시아 인종의 얼굴이었고 엷은 데님 천으로 추정되는 옷감으로 만든 원피스를 입고 있었다. 그녀는 다소 훤칠한 키로 시원스러운 얼굴에는 큼직한 뿔테 안경을 걸치고 있었는데 편안한 분위기의 학교 복도에서 찍은 사진이었다. 일본 순사를 연상시키는 일본식 교복에 죄수를 연상시키는 빡빡머리의 우리와는 달리 사진에서 풍기는 자유스러운 분위기는 말레이시아가 영국의 지배를 받은 영향 때문으로 여겨졌다. Irene는 나와 동갑 나이의 화교로 기억하는데 그녀는 1978년 당시 말레이시아의 페낭Penang 시에서 고등학교 2학년에 재학 중이었다. 이름은 Irene wong cheng chai. 지금은 중년 부인이 되어있을 것이다.

고2 때 옆자리에 영어를 아주 잘하던 친구가 있었다. 계급이 총경인 경찰서장의 아들이었는데 어느 날 갑자기 펜팔할 마음이 없느냐고 내게 물었다. 본시 다방면에 관심이 많았던 터라 그러자고 했더니 몇 주 후 내게 말레이시아 우표가 붙은 항공우편이 날아왔다. Irene는 과거 영국 식민지였던 국가의 영향인지 아니면 그녀만의 실력인지 알기 어려우나 유창한 영어 문장을 편지로 느낄 수 있었다. 당시 나는 '성문종합영어'라는 꽤 어려운 참고서를 세 차례나 독파할 정도로 영어에는 자신이 있었지만, Irene에게 편지를 쓰면서 부족한 영어 문장력을 절감하곤 했다. 한 달에 한두 번 주고받는 편지로 둘은 꽤 친해졌는데 어떤 때는 자기 모습이 담긴 컬러 사진을 편지에 동봉하기도 했다. 당시 우리나라에 막 보급되기 시작한 컬러 사진이 그 나라에는 일상화된 느낌이었다. 내 모습이 담긴 사진을 보내야 할 텐데 당시 내 주변의 풍경이란 판자촌이나 더러운 거리 풍경뿐이어서 곤욕스러운 기억이 있다. Irene가 내게 보낸 여러 사진 중에는 그 나라의 아름다운 풍경이 담긴 것도 두 장 있었는데, 그녀가 직접 찍어 편지에 동봉한 사진으로 1978년 당시 우리나라에는 보기 드문 남국의 풍경에 감탄했던 기억이 남아있다.

고3 초반까지 그녀와 연락하다가 어떤 이유에서였는지 서로 소식이 끊겨버렸다. 아마 내가 대학 입시 공부에 매우 열중했기 때문일 듯하다. 이듬해인 1980년 6월경에 편지가 왔다. 광주사태(광주민주화운동)로 인해 많은 인명이 살상되었다고 외신으로 전 세계에 알려졌던 시기다.

'당신의 안전이 걱정됩니다I'm worried about the safety of you'는 편지가 왔기에 '걱정하지 마세요. 나는 별 탈 없이 학교에 잘 다니고 있습니다Don't worry. I am safe and well-attended at the University, no problems.'라고 답장한 내용이 그녀와의 마지막 편지였다. 그 이후로 나는 군대에 입대하고 훌쩍 세월이 흘러버렸다.

대학 입학 후 부족한 학비를 보충하기 위해서 학교 앞 음악다방에서 디제이D.J를 한 적이 있었다. 그런 덕분에 내 음악 취향이 대중적으로 흐른 게 단점이긴 하지만 팝 음악이라면 나도 조금은 안다. 이를테면 E.L.O의 '미드나이트 블루'나 조앤 바에즈의 '그들이 내 노래에 무슨 짓을 했는지 좀 보세요' 등의 노래가 불후의 명곡이라고 알고 있기 때문이다. 그런데 음악다방에서 내 시간 뒤를 담당했던 디제이는 여학생으로 그녀의 음악 취향은 과히 나쁘지 않았다. 그녀는 나나무스꾸리나 크리스토퍼 크로스, 제임스 브라운 등의 음악을 틀 줄 알았고 양희은이나 트윈폴리오의 노래도 들려줄 줄 알았다. 그뿐만 아니라 적절한 순간에 맑고 그윽한 목소리로 짤막한 해설을 날릴 줄도 알았다. "비가 오고 있네요. 송창식의 노래 듣겠습니다. 창밖에는 비 오고요."

늘 잠이 부족했던 나는 자다가 꿈속에서 어떤 여자를 만나곤 했다. 하루에 한 시간씩 스콜이라는 소나기가 내리는 싱가포르의 중심지에서 나는 좋지 못한 발음으로 또 디제이를 하고 있었다. 내 시간이 끝나면 이어서 뮤직 박스로 들어오는 이는 여자였는데 위에서 언급한 말레이시아 아가씨였다. 그러다가 잠이 깨곤 했다. 아, 그냥 꿈이었구나.

30대 초반, 무역회사에 다니던 나는 말레이시아의 페낭 시에 4박 5일의 일정으로 업무 출장 갈 일이 있었다. 혹시 하는 마음에서 낡은 항공우편 봉투를 들고 갔음은 물론이다. 나는 동갑내기 그녀와의 만남을 꿈꾸고 있었다. 그러나 물어물어 찾아간, 화교들이 사는 동네 그 주소는 넓은 도로로 바뀐 상태였다. 혹시나 해서 인근의 부동산 중개 회사의 문을 열고 들어가 대뜸 편지 봉투를 보여주며 혹시 이 주소에 살던 이가 어디로 이사 갔는지 물었지만, 대답은 한결같이 "I don't know."였다.

귀국하는 비행기에서 나는 다섯 시간 동안 계속 잠만 잤다. 그리고 꿈을 꾸었다. 평화롭게 잘살고 있던 인디언 지역을 침범해 그들을 무자비하게 죽이던 존 웨인은 명성황후를 시해한 일본인들로 바뀌어 나타나서, 무고한 백성을 도륙하고 있었다.

나의 현실에서, 꿈에서, 내가 사는 현실에서 일어난 침략과 내전, 전쟁과 군사쿠데타 등의 폭력과 억압 행위는 모두가 계속해서 망각하고 있는 일이었다.

이 과잉의 망각 현상에 관해서 세상을 대표하는 철학자는 헤겔이라기보다는 '유쾌한 망각의 철학'을 내놓은 니체일 듯하다. 니체가 망각의 철학을 제시한 사실은 정신사를 포함한 유럽의 역사에서 잊어버리고 내팽개쳐야 할 억압의 사슬이 너무 많았다고 판단했기 때문이 아닐까 한다. 그러나 과잉 기억이 인간을 과거의 노예로 만든다면 과잉의 망각은 인간을 현재의 노예로 만든다. 인간은 그의 '현재'를 위해 과거의 기억과 미래의 전망이라는 전체적 구도가 필요하기 때문이다. 이 전체적 조망이 상실되거나 불가능할 때 생존은 고통스럽지 않은가.

그리고 나는 비행기 속의 꿈속에서도 감당 못 할 후환이 두려워 그 순간이 꿈이어야 한다고 잠꼬대했다. 결국, 말레이시아에서 그녀를 만나지 못했다. 뭐든 내가 마음만 먹으면 모두 할 수 있다고 생각하던 시절은 얼마 가지 못했다. 쏟아지는 강물에 개미가 어쩔 수 없는 것처럼 세상살이는 개인의 의지대로 되지 않는 무엇이라고 결론을 내리기 시작한 시기였다.

아버지

아버님은 술과 담배를 즐기셨다. 내가 나이 들어 생각해보니 그럴 만도 했다. 자신도 모르는 사이에 건강이 극단적으로 악화하여 가고 있었으나 가족 누구 하나 눈여겨보지 않았고, 취미생활조차 없으셨으므로 삶의 기쁨 역시 부재했을 것이다. 술과 담배는 그나마 생활의 활력소가 되어 당신을 지탱시키는 기둥이었다.

아버님은 감기 등으로 몸의 상태가 좋지 않으실 때마다 "아파서 죽겠다!"라며 고통을 호소하셨는데 어머님과 세 아들은 '건강염려증'이란 병에 걸린 아버님의 엄살이려니 무심히 넘기기 일쑤였다. 그도 그럴 것이 웃통을 벗으면 보디빌더를 연상시키는 탄탄한 몸매와 거의 매일 소주를 한 병씩 드시는 음주량을 고려할 때 아버님의 건강에 문제가 있을 리는 만무하다고 변변찮은 상식으로 확신했기 때문이다.

아버님은 어느 날 직장으로 향하던 출근길에 쓰러져 의식을 잃으시고 말았다. 철도청 객화차 사무소 근처인 부산진구 당감동 남도 교회 앞길이었다. 다행히 교회로 가던 젊은 아가씨가 경찰에 연락하는 도움 덕택에 급히 구급차에 의해 병원으로 이송되었다.

"담배 한 대 내어보아라!"

한마디 말씀을 내뱉을 때마다 수술 부위의 통증 때문에 고통스러워하셨다.

"예? 무슨 말씀인지요?"

"아버지는 네가 담배 피우는 거 벌써 알고 있다. 한 대 피워야겠다."

그해. 내가 스무 살이 되었던 해의 무더운 여름날, 부산 동구 초량동에 자리한 성분도 병원의 병실 앞뜰이었다.

나는 그해 대학에 입학하여 가족 몰래 담배를 피우기 시작했는데 아버님은 그 사실을 이미 알고 계셨던 것이다. 쓰러지신 아버님은 말기 간암 진단을 받았고 의사는 길어야 3개월이라는 시한부 삶을 선고했다. 가족 모두 아버님께서 낙심하실까 봐 그 사실을 숨겼고 혹시 하는 마음으로 병원 측에 수술을 요청했다. 숙고 없이 결정하여 수술을 받았으나 결과는 좋지 않아 이틀 동안 의식을 잃으셨다. 그러다 모처럼 깨어나서 병실 앞을 힘들게 거동하셨는데 부축하는 막내아들에게 근엄하게 물으셨다.

"너, 내게 솔직히 말해야 한다. 진짜 내 병명이 어떤 것이고 살 수는 있다더냐?"

가족끼리 말 맞춘 데로 나는 거짓으로 말할 수밖에 없었다.

"별것 아닌 병이랍니다. 수술하고 한두 달 입원했다가 완치 후에 퇴원하면 되고요."

"하아, 정말 그런가?……."

설마 그 순간이 아버님과의 마지막 대화가 될 줄은 몰랐다. 불효자식이었는지, 철이 없었는지 간암 수술을 받으신 아버님께 건강에 나쁜 담배에다 불을 붙여 건네 드렸는데 엄숙할 정도로 진지하고 소중하게 피우셨던 기억이 생생하다. 쉰세 살의 아버님은 그로부터 2주일 후에 세상을 떠나셨다.

생전에 무신론자였던 아버님은 돌아가시기 전 입원한 병실에서 세례를 받으셨다. 나는 그날을 분명히 기억하고 있는데 우리 가족이 다니는 성당의 주임 신부인 오수영 신부님이 병원에 오셨다. 신부님은 극작가 오혜령 씨의 사촌 오빠로 기억하는데 이후 근무지를 옮겨 경남 밀양시 삼랑진읍에 있는 '오순절 평화의 마을[7]'에서 사목하다 지금은 은퇴하셨다.

그날, 신부님은 우리 가족에게 '본인이 거부하지 않느냐?'고 재차 물으셨고, 아버님은 이불 속에서 몸을 일으키고 세례를 받으셨다. 나는 그때 병실 입구 의자에 앉아 있었는데 신부님이 신으셨던 구두의 약칠이 벗겨져 허옇게 보였던 게 유달리 기억에 남는다. 아버님께서 돌아가시고 무덤에 묻힌 후 신부님은 일요일 주일미사 강론 때에도 장례미사 때 이미 말씀하신 '선량한 그분이 탁주 한잔하자고 청했는데 바빠서 응하지 못한 게 내내 마음이 아프다'라는 내용을 거듭 말씀하셔서 지금까지도 감사한 마음이다.

아버님께서 돌아가신 후 각종 사후 마무리는 내 몫이었다. 장례식 후 어머님은 몸져누웠고 형들은 객지에 있는 각자의 직장으로 돌아갔다. 마침 방학이어서 사망신고 등 각종 행정 처리를 이제 성년이 된 내가 해야만 했다. 며칠 후 아버님의 직장에서 퇴직금을 받아 가라는 연락이 왔다. 아버님의 근무처인 철도청 객화차 사무소의 행정실은 방 구석구석 온통 기름때에 찌든데다 오래된 책상을 대여섯 놓아둔 그야말로 초라하고 허름한 장소였다. 사무실 입구에 앉아 있는 양복 입은 남자에게 아무개의 아들이라고 이야기했더니 모두 하던 일을 멈추고 내게 다가와서 손을 잡고 위로해주었다.

"안됐다. 막내아들이 명문대 입학했다고 그렇게 좋아하더니만... ..."

---

7) '오순절 평화의 마을'은 사회와 가정에서 소외된 정신질환자, 장애인, 노인 등이 한 가족을 이루어 살아가는 천주교 산하 사회복지시설이다. 오수영 히지노 신부가 설립자이다.

아버님께서 남긴 삶의 마지막 흔적인 퇴직금을 받고 사무실을 나섰다. 아버님의 일터인 철로 변에는 7월의 검붉은 태양 아래 검은 얼굴의 초췌한 중년 사내들이 시퍼런 작업복에 시커먼 기름 범벅이 된 채 담배를 피우며 더운 땀을 식히고 있었다. 그들의 모습 속에서 돌아가신 아버님의 고단했던 삶의 모습이 겹치면서 눈물이 하염없이 쏟아졌다.

풍수지탄風樹之嘆이란 말이 있다. 불효했던 자식이 부모에게 효도하려고 생각할 때는 이미 돌아가셔서 그 뜻을 이룰 수 없음을 이르는 말이다. 중학교 3학년 때 친구와 하교하는 길이었다. 등 뒤 30m 정도 떨어진 거리에서 누가 큰소리로 내 이름을 부르는 소리가 들렸다. 나를 부른 사람은 마침 퇴근하던 아버님이셨는데 옷차림은 어찌나 남루하며 키는 왜 그렇게도 작아 보이셨는지…… 게다가 한국전쟁 부상의 후유증으로 그날따라 다리를 몹시 저는 듯한 느낌이었다. 아버님의 남루하고 초라한 모습에 창피함을 이기지 못한 나는 "저분 누구냐?"는 친구의 물음에 '이웃집 아저씨'라고 둘러대고 말았다.

작년 모 대학교의 축제 때 가수 싸이PSY의 공연을 볼 기회가 있었다. 싸이는 '아버지'라는 노래를 불렀는데 그 노랫말이 어찌나 슬픈지 나는 노래가 끝난 후에도 북받치는 슬픔을 억누르지 못하고 계속 눈물을 흘려야만 했다. 노래에서 계속되는 후렴 부분 가사는 이랬다.

아버지 이제야 깨달아요.
어찌 그렇게 사셨나요
더 이상 쓸쓸해하지 마요
이제 나와 같이 가요

아들로서 아무것도 깨닫지 못했고 어떤 위로의 말도 못 드렸으며 아무런 보호와 희망의 몸짓도 드리지 못한 상태에서 아버님을 저세상으로 보내야 했다. 그리고 어언 30년 이상의 세월이 흘렀다. 이제 아버님은 지금의 나보다 적은 나이에 세상을 떠나신 것이 되고 말았다. 그런 나이가 되고 보니 아직 나 자신이 철들지 않음을 알게 되고, 이제 철들려 하는 나는 다시금 아버님을 생각하게 된다. 그리고 아들아이의 나이가 아버님을 보낼 당시의 내 나이가 되고 말았다. 그러나 철없던 그날의 그 장면은 내 나이 오십이 훨씬 넘은 지금에도 비수처럼 나를 찌른다.

- 월간 〈맑고향기롭게〉 2015. 12월 -

파리 대왕

1.

윌리엄 골딩은 1983년에 『파리 대왕Lord of the Flies[8]』이란 소설로 노벨 문학상을 받은 작가다. 노벨 문학상은 보편적 대상에게 포괄적 공헌을 한 인물에게 수여되는 상이다. 윌리엄 골딩이 보편적 인간을 위해 얼마만큼이나 보편적 관조를 일으켰는지는 단언하기 어렵다. 다만, 존 밀턴이 '실낙원'의 사탄을 통해 '악은 나의 선善'이라고 말함으로써 보편적 인간 안에 내재한 보편적 현상을 묘사했다면, 골딩은 그 보편적 모습을 문학적으로 잘 구상화한 작가라는 생각이 든다.

대가들의 역작이 쉽게 만들어진 것처럼 보일 수 있지만, 사실은 신산한 세월을 통해 얻은 농축된 능력의 산물이다. 골딩에게도 마흔두 살에 첫 작품이 출판되기까지, 어렵사리 교사로 취업했다가 사병으로 제2차 세계대전에 참전하고 장교로 제대하여 다시 교사로 복직한 후 불편한 교사 생활을 하면서 거쳐 온 긴 습작의 기간이 있었다. 전쟁을 직접 목격한 그는 인간의 악마성이 어디까지 치달을 수 있는지 알고

---

8) 영국 소설가 윌리엄 골딩(William Gerald Golding. 1911~1993)의 장편소설 제목이다. 어린 소년들의 모험담을 통해 인간 본성의 결함에서 사회결함의 근원을 찾아낸, 1983년 노벨상 수상 작가의 대표작이다.

싶었고, 그 극점까지 다다르면 혹 중화될 수 있는 것인지, 거기에 버려두고 올 수 있는 것인지 궁금해하였다. 골딩은 인간이 가진 보편적이고 결정론적 절망감에서 벗어나지 못하였기 때문이다.

그의 대표작 「파리 대왕」에서, 전쟁의 참상을 피해 런던을 떠난 13세 이하의 소년들이 낙원을 상징하는 산호초 섬에 떨어진다. 그러나 근거 없는 집단적 두려움에 몰입되어 소년들은 내집단 편향성in-group bias 증오에 몰입되어 직접 만든 나무창으로 동료 소년 샘을 살해하고, 바윗돌을 굴려 동료 소년 피기도 죽인다. 그리고 명분이 분명해지지 않은 채로 떼를 지어, 다른 동료 소년 랄프마저 죽이려 달려든다.

랄프가 사력을 다해 도주하던 중 해변에서 만난 흰색 제복의 영국 해군 장교는 불바다가 된 산호초 섬을 단지 구경거리로만 여기고, 이 섬에서 야만인이 되어버린 소년들의 행동을 그저 전쟁놀이의 표현 방식 쯤으로 이해한다. 랄프는 갑작스러운 긴장해소와 함께 죽임을 당한 피기를 생각하며 눈물을 흘리고 다른 소년들도 덩달아 흐느낀다. 화염이 혀처럼 치솟고 소년들이 도륙한 돼지머리가 있는 무인도에서 바라볼 대상은 흰색 복장의 장교뿐이다.

그러나 흰옷의 해군 장교는 이들의 안녕 문제, 상황 파악, 자초지종을 알아봐야 할 장교로서의 책무에 관심이 없다. 그는 소년들을 쳐다보는 것이 불편하고 어색할 뿐이다. 못 본 체하고 싶다. 골딩은 인간들의 시선을 어디로 가져가려는 것일까? 골딩은 해군 장교도 소용이 없는 존재라고 제시해 놓았다. 그렇다면, 어두운 덩어리를 가지고 있는 골딩의 인간은 시선을 어디로 향하는가?

2.

그해 여름, 육군 훈련소에서 6주 교육을 마치자, 우리를 태운 열차는 향후 근무해야 할 사단이 위치한 도시에 도착했다.

우리는 더플 백을 메고 사단본부 보충대에 머물렀고 이후 연대본부로 갔다가 최종 목적지인 대대로 가야 했다. 훈련소에서 함께 교육받은 동기 3명과 함께 대대로 향했다. 우리를 인솔하러 온 대대의 '전령병傳 令兵'은 계급이 상병이었는데 시외버스 기사와 차비 때문에 계속 싸워 댔다. 육군 규정에 따르면 전입 신병의 차비는 무료라는 게 그의 주장 이었는데, 버스 기사는 그딴 거 모르니까 차를 타려면 차비를 내라고 일축했다. 실랑이가 길어지자, 우리 중 한 명이 가진 돈이 얼마 있으 니 알아서 차비를 내면 안 되겠냐고 전령병에게 조심스럽게 말했다. 그는 우리 네 명을 노려보며 "○새끼들! 군기가 빠졌네. 너희들 부대에 도착하면 죽여 버릴 거야!"라면서 겁을 주었다. 살기가 도는 눈매의 얼 굴, 무엇이 그를 저렇게 만들었을까 생각하니 겁이 덜컥 났다.

버스를 타고 두 시간가량이 지나니 종착지에 가까워졌다는 전달이 왔 다. 대대는 연대가 위치한 옆 도시로 버스 정류장에 내려서 한 시간을 걸으니 부대 정문이 보였다. 이미 시간이 밤 열 시가 넘어있었지만, 내무반 안에는 간이 스크린을 설치하여 '도라 도라 도라'라는 전쟁 영 화를 시청들 하는 중이었다. 큰 소리로 '전입 신고'를 하려 했지만 '주 번 부관' 완장을 찬 고참병이 '쉬어'라고 말했다. 네 명은 더플 백을 한구석에 몰아넣고 내무반 구석에 누워 불안한 잠을 청했다.

이튿날 아침, "기상!" 소리에 잠이 깨니 아침 점호가 시작되었다. 군 가를 부르고 연병장을 네 바퀴 돈 후 세면을 위해 내무반으로 향하는 가 싶었는데 내무반장이 전체 병력을 인적이 드문 탄약 창고 뒤로 가 도록 명했다. 내무반장과 제대를 몇 주 앞둔 병장 몇 명은 참석하지 않고 곧장 내무반으로 들어갔다. 병장 한 명이 앞에 나오더니 "내 밑 으로9) 전체 엎드려뻗쳐!"라고 소리쳤다. 나를 포함한 신병 네 명도 잽싸게 엎드렸다. 그러자 다른 병장 한 명이 우리 네 명에게 오더니 부드러운 목소리로 "너네는 일어서."라고 말하며 우리를 열외로 했다. 전날 전입한 신병이니 그랬을 것이다. 그다음 장면은 이랬다. 하사 두 명, 병장 네 명이 40명가량 엎드린 병력의 배와 가슴을 구둣발로 차기 시작했다. 그것도 축구선수가 골대 앞에서 공을 찰 때처럼 전력을 다해서였다.

"뻥! 뻥! 뻥!"

인당 10회 정도 복부와 가슴 등을 때렸는데 맷집이 좋은 이는 끝까지 버텼지만 대부분 두세 번 맞다 극심한 고통을 이기지 못하고 넘어지기 일쑤였다. 그들은 쓰러진 인원들만 따로 모아서 야전삽으로 엉덩이를 내려쳤다. 야구나 골프의 경우처럼 전신의 힘을 다한 스윙을 할 때 삽의 금속 부분이 살에 닿으면 혼절하는 느낌의 고통이 온다. 우리 신병들은 그 장면을 보면서 부들부들 떨고 있었는데 그렇게 자대自隊 생활이 시작되었다.

부대가 한적한 시골에 있는 외딴 부대였던 관계로 기관병은 50명에 불과했지만, 대대장인 중령을 비롯하여 중대장, 참모 등 위관급 장교 10명과 직업군인인 부사관 5명 등 편제는 최전방 부대와 같아서 대한민국에 편한 부대는 없다는 사실을 깨닫게 했다. 특이한 점은 현역 사병 50명 중의 10명은 하사였는데 '상병반'이라는 특이한 제도 때문이었다. 그들은 30개월 군대 생활을 현역으로 복무하는 점에서는 기간병과 같지만, 상병에서 신병 생활을 시작해서 하사로 마무리하기 때문에 내무반 내에서 기간병들과의 밥그릇, 즉 권력 싸움으로 늘 불화와 주먹다짐이 멈추질 않았다.

지금 생각해보니 그곳은 모든 비리가 생성되고 종료하는 '인간 시장'

---

9) 내 밑으로 : 나보다 입대 일자가 늦은 이를 의미한다.

자체였다는 판단이 든다. 대대장인 40대 중반의 중령은 지역 군청에 근무하는 여성 교환수의 정부情夫라는 소문이 통화 내용을 감청한 통신병들을 통해 돌았고, ROTC 출신 중위들이 하숙하는 면 소재지 인근의 처녀들을 모조리 꼬여서 겁탈했다는, 그러니까 '작살' 내었다는 소문은 공공연한 비밀이기도 했다. 동원예비군 숫자를 산출하고 결정하는 기간병 병장이 집 한 채 살 돈을 장만해서 제대했다는 소문이 구체적인 숫자와 정황으로 전해졌다. 그뿐만 아니었다. 교육을 전담하는 단풍 하사가 방위병 중대를 괴롭혀 매주 토요일 외박 때마다 여자를 공급받고 있었으며, 면사무소나 동사무소 방위병은 월 1회 부대에 들어와서 훈련받아야 하는데 그 업무를 담당하는 행정병에겐 담뱃값은 물론 휴가비까지 상납받는다는 사실은 말년병장들만이 쉬쉬하는 숨은 현실이기도 했다.

사회생활도 마찬가지겠지만, 군대 생활을 힘들게 하는 내용은 우월한 위치에 있는 특정 개인이 자신의 이익을 위해서 수단과 방법을 가리지 않고 열등한 위치에 있는 상대방을 괴롭히는 일이다. 그것이 상식으로 이해할 수준보다 좀 심하면 괴로운 군대 생활이겠고 매우 심할 때는 탈영이나 총기사고 등으로 이어지기도 한다. 그리고 인간이란 어찌 보면 매우 불쌍한 존재이기도 하다. 조그만 끗발이나 완장과 같은 권력을 소유하면 자기보다 못한 사람을 쉼 없이 괴롭히고 짓밟는다.

3.

'서로 사랑해야 하니까 증오를 중단하라? 자비를 배워서 평화와 관용을 실천하자?' 정치학자 새뮤얼 헌팅턴10)이 들었다면 코웃음 칠 소리

---

10) 새뮤얼 헌팅턴(Samuel Huntington, 1927~2008) : 미국 정치학자로 1946년 예일대학교에서 학사학위를 받고 미 육군에서 복무했다. 1948년 시카고대학교에서 석사학위를 받은 뒤 1951년 하버드대학교에서 박사학위를 받고 교수가 되었다. 냉전 이후의 세계질서

다. 헌팅턴에 따르면 인간은 사랑이나 관용의 존재가 아니라 '증오하는 존재'다. 인간이 남을 증오하는 이유는 미워할 적을 선택해야 자신의 정체성을 확립하기 때문이다. "인간은 정체성이 필요하며, 그는 그 정체성을 자신이 선택하는 적을 통해 확립한다." 헌팅턴의 유명한 '문명 충돌론'의 배후에는 인간의 본성에 관한 심오한 고찰이 들어있다고 나는 믿고 있다.

동양사상, 특히 중국에서는 인간이 원래 착하다는 맹자의 '성선설'과 반대로 악하다는 순자의 '성악설'이 대대로 이어져 왔다. 맹자는 사람의 본성本性을 선善으로 규정했기 때문에 학문이나 교육을 본성의 연장선으로 보았다. 「순자」를 읽어보면 "(성선설을 주장한) 맹자는 '사람이 학문하는 것은 그 본성이 선善하기 때문이다'고 했으나, 나는 '그렇지 않다' 하겠다!"라는 문장이 등장한다.

순자는 "무릇 사람이 선善하게 되고자 하는 이유는 그 본성이 악하기 때문이다. 대저 천박하면 중후하기를 원하고, 추하면 아름답기를 원하며, 협소하면 광대하기를 원하고, 가난하면 부유하기를 원하며, 미천하면 고귀하기를 원하니, 진실로 그 안에 없는 것은 반드시 밖에서 구하려 들기 마련이다."라고 말했다.

순자에 의하면 자연의 세계에서는 상관없지만, 문명의 세계에서는 그러한 본성으로 살아서는 안 되는데, 낙후된 환경 속에 배우지 못한 사람들이 인위적 윤리를 얻지 못하고 혐오스러운 본성에 따라 사는 바람에 춘추 전국 시대와 같은, 서로 싸우고 물어뜯는 난세가 왔다고 주장한다. 따라서 순자는 맹자의 성선론에 비판을 가하며 인간의 본성이 추악하다는 성악설性惡說을 주장했다. 본성으로부터의 선善이 아닌, 후

에 대해 다룬 「문명의 충돌」의 저자로 유명하다.

천적인 교육과 학문에서 배운 선善이 공부의 본질이라고 주장한다. 즉, 순자는 인간이란 원래 본성이 악한 존재지만, 교육을 통해서 어느 정도 선해질 수 있다는 확신이 있다. 순자의 학설처럼 악한 사람은 교육받지 못해서라고 그때나 지금이나 나는 이해하고 있다. 병영에서의 생활에 익숙해질수록 순자의 '성악설'과 윌리엄 골딩이 쓴 소설 「파리대왕」이 생각났다.

무인도에서 하루, 이틀을 보내면서 아이들은 처음에는 끼리끼리 제멋대로 생활하다가, '조직적인 활동' 즉 사회가 필요하다는 인식을 거친다. 드디어 그들은 서로 뭉치게 되면서 '우두머리'를 뽑게 된다. 하지만 어른이나 사회의 아무런 보호도 없이 아이들이 야생과 죽음, 절망만이 가득한 무인도의 삶에 맞닥뜨려지자, 그들에게는 현실에 대한 두려움과 비이성, 이기주의가 싹트게 된다. 결국, 아이들은 기존 규정을 지키려는 쪽과 규정을 파괴하고 야만과 비이성에의 삶을 추구하는 쪽으로 나누어지게 된다.

이러한 아이들의 눈과 행동, 언어, 이미지를 통해 골딩은 인간 본연의 야만과 잔인성, 이익을 사이에 둔, 두 집단 간의 첨예한 대립과 성격을 극명하게 묘사한다. 아이들의 삶이 생존으로 위협받을 때, 그 아이들이 벌이는 춤과 노래, 놀이가 더는 유희가 되지 못한다. 한술 더 떠서 반대편의 아이들을 참혹하게 살인하는 과정의 묘사는 인간 본성과 인간 역사에 대한 적나라한 서술이다. 1983년 스웨덴 한림원은 "사실적인 신화 예술의 명쾌함과 현대의 인간 조건을 신비스럽게 조명하여 다양성과 보편성을 보여주었다."라고 발표하며 윌리엄 골딩에게 노벨 문학상을 수여했다.

이 소설 속의 야만 상태에서 이성을 찾아야 하는 것처럼 모든 곳에 오는 자연의 봄과 달리, 모든 곳에 오지 않게 되어 있는 곳이 '사회의 봄'이 아닐까 한다. 문명이 해야 할 일은 자연의 위대한 원리처럼, 사회의 가장 낮고 그늘진 곳, 빼앗기고 궁핍한 곳, 내팽개쳐지고 억눌리고 무시된 곳에 소생과 부활의 봄을 가져다주어야 하기 때문이다. 문명은 흔히 자연에 맞서는 것으로 인식되지만 사실은 자연의 위대한 질서를 모방하고 그 질서에 가까이 가는 것이야말로 문명의 목표라는 점은 틀림없다.

군대 생활을 하면서 소설「파리 대왕」을 끊임없이 생각한 것은 인간이 가진 야만성과 비이성, 이기주의를 온몸으로 겪는다고 판단했기 때문이다. 비록 지휘관이나 장교, 직업군인 등 관리자가 있음에도 사병 간의 폭력과 무질서는 정글 속의 짐승들과 다름없었다. 그렇지만 그들 중 누구 하나도 처벌받지 않았다. 직업군인은 진급하여 부대를 떠났고 후임병 구타와 착복을 일삼던 기간병들은 아무런 벌도 받지 않고 모두 무사히 제대하였다. 왜 그랬을까? 그들 모두는 원래 그곳은 그런 곳이고 세상은 악하게 세팅되어 있다는 사실을 확신하는 듯했다. 지금도 궁금하다. 인간은 원래부터 악한 존재인가?

야윈 얼굴의 소녀

남자가 어느 나이에 도달해 과거를 회상하다 보면 친했건 아니든 예상보다도 많은 여자가 떠오를 수도 있다. 이제는 오래된 그 이야기를 해야겠다.

대학 2년을 마치고 휴학한 뒤 그해 7월에 입대하여, 졸병으로서 겪어야 하는 모진 첫겨울을 보낸 후 병영에서 처음으로 맞이하는 4월의 어느 봄날이었다. 요즘 군대도 그런 게 있는지 모르겠지만, 당시에는 '말뚝 근무'라는 악습이 있었다. 부대의 정문인 위병소 근무나 무기고, 탄약고 보초 근무를 온종일 한다고 해서 '말뚝'이라는 악명이 붙었는데 선임 사병들의 횡포로 주로 힘없는 후임 사병들이 종일 교대 없이 혹사당하기 일쑤였다. 어떤 날은 교대 근무자가 오지 않아서 하루 세 끼를 거른 채 근무하는 경우도 예사였다. 나는 주로 6시에 시작하여 10시에 끝나는 아침 위병衛兵근무를 해야만 했는데 그 시간에는 부대 앞 도로 교통정리도 같이해야만 했다. 부대가 위치한 K도의 시골 도시 K군에는 방직공장이 밀집해 있었고 아침이면 통근 버스들이 떼를 지어 부대 앞을 지나갔기 때문이다. 몇 달 동안 하루도 빠짐없이 부대 앞에서 보초 근무 중인 안경 쓴 군인을 누군가 눈여겨본 모양이었다. '○○ 방직'이라는 로고가 그려진 버스가 부대 정문 앞을 막 지나갈 때 차

안에서 돌멩이 하나가 위병衛兵[11]인 나를 향해 '툭'하고 떨어졌다. 근무가 끝난 뒤 아무도 몰래 돌멩이를 싼 종이를 펴보니 쪽지 메모가 적혀져 있었다. 쪽지의 내용은 '매일 아침 오빠를 버스에서 보며 사모하는 여성 직장인입니다. 아래의 주소로 편지를 주시기 바라요…….' 대강 그런 내용이었다.

매일 고된 노동과 이유 없이 행해지는 선임 병사들의 구타로 괴롭기 짝이 없는 와중에서 묘령의 여성에게서 사귀고 싶다는 편지가 왔던 것이다. 4월, 맹춘孟春이어서 그랬는지 모르겠다. 며칠 후 '누군지 모르지만 이렇게 연락하게 되어서 기쁘다.'라는 내용을 편지지에 적었다. 수정에 수정을 가해서 정성스레 쓴 편지를 저녁에 퇴근하는 방위병을 통해 발송했다. 이틀 후 부대로 답장이 날아왔는데 편지 내용은 이러했다.

'통근할 때마다 부대 정문에 총을 들고 서 있는 오빠를 바라보는 것이 내가 살아가는 기쁨이에요……. 자주 편지를 해도 괜찮겠어요?'라는 내용이었는데 수줍음 탓인지 편지는 초등학교 저학년의 글씨처럼 비뚤비뚤했고 맞춤법과 띄어쓰기가 엉망이었던 게 특이했다. 그러나 누군가 매일 나를 지켜보는데 누군지를 모른다는 사실에 그 여성의 정체는 날이 갈수록 궁금해져 갔다. 그렇게 편지를 두어 번 주고받다가 어느 날 갑자기 부대 밖에 공적인 업무로 외출할 기회가 생겼다. 일을 마치고도 한 시간가량 여유가 남는 사실을 확인하고 급히 택시를 잡아타고 편지를 보낸 주소지의 공장으로 곧장 향했다.

공장 정문을 지키는 수위에게 김 아무개 양을 면회 왔다고 용건을 말했다. 그는 나를 아래위로 훑어보더니 전화를 걸어 '김 아무개 양에게 군인 한 명이 면회 왔다'라고 전달하고 내게 주어진 면회 시간은 15분

---

11) (군사 용어) 부대나 숙영지 따위의 경비와 순찰의 임무를 맡은 병사.

이라고 선을 그었다. 나이 스무 살 정도 되는 순박한 시골 처녀가 나올 거라고 짐작하며 그녀를 기다리는데 약 10분이 지났을까, 면회실 문이 열리고 경비 아저씨는 나를 향해 '당신이 찾는 사람이 왔다'라고 말했다. 순간 나와 눈이 부딪친 여성을 대하고는 나는 '억' 소리를 지를 만큼 깜짝 놀라고 말았다.

나이는 많아 봐야 14살에서 15살 정도, 키는 140cm가 겨우 될까 말까 하는 매우 마른 체구에다 창백한 얼굴의 어린 소녀가 등장했다. 누렇게 뜨다 못해 하얀 얼굴의 야위고 깡마른 얼굴을 한 중학교 1~2학년 정도의 소녀가 겁먹은 모습으로 내 앞에 서 있었다. 나는 당황스러움에 온몸이 굳어지는 기분이었다. 그런데 놀라움이 가시기도 전에 웅성거리는 웃음소리에 고개를 돌려보니 근처에 소녀와 같이 근무하는 듯한 30~40대의 아주머니 대여섯 명이 면회실 문을 얼마간 열고 둘의 면회 장면을 훔쳐보고 있었다. 그들은 깔깔거리며 재미있는 구경거리라도 생겼다는 듯 떠들고 있었다.

당황스러웠지만 이미 엎질러진 물이었다. 나는 소녀에게 편지의 주인공임을 밝히고,

"볼일이 있어서 근처에 온 김에 이렇게 면회 신청을 했다……. 갑자기 이렇게 불쑥 찾아와 놀라게 해서 미안하다……. 어쨌든 만나서 반갑다……."

라고 말을 꺼냈다. 그 소녀는 홍당무 얼굴을 한 채 흡사 벙어리라도 된 듯 안절부절못하고 있었으며 아주머니들이 만든 주변의 웃음소리는 더 크게 들려왔다.

어떻게 이런 일이 내게 일어날 수 있을까 하는 생각만이 뇌리에 가득했다. 어색함 속에서 주어진 15분의 면회 시간 중에서 5분을 채우지 못하고 소녀는 스스로 면회실을 떠났고 이후 나는 곧장 공장 정문을

나서야 했다.

 사흘 후 부대로 편지가 왔다. 물론 그 소녀에게서 온 편지였다. 총 너덧 줄로 구성된 짧은 편지였는데 내용은 이러했다.

 '오빠, 그날 오빠가 가고 난 뒤 마음이 매우 아팠어요, 오빠를 그렇게 보내고 난 뒤 나는 내가 참으로 죄가 많은 여자라는 생각이 들었어요. '나'라는 여자를 이제는 잊어주세요…….'

 편지를 읽은 후에 계속 생각했다. 한창 부모에게서 사랑받고 그에 대한 대가로 응석을 부려야 할 때이며, 당시 세계적으로 인기를 끌던 아바Abba나 카펜터스Carpenters와 같은 가수의 노래에 흥미를 느끼고 라디오의 팝송에 귀를 기울여야 할 또래였다. 무엇이 어린 소녀를 저 지경으로 만들었을까? 가난 때문이었을 것이다. 많아 봐야 중학교 저학년 나이의 소녀가 공장에서 일하면서 정서적으로는 30~40대의 중년 여성이 되어있었다. '때 묻은 신파조新派調' 대사를 읊조리고 있었기 때문이다. 어린아이의 입에서 자기가 '죄가 많은 여자'라니 기가 막힐 일이었다.

 그날 저녁, 몇 시간 동안 고민을 하다 다시 편지를 쓰기로 했다. 우연히 읽었던 유명 작가 '펄 벅12)Pearl Buck 자서전'에서 읽은 내용을 기억해 내었다.

 '젊은이여, 자신이 가난하다는 생각에 스스로를 절망의 구렁텅이에 빠뜨리는 일이 없도록.'이라는 구절이었다.

 내가 그녀에게 보낸 편지의 대략적인 내용은 다음과 같다.

 '나는 인생을 그다지 많이 살지는 않았지만, 너보다는 조금 더 산 것 같다. 네가 세상살이를 살다 보면 매우 참기 어렵고 고통스러우며 힘

---

12) 펄 벅(Pearl Sydenstricker Buck, 賽珍珠. 1892~ 1973) : 미국 소설가로 장편소설 〈대지〉를 썼다. 1938년 [노벨 문학상]을 받았다.

든 일이 많이 발생할지 모른다. 그렇지만 그 모든 시련을 이겨내어야만 인생의 승리자가 될 수 있다. 젊은 사람들을 좌절시키는 것은 자신을 스스로 절망의 구렁텅이에 빠뜨리는 일이다. 나와 같은 성인을 이성으로 사귀려 하지 말고 틈이 나면 동화책이나 시집, 소설책을 읽는 것을 권하고 싶다. 힘들겠지만 중학교 과정 공부를 해보는 것은 어떻겠니? 그리고 내게 편지를 주어서 매우 고마웠다. 소중한 추억으로 간직하겠다.'

물론, 이후로 소녀에게서 답장은 오지 않았다. 지금쯤 40대 중반의 아줌마가 되어있을 것이다. 내가 군대에서 보낸 3년 가까운 시간은 과거 어린 시절 무성영화에서 보았던 화면 위의 세로로 난 생채기처럼 스쳐 지나갔다. 마지막 편지를 쓸 때 나는 언덕을 다 올랐을 때 다가오는 반가운 하늘 같은 자리를 그 소녀에게 찾아 주고 싶었는지도 모르겠다. 철없는 호기심에서 시작한 편지는 안타까운 마음을 전하는 것으로 끝났다.

- 월간 〈맑고향기롭게〉 2016. 1월 -

미역국과 낙지국

제대를 육 개월 앞둔 나는 '독수리'라는 이름을 가진 군대 훈련의 여파로 손목뼈가 부러지는 사고를 당하고 말았다. '독수리 훈련'은 특수부대 등 북한의 비정규군이 대한민국 후방지역에 침투했을 경우를 대비하기 위해 민·관·군이 공동으로 시행하는 연례 야외 기동훈련이었다. 독수리 연습에는 연대와 대대급 이하를 중심으로 소규모 병력이 참가했는데 요즘은 어떤지 모르겠지만, 당시는 해당 지역 육군의 현역부대는 물론 경찰서의 전투경찰 부대도 출동했다.

내가 근무했던, 육군 중령이 책임자인 부대는 방위병과 예비군을 포함하면 사단급 숫자의 병력이었지만 기실 현역 사병이라고 해 봤자 마흔 명이 조금 넘었다. 그래서 비전투병과 타 부대로 파견 중인 병사, 취사병마저 독수리 훈련에 참여시켰다. 그리하여 비행기에서 들판이나 골프장으로 떨어지는 특전사 군인을 찾기 위해 동분서주해야만 했다. 한번은 비슷한 위치에 대기 중이던 전투경찰 부대와 우리 부대 병사들이 함께 출동한 적이 있었는데 10km나 되는 거리를 군장이라는 무거운 배낭을 둘러맨 채로 함께 뛰었다. 경찰서장과 육군 대대장은 어느부대가 빠른지 내기를 걸었다는 소문도 있었다. 전투경찰 부대는 몇백명의 인원 중에서 가장 잘 뛰는 이들만 골라서 준비시켰고 우리 부대는 취사병, 행정병, 운전병 등 어중이떠중이까지 동원해서 숫자를 맞춰야 하는 절대 불리한 상황이었다. 게다가 대대장은 전경들에게 뒤지면 이유를 막론하고 전원 가만두지 않겠다는 엄명까지 내린 상태였다. 중대장도 거들었다. "만약 전경들에게 지면 너희는 방위병보다 못한 놈들로 취급하여 매일 10km 구보를 시키겠다!" 실로 살 떨리는 발언이었다.

현역 육군이 전투경찰보다 전투력에 뒤지면 온 세상의 웃음거리가 될 것은 분명해 보였다. 하늘에서 공수부대의 낙하산들이 떨어지자, 육군과 전투경찰은 처음에는 비슷한 속도로 뛰었으나 30분가량 시간이 지나면서 전경들이 서서히 뒤처지기 시작했다. 전경들은 주로 데모 진압 연습만 한 관계로 거의 매일 5km 이상을 뛰어왔던 우리에 비해 지구력이 턱없이 부족해 보였다. 게다가 우리는 사생결단으로 뛰고 있었다. 우리 부대원들이 목표지에 도착했을 때 이미 전경 소대는 뒤처져 시야에서 보이지 않았다. 멀지 않은 곳에서 공수부대원들이 낙하하고 있었지만, 그들을 따라잡을 수 없었다. 낙하 후 착지하여 곧장 낙하산을 접어서 군장에 넣고 일사불란하게 뛰는 그들의 체력은 가히 세계 최고라는 사실을 실감하는 순간이었다.

어쨌든 낙하산 근처에 가지도 못했지만, 우리가 전경 소대를 가볍게 제친 사실은 대대장과 중대장을 끝없이 즐겁게 만들었다. 대대장은 만족해하며 휴식을 명했다. 문제는 그날 저녁이었는데 다들 긴장이 풀어지면서 사고가 생기고 말았다. 평소에 사이가 좋지 않았던 단기 하사한 명과 병장 한 명이 으슥한 곳에서 난투극을 벌였고 그 장면을 목격한 내가 말리게 되었다. 그중 한 명이 휘두른 야전삽이 내 손목을 강타하는 바람에 손목 골절상을 입게 되었다. 사고는 대대장에게 즉각 보고되었고 두 병사는 헌병대로 압송되었다. 동시에 나는 K시 국군통

합병원으로 후송되었다.

　국군통합병원에 도착하니 환자 중 계급이 낮은 사병들은 먼저 입원한 병사들에게 구타당하는 등 호된 신고식을 치르는 듯했다. 다행히 나는 병장이었고 응급환자였던지라 열외되어 수술과 회복 치료를 충분히 받을 수 있었다. 군의관은 두 달 입원 후 부대로 복귀하면 된다고 말했고, 그간 힘들었던 군대 생활에서 모처럼 휴식을 취할 수 있었다. 수술 후에 한 달 동안은 매일 하루에 두 번 혈관주사를 맞았다. 염증을 막기 위해서였다. 주사 맞는 시간은 새벽 다섯 시와 오후 다섯 시였다고 기억한다.

　소위 계급장을 단 어여쁘기 짝이 없는 간호장교가 매일 새벽 다섯 시에 병실에 와서 내 팔뚝에 고무줄을 묶어 혈관이 피부 위에 튀어나오게 한 뒤 혈관주사를 놓았다. 새벽녘, 근처에서 인기척이 있을 때마다 나는 누운 자리에서 얼른 일어나 침대에 앉은 자세로 거수경례하며 예의를 표했다. 입원자 대부분은 그 경우 그냥 자거나, 자는 척했다. 장교에 대한 예우도 예우지만 자신을 치료하는 이에게 예의를 표하는 태도는 인간의 도리라고 나는 판단했다. 주사 맞는 순간은 고통스러웠지만 천사처럼 생긴, 비슷한 연배의 간호장교가 나를 위해서 매일 새벽에 수고한다는 사실은 미안하기 짝이 없는 일이었다.

　그녀는 내게 "혈관이 잡히지 않아서 윤 병장에게는 주사 놓는 일이 정말 힘들어요."라는 말을 여러 번 했고 그때마다 나는 미안한 마음에 어쩔 줄 몰랐다. 그 간호장교는 해당 국군병원에서 미모면 미모, 성품이면 성품, 모든 면에서 천사라고 불리고 있었다. 국군간호사관학교를 졸업하여 소위로 임관한 그녀에 대해서 알 수 있는 사실은 명찰에 달린 그녀 이름과 부모님이 사는 집이 포항의 죽도시장 뒤편이라는 소문 정도였다.

두 달 후 완쾌한 나는 다시 부대에 복귀하기 위해 사단본부 보충대에서 일주일을 대기했다. 그곳에서 눈 수술을 받고 나처럼 부대로 복귀하는 김 아무개 병장을 만나게 되었다. 그는 전남 목포 출신으로 우리나라 최고의 대학으로 불리는 학교에 다니다 모종의 학내사건으로 강제 징집당한 듯했다. 얘기를 나누다 보니 그의 지적인 수준과 인품을 알게 되었고 동병상련을 느끼게 되었다. 이후 아무도 없는 그곳에서 한 주일이란 짧지 않은 시간을 함께 보내게 되니 자연스레 친해지게 되었다.

그와 나는 세상과 인간에 대해 논할 수 있는 모든 부분을 주제로 토론하고 있었지만 둘의 화제는 단연 간호장교 김 아무개 소위였다. 그는 눈 수술 후 완쾌될 때까지 앞을 보지 못하는 자신에게 매일 옆에서 책을 읽어주며 병간호해주었기에 영원히 잊을 수 없는 존재라고 말했다. 나 역시 한 달 동안 매일 새벽에 일어나 잡히지 않는 혈관을 찾으려 애쓰며 주사를 놓아주었던 천사의 존재를 중요하게 이야기했다.

급기야 두 사람 입에서 제대한 후에 그녀와 결혼하겠다는 말이 동시에 나오게 되었다. 지금 생각해도 웃기는 젊은이들이었다. 떡 줄 사람은 생각도 하지 않는데 자신감만 충만했다. 둘은 누가 그녀와 사귀게 되는지 내기를 하기로 했다. 한창때고, 여성이면 대부분 호감이 갈 나이인 데다 군대라는 특수한 환경에서 만났기 때문에 그녀가 누구에게나 의무적으로 잘 대해 주어야 하는 입장이라는 사실을 미처 깨닫지 못한 때문이었다. 같은 달 제대 예정이던 둘은 서로의 집 주소를 주고받은 후 보충대를 떠나 각자의 부대로 복귀했다.

10월 말에 제대하여 맞이한 이듬해 3월의 캠퍼스였다. 지도 교수는 40대 후반의 여교수로, "학교는 군대와 다르니까 사회에 적응하려면 준비기간이 필요하니 천천히 사회와 접하세요."라는 조언을 주셨다. 그 말을 들으니, 사회에 더 적응되기 전에 김 아무개 소위에게 용감한 편지를 보내야겠다는 생각이 들어 펜을 들었다.

'기억하실는지 모르겠습니다. 윤○○ 병장입니다……. 복학했습니다……. (중략) 한 인간이 다른 한 인간을 사랑하는 일이야말로 인간의 삶에서 가장 중요한 일이라고 생각합니다…….'

라는 내용이 요지였던 편지로 기억한다.

물론 그녀에게서 답장은 오지 않았다. 당연한 일이었는지도 모른다. 시간이 지나고 연말이 되었다. 요즘은 거의 사라진 풍습이지만 당시는 연말에 크리스마스카드를 보내는 일이 지인 사이의 중요한 예의로 여겨지던 시절이었다. 나처럼 그녀를 사모했던 김 아무개 병장에게 크리스마스카드라는 핑계로 서신을 보냈다. 염려 덕분에 복학하여 학업에 열중하고 있다는 사실과 김 소위에게 연서를 보냈는데 답장이 없었다는 푸념, 미역국을 먹은 듯하다는 내용을 적었다.

며칠 후, 서울대학교 구내 우체국 소인이 찍힌 답장이 도착했다.

'윤 형, 저도 무사히 제대했습니다. 다행히 복학하여 적응 잘하고 있고요……. 김 소위에게 저도 연서를 보냈습니다. 하하, 물론 낙지국을 먹었지요…….'

그를 만나지는 않았지만, 그도 느꼈을 낭패감을 알 수 있을 것 같았다. 나와 같은 심경일 것이므로. 추억일지도 모르고, 사랑일지도 모를 그 시간이 고요히 아주 고요히 침묵과 세월 속에 말없이 가라앉고 있었다. 지금 다시 안부를 물어본다. 그리운 길동무들, 지금은 어떻게 지내십니까?

- 월간 〈맑고향기롭게〉 2016. 2월 -

「가을동화」와 닮았다는 사연

2년 이상 같은 내무실에서 군 생활을 함께 보낸 후임병 J는 나보다 두 달 늦게 입대했다. 속초에서 전문대학에 다니다 입대했다는 그는 공교롭게도 나와 동갑이었다. 그가 부대에 전입해 오던 날은 몹시 추운 2월 중순으로 창밖에는 눈과 함께 거센 바람이 불고 있었다. 내무실에서 졸병이었던 나는 임무 수행의 하나로 J의 더플백을 풀어주어 정리해주어야만 했다. 그날따라 날씨는 너무도 추워서 온몸이 사시나무처럼 쉼 없이 떨렸다.

텅 비어 있는 관물대에 그의 짐을 정돈해주면서 물었다.

"이봐, 부모님이 그립지 않아?"

그런데 예상과는 다른 대답이 들렸다.

"딸내미가 보고 싶어요. 그것도 애타게….”

"딸내미? 그럼…. 너는 결혼했어?"

"……."

"아니, 결혼해서 낳은 딸이 있냐고?"

"아! 그런 말이 아니구요. 여자 친구, 애인 말이지요….”

그날 J가 잠시 들려주었던 그와 애인과의 사연은 소설보다 더한 소설이었다.

　J의 아버지에게는 둘도 없는 죽마고우가 있었다. 그런데 그 친구 부부가 10년 전 교통사고로 동시에 세상을 떠났다. J의 아버지는 졸지에 고아가 된 친구의 어린 딸을 양녀로 입적시켜 J와 함께 키웠다. 둘은 한 살 나이 차이로 호적상의 오누이로 함께 자랐지만, 사춘기로 접어들 무렵 둘은 서로에게 애틋한 사랑의 감정을 품게 되었다. J는, 호적상 동생이자 타인인, 아버지 친구의 딸과 서로 사랑하게 되었던 것이다.

　그가 고교를 졸업하는 시기야말로 자연스레 둘을 갈라놓는 계기가 되었다. 그 지방에서 수재로 불리던 그는 호랑이로 상징되는 서울의 K대에 입학했고 그녀는 1년 뒤 속초의 모 전문대학에 입학했다. 그들이 만나지 못했던 1년 동안의 시간은 서로에게 고통과 번민의 나날일 뿐이었다. 사랑하는 그녀와 함께 생활해야겠다는 결심은 서울에서의 학업을 무의미하게 만들었다. 결국, 그는 부모의 의사를 아랑곳하지 않고 K대를 자퇴한 후 그녀가 다니고 있는 속초의 전문대로 편입했다. J의 부모는 그를 만류하고 타이르고 야단쳤으나 고집을 꺾지 못했다. 아들의 행동에 실망한 그의 부모는 J의 감정적인 행동을 정리할 시간을 벌기 위해 그에게 입대를 강권했다. 둘의 관계를 인정하지 않는 부모에게 J는 인연을 끊겠다고 맞섰지만, 입영통지서 앞에서 무력했다. 결론적으로 어쩔 수 없이 입대했다고 하지만 J의 머릿속에는 항상 그녀 생각뿐이었다. 그리고 앞으로 3년이라는 짧지 않은 군 복무 기간이 그를 기다리고 있었다.

　J가 내게 보여준 그녀의 편지에는 흔히들 사용하는 'J오빠' 또는 'J야', 'J씨' 등의 호칭이 아닌 'J분'이라는 깍듯한 존칭으로 일관되어 있었다. '분'이라는 단어를 사전에 찾아보면 '좋은 분', 어떤 분' 등 사람

을 높여서 이르는 말로 그녀가 J를 얼마나 존경하여 사모하는지를 짐작할 수 있었다. 문제는 그녀가 보낸 마지막 편지였다. 그가 육군훈련소에서 있을 때 도착한 편지로 그는 내게 다음의 편지를 보여주며 낙담하고 또 낙담했다.

'간절하고 진실히 내가 사랑하는 J분…… . 저는 이제 학교를 졸업하고 세상으로 나갑니다. J분님 댁도 떠납니다. J분도 이제는 입대했으니 부디 저를 잊고 건강히 제대하시기를 바랍니다…… . 이렇게… . 아아, 아프고 고통스럽게 내가 사랑하는 J분, 이제부터는 저로 인해 생긴 모든 상처를 버리시고 행복하시기만을 간절하게 기도합니다.'

이게 내가 기억하는 그들의 러브스토리 마지막 부분이다. J는 그녀가 그에게 몸과 마음을 바쳤기에 힘들게 공부하여 들어간 대학을 자퇴하고 부모와의 인연을 끊는 등 그녀를 위해 자신의 모든 것을 다 바쳤노라고 한탄했다. 나는 J로부터 '두 사람의 사랑'에 대한 이야기를 들으면서도 별다른 의견을 제시하지 못했다. 뭘 알아야 면장面墻을 하는 건데 당시, 그 부분 나 자신이 '남녀 간의 사랑'에 대해 아는 것은 백지에 가까웠던 탓이었기 때문이다.

제대하는 그날, 대부분 남자가 군대에서 기억한 모든 것을 그곳에 반납하듯이 나도 J라는 이름의 그 후임과 그에 대한 모든 기억을 국방부에 반납하기로 했다. 자기를 둘러싼 상황과 환경을 외면한 채 '사랑을 향한 집착' 하나만을 안고 살아가는 그가 못마땅했을지도 모르겠다.

그러나 솔직히 말하자면 자신의 모든 것을 다 바쳐서 한 여자를 사랑한 한 남자의 순정이 부러웠던 이유가 더 클 듯하다. 당시 나에게는 그만한 순정마저 없었으므로.

무슨 이유였는지 제대 후 J와 나는 서로 연락이 끊기고 말았다. 세월이 흘러 생각해보니 매사 냉정하게 그를 대했던 나에게 서운했을 것이라는 후회도 생긴다. 요즘처럼 휴대전화나 SNS가 있는 시대도 아니었지만, 매사 원리원칙에 충실했던 내가 그의 마음에 들지 않았음이 틀림없다고 판단해 본다.

누군가는 이 이야기를 내게 들으면서,

"어어, 드라마 「가을 동화13)」와 비슷하네?"

라고 말했지만 나는 「가을 동화」라는 드라마의 내용이 어떤 것인지 모른다. 다만 현실이 소설보다 더 소설적이라는 표현을 신봉하므로 J와 그녀의 사연을 전해 들은 누군가가 그들의 사연에 뼈와 살을 보태어 한 편의 드라마로 만든 게 아닌가 하는, 내 방식대로의 상상해보기도 한다.

---

13) 드라마 〈가을동화〉는 2000년 9월 18일부터 2000년 11월 7일까지 방영된 한국방송공사 월화 미니시리즈로, 남매처럼 자란 은서와 준서의 비극적인 사랑 이야기를 다루었다. 해당 드라마를 시작으로 한류 붐을 일으킨 '겨울연가' 등의 드라마가 제작되었다.

산복도로山腹道路

'산복도로山腹道路'라는 단어를 국립어학원 국어사전에 찾으면 '산山의 중턱腹을 지나는 도로'라고 나와 있다. 일반적으로 경사지까지 개발이 완료된 후 가장 위쪽에 있는 도로를 의미한다. 지난 휴일에는 사진동호회 회원들과 정기 모임 및 촬영을 위해 산복도로를 걷게 되었다. 내가 태어난 곳이며, 부모님이 신혼 시절을 보내셨던 동네로 내게는 의미가 깊은 곳이다.

6.25 전쟁 이후, 부모님은 이곳 산복도로 인근 판잣집에서 신혼살림을 꾸려나가셨다. 이 지역에는 바다가 보이기 때문에 영화 촬영이 자주 이루어졌다고 했다. 어릴 적에 들었던 이야기 중 하나는, 이곳에서 영화 촬영 중인 배우 황해14) 씨가 땀을 뻘뻘 흘리며 집에 들어와 씻을 물을 달라고 부모님께 청하였는데, 부모님은 대야에 찬물을 부어서 건네며 더위를 씻게 했다는 내용이다. 아랫동네가 바로 중앙공원이 보이는 사진에 나온 그 장소였을 것이다.

전쟁 때문에 부산에 몰려든 피난민들은 기존의 정착지에서 더 위쪽 산꼭대기까지 영세한 판자촌 마을을 형성했다. 이들은 도심 부근 산기

---

14) 황해(黃海, 1921~2005)는 대한민국의 영화배우, 연극배우, 가수이다. 1949년 영화배우로 데뷔, 222편의 영화에 출연했으며, 부인인 가수 백설희와의 사이에서 슬하 4남 1녀를 두었다. 둘째 아들은 싱어송라이터 겸 영화배우 전영록, 넷째아들은 배우·가수 겸 작사가 전진영, 손녀 가운데서는 가수 겸 연기자 전보람, 가수 전우람이 있다.

삶에 몰려들었으며 부두 노동자, 도심 시장 일꾼 등으로 생계를 유지했다. 이곳 판자촌 마을에 화가 이중섭도 몇 년간 살았다고 알려져 있다. 그러나 6.25 전쟁이 끝나고 피난민들이 고향으로 돌아간 후 가난한 이농 인구가 산동네 자리를 대신하게 되었다.

경제발전이 어느 정도 진행되자 이곳에 2차선 산복도로가 생겼고 대중교통이 산동네까지 등장하게 되었다. 산복도로 위아래는 이제 '산동네=빈민촌'이라는 공식이 어울리지 않게 반듯한 집과 건물로 대체되며, 산복도로는 윗동네와 아랫동네를 구분하는 경계의 역할을 하게 되었다. 지금 이곳은 원도심 재생 사업과 더불어 관광 효과를 위해 '이바구 길'이라는 관광코스가 형성되어 있다.

부산역 맞은편 언덕에서 시작되는 이곳은 시인 청마 유치환, 시인 김민부, 의사 장기려 님 등 이곳에서 생활했던 유명인들의 흔적을 복구하여 볼거리를 만들고 있다. 경사 심한 산비탈에 형성된 마을이라 168계단이 만들어진 모습을 볼 수도 있다. 가파르기 짝이 없는 168계단을 내려올 때 모노레일이 공사 중인 장면을 보게 되었다.

멀리 바다를 내려다보니 벌크Bulk 화물의 수송 기점이었던 재래식 부두인 1~ 4부두는 신항만의 완성으로 폐쇄, 매립되었고 지금은 재개발을 진행 중인 듯하다. 과거 3부두 자리였던 곳에 새로 세워진 커다란 건물은 국제여객터미널인 것을 오늘에야 알게 되었다.

지난달에는 친구와 함께 담소를 나누며, 이번에는 사진동호회 회원들과 지나간 세월과 현재의 모습을 카메라에 담으며 '초량 이바구길'을 건너 산복도로 끝까지 걸었다. 사연 많은 길을 걸으면서 나는 몇 번이나 길에서 주저앉을 것만 같은 기분이 들었다. 선진국이 되었다고는 하지만 여전히 낡은 집들이 많은 이곳에는 우리네 지난날의 상처들이 이곳저곳에 흉터처럼 배어 있다.

추억의 미국소아과

지금은 없어졌지만, 부산의 양정동에는 '미국소아과'라는 작은 동네 의원이 있었다. 내가 중·고등학교 시절에 버스를 타고 통학할 때 그 동네 의원 앞을 매일 지나쳤다.

'미국소아과……'

나는 여자 의사가 운영한다는 그 병원 간판을 볼 때마다 '원장이 미국美國이라는 나라를 무척 좋아하는가 보다.'라는 생각을 하면서 무심히 그 앞을 오고 갔다. 멀지 않은 곳에 하야리아 부대라는 미군 부대도 있었기 때문이다.

기억 속 그 병원은 빨간 벽돌로 지은 제법 고풍스러우면서 깨끗한 2층 건물이었다. 건물 앞에는 작은 집을 지을 만한 뜰이 있었는데 그 뜰에는 꽃이 지천으로 심겨 있었다. 국화와 수국이 주류였다.

이후 꽃이 피고 지듯 세월이 한참 흘렀다.

40세쯤의 어느 날, 근처에 들릴 일이 있었던지라 무심코 그 의원의 뜰에 들어가서 이곳저곳을 구경하다가 '미국소아과'라고 쓰인 한글 간판 아래에 한자로 조각한 작은 글씨 다섯 자를 발견했다.

'美菊 小兒科'

'美國 小兒科'가 아니었다. 그 병원의 원장 선생은 국화와 수국을 무척 좋아했던 분일 거라는 추측을 해본다.

뜰에 주차장 대신 수국과 국화가 지천이던 그 의원은 이제 사라지고 없다. 짐작건대 내가 어릴 적부터 있었던 동네 의원이니 나이 많은 여자 의사 선생님은 이제 은퇴했을 것이라는 생각을 해본다.

며칠 전, 근처에 볼일이 있어서 다시 그곳에 갔더니 내가 30년 동안 보았던 그 병원 자리에는 대형 고층 건물이 대신하고 있었다. 요즘 동네마다 지천인 수국을 보니 갑자기 '미국소아과'가 생각이 났다.

아무리 위대한 사람이라 해도 어린이라는 성장 과정을 거치지 않은 사람은 없다. 그 시기야말로 감수성이 가장 예민한 시기여서 어린 시절의 추억은 어른이 된 뒤에도 잊히지 않는다. 그뿐만 아니라, 어릴 때의 생활환경은 어른이 된 뒤에도 성격 형성에 오래도록 영향을 준다.

부드러운 햇살 속에서 달리고, 뛰며, 고함을 지르고, 즐겁게 놀아야 할 어린이들이 요즘은 차에 밀리고, 빌딩에 위압되어 그들만의 활동 무대를 빼앗긴 채 안방마님처럼 어른스러워지고 있음을 발견하게 된다. 또한, 어린이들이 가게에 가서 군것질을 사려면, 껌이나 과자 따위의 이름이 온통 외래어로 되어있다. 그들이 접하는 대중 매체에서도 외래어투성이의 광고가 우박처럼 쏟아져 나온다.

참으로 어른조차도 제대로 이해하고 소화할 수 없을 만큼 많은 외래어가 어린이들을 짓누르고 있다. 그야말로 우리 어린이들은 우리말이 무엇이고 외래어가 무엇인지도 모를 때부터 외래어를 배우고, 외래어를 지껄이고 있다. 어린이들이 우리말보다 외래어를 배우고 싶어 하거나, 사용하고 싶어 해서가 아니라, 어른들이 어린이들에게 강제로 외래어 사용을 권장하는 상황이나 마찬가지다. 어린이들이 즐겨 먹는 과자의 이름까지 꼭 외래어를 사용해야 하는지 진지하게 생각해본다.

국제화의 일환이라고 주장한다면 할 말이 없지만, 외래어를 남용한다는 사실은 분명 사대주의 사상의 발로라고 볼 수도 있다. 우리의 역사를 돌이켜보면, 외세의 흐름에 따라 어쩔 수 없이 사대주의 사상 속에서 살아온 슬픈 과거를 가지고 있다.

지금 우리 주변에서는 잊혀 가는 '우리 것'을 되찾자는데 관심 있는 분들이 일부라도 있어서 그나마 다행스러운 일이다. 우리는 어린이들에게만은 어떤 일이 있어도 다른 나라와 차별되는 '우리 것'을 물려주어야 한다. 그러기 위해 어린이들이 먹는 음식이나, 입는 옷, 가지고 노는 장난감 등 어린이들의 주변에서부터 외래어를 추방하고, 아름다운 우리말을 사용해야 할 터인데 좌우 진영의 편 가르기에만 몰두할 뿐 대부분의 사회 지도층은 관심이 없는 듯하다.

어려서부터 외래어의 범람 속에 살다 보면, 어른이 된 다음에도 우리 것보다는 외국 것을 더 아끼고 중요하게 여기는 버릇이 생기게 됨은 뻔한 이치다. 세 살 버릇이 여든까지 간다는 속담은 결코 우스갯소리가 아니다. 어려서부터 외래어 홍수 속에 물들고, 외국 것에 대한 부러움 속에 생활하도록 방치된다면, 어떻게 될 것인가?

외국 잡지에서 한국을 소개하는 사진을 본 적이 있는데, 거리는 온통 외래어 간판 일색이다. 옷 가게도 'THE BODY SHOP', 게임방도 'PC room' 등등 이루 헤아릴 수 없을 정도로 외래어 천국이다. 세종대왕께서 창제하신 훈민정음 즉, 한글이 있는데도 한글은 쓰지 않고 외래어를 쓰는 분위기는 이제 대세인 듯하다. 옷 상점 중에서 '미시패션', 피아노 학원 중에서 '리틀 모차르트', 미용실 중에서 '헤어뱅크', 빵 가게 중에서 '파리 바게뜨' 등……. 이런 간판들을 볼 때마다 순수한 우리말은 아니지만, 우리말과 국화를 사랑한 의사가 진료했던 '미국소아과'가 생각난다.

아버지와 돼지 수육

블로그에 글을 쓰면서 많은 분을 만나게 되고 좋은 글을 읽게 되는 것은 즐거운 일이다. 내가 알고 있는 분 중에는 전문 작가 못지않은 유려한 문장과 다양한 이야기 전개로 '글 읽는 즐거움'을 선사해 주는 블로거가 계신다. '기억이 부르는 추억'이라는 글 일부분을 소개해볼까 한다. 아랫글을 읽으면서 내 인생의 어떤 장면이 떠올랐기 때문이다.

할아버지와 복숭아

내 유년 시절, 겨울보다야 수월하지만, 찢어지게 가난했던 우리에겐 여름을 버텨내는 것도 그리 녹록한 일은 아니었다. 그 무렵 아버지는 나무 밥상에 조립할 상다리를 조각해 납품했었다. 그리고 그 무렵, 내가 가지고 싶은 것이나 먹고 싶은 것이 있을 때마다 아버지한테 했던 말은 '이거 팔아서 돈 받으면 꼭 사줘.' 였다. 하지만 돈이 들어와도 내가 가지고 싶은 것이나 먹고 싶은 것이 내 손에 쥐어진 적은 별로 없었다. (중략) 지금도 그 복숭아보다 맛있어 보이는 복숭아는 본 적이 없다.

엄마도 공장 안으로 들어가고 자글자글한 햇빛, 짧은 그늘이 전부인 골목에 할아버지와 나 둘만 남았다. 맛에 대한 호기심이 (자주 하는 이야기지만, 보통 사람들은 이것을 식탐이라 부른다) 남달랐던 나는, 할아버지 옆에 지켜 서서는 꼼짝도 하지 않고 할아버지의 모습을 뚫어지게 바라보았다. 어쩌면 할아버지께서 한 입 먹어보라며 내어 주실지도 모른다. 큰집에 갈 때마다 사탕을 주시던 할아버지시니 그 정도는 해주시지 않을까. 할아버지는 평소 할아버지의 걸음걸이처럼 천천히 복숭아의 껍질을 벗겨내셨다.

복숭아의 속살이 드러나면서 할아버지의 손위로 주르륵, 과즙이 맑게 흘러내렸다. 할아버지는 두루마기에 손을 훔치셨다. 아깝다. 저것도 맛있는 물인데……. 껍질을 다 벗겨내신 다음 할아버지는 복숭아를 크게 배어드셨다. 할아버지 손에 다시 과즙이 흘러내렸다. 그 아까운 걸 또 닦으시다니……. 어쨌거나 한 입 드셨으니 이제 먹어보라고 하실지도 모른다. 할아버지는 이번에도 할아버지의 걸음걸이처럼 느릿하게, 껍질을 벗기실 때보다 더 천천히 복숭아를 한 입 더 드셨다. 언제쯤 먹어보라 하실까, 이번에 한 입 또 드시면 주실까, 조금 더 기다려야 할까. 그런데, 아까부터 내가 옆에서 있었는데, 돌조각보다도 더 단단히 서서 움직이지 않고 있는데, 할아버지는 이내 굵직한 복숭아의 씨앗을 입에 넣으시고 마지막으로 손에 묻어있던 물기를 두루마기 자락에 모두 닦으셨다. 먹어보고 싶어도 먹어볼 복숭아는 남지 않았다. (후략)

윗글을 읽으면서 기억 속의 어떤 순간이 되살아나서 숨조차 쉬기 어려웠다. 비슷한 경험이 떠올랐기 때문이다. 아버님에 관한 짠한 기억이 그것인데 두 가지의 사건이 생각난다.

아마 내가 초등학교 3~4학년쯤이었다. 아버님은 철도청에서 기능직 직원으로 근무 중이셨는데 주로 열차의 보일러 계통을 수리하는 업무를 하셨다. 근무 형태가 특이해서 한 달은 주간 근무를, 그다음 달은 야간 근무를 하셨다고 기억한다. 야간 근무를 하시면 아침에 퇴근하셔서 주무시다가 오후에는 집안일을 도우면서 소일하셨는데 내가 학교에서 하교한 이후의 시간은 자연스레 아버님과 둘이 공유하게 되었다. 지금 계산을 해보니 당시 아버님의 연세는 40대 중반이었다. 애주가였던 아버님은 아침에 퇴근하는 관계로 지인들과 술자리를 가질 기회가 없었을 것이다.

삼한사온의 따뜻한 햇볕이 좋은 어느 겨울날이었다. 그날 오후는 아버님과 단둘이 마루에 앉아 있게 되었다. 아버님은 동네 구멍가게에서 구입한 소주 뚜껑을 따고 계셨다. 옆에 앉아 있는 나를 의식했는지, 아니면 어린 아들 앞에서 대낮에 술 마시는 것이 민망했는지,

"에라, 이거라도 먹어야겠다!"

잠시 내 눈치를 살핀 후, 커다란 컵에 소주를 잔뜩 부은 후 물 마시듯 급하게 드셨는데 안주는 된장에 찍은 깐 마늘 한 쪽뿐이었다.

몇 주 후, 방학이어서 시골 큰집에 가게 되었다. 어린 날의 겨울밤은 왜 그리 길고 배고팠는지 모르겠다. 그날 동네 구장15)인 큰아버지 옆에 앉아 라디오를 듣고 있는데 이웃집에서 삶은 돼지고기를 한 접시 가져왔다. 푸짐한 돼지 수육 한 접시와 고춧가루 뿌린 새우젓. 큰아버님은 내가 침 흘리며 뚫어져라 쳐다보는데도 '먹어봐라' 한마디 없이 한 접시를 혼자서 다 드셨다.

며칠 후 집에 돌아와서 아버님께 그 장면을 여러 번 이야기했다. 고기 구경하기 귀했던 시절이었기 때문이다.

"하하, 네가 이 이야기를 여러 번 하는 걸 보니 그게 그렇게 먹고 싶었던 모양이구나!"

하며 웃으셨다.

이후로도 우리 가족이 돼지 수육을 먹을 기회란 좀체 없었음은 물론

---

15) 구장(區長) : 예전에, 시골 동네의 우두머리를 이르던 말.

이다. 그 기억 때문에 내가 나중에 자라서 돈 벌면 아버님께 돼지 수육을 꼭 사드려야지 생각하곤 했는데 아버님은 내가 스무 살이던 해 쉰셋의 나이에 돌아가셨다.

 대학생 시절, 친구들과 술자리를 가지면 가난한 가정 형편의 국립대학교 학생들이 먹는 술안주는 항상 부침개나 쥐포 같은 값싸고 형편없는 것들이었다.
 직장에 입사하여 환영 회식을 갖는 날, 부서원들이 모두 삼겹살집 불판 앞에 둘러앉아 있었다. 이게 뭔가 하며, 먹어도 질리지 않는 삼겹살 구이를 입에 넣고 있는데 접시가 빌 때마다 돼지고기는 계속해서 나왔다. 그런 자리는 지금까지도 계속하고 있음은 물론이다. 그때마다 돼지고기 한 접시 제대로 드시지 못하고 세상을 떠나신 아버님 생각에 눈시울이 뜨거워진다.

햇복숭아

젊은이들은 나 같은 중년을 보면 궁금할 듯하다. 저런 사람도 연애해 보았을까, 아름답거나 슬픈 추억이 있겠냐고? 답은 아주 간단하다. 지나간 시절 아쉬움과 안타까움, 눈물 없는 삶을 살지 않은 사람이 어디 있으랴. 삼십 대 초반의 5월, 초록이 눈부신 오전이었다. 용인시에 있는 회사 연수원에서 일주일 동안의 일정으로 교육받고 있었다. 육십 대 초반의 남루한 옷차림의 노신사가 강사로 초빙되어 강의하기 시작했다. 이름을 대면 다 알 만한 분. '가나안 농군학교'의 교장이었다.

"여러분, 내가 많이 늙어 보이지?"

그 질문에 모두 아이처럼 해맑게 웃으며 "예!"하고 대답했다.

"해마다 봄이 되면 햇복숭아가 열려요. 여러분도 햇복숭아 서른 개 정도만 먹어봐, 나처럼 될 테니까."

그러니까 해마다 햇복숭아 한 개씩 먹으면 서른 해 후에는 자신처럼 늙게 된다는 의미였다.

누구라도 햇복숭아 서른 개를 먹을 동안 기억의 내면에는 지나온, 말 못 하는 가슴 아픈 일들이 빛바랜 일기장처럼 남아있을 듯하다. 가슴 아릿하게 저민 사랑 역시 유적流謫처럼 남몰래 간직하고 있지 않은가.

프랑스 시인 폴 랭보가 이야기했다. '상처 없는 영혼이 어디 있으랴.'

젊은 시절의 고난은 인생을 가슴 찢어질 듯 고통스럽게 만들고, 깊은 몸살을 앓고 난 다음 날의 어지러움처럼 길게 가는 고통을 주지만 아주 많은 시간이 흐르면 자신이 무척 성숙해져 있음을 느끼게 한다.

우리 삶은 우리가 상처를 입고 아픔을 겪으며 성장하는 과정으로 이루어져 있다. 어린 시절부터 세월을 함께한 사람들과의 작은 만남이 우리를 지금의 모습으로 만들어 주었다. 그렇기에 우리의 삶은 인연의 연속이며, 그 인연이 우리를 끌어내는 길은 모호하고 애매하다.

그러나 이 모호함이 우리의 삶을 풍성하고 감동적으로 만들어 준다. 누군가와의 작은 만남, 작은 인연이 우리를 더 큰 인연으로 이끌어 줄 수 있다. 또한 우리의 삶은 고통과 아픔으로 가득하지만, 그것이 우리를 성숙하게 만들고, 우리가 어른이 되어 자신의 삶을 살아가게 만들어 준다.

대하소설 「토지」를 쓴 소설가 박경리 작가의 시집에서 다음과 같은 문장을 만났다.

청춘은 너무나 짧고 아름다웠다.
젊은 날에는 왜 그것이 보이지 않았을까.

- 월간 〈삼성물산 사보〉 1994.10월 -

제2부... 그 집 앞

지독한 오해

어느 유명한 사회학자는 결혼을 대략 다섯 가지 측면을 가진 제도로 간주했다. 흔히 알고 있는 대로 성性과 종족보존 외에 경제적 협력과 정서 및 보험의 기능이다. 다섯 가지 내용 중 무엇이 먼저냐 하는 우선순위를 따지는 것은 별 의미가 없을 듯하다. 다만 결혼은 정서의 제도라는 표현은 결혼 적령기가 되었을 때 가장 실감이 나게 느낄 수 있다.

살아가면서 우리가 받을 수 있는 위로와 격려 중에서 가장 효과적인 것은 이성에게서 받는 위로와 격려이다. 결혼은 그런 점에서 우리에게 삶의 비참함과 고독을 이겨내기 위한 상설常設의 상담 역할, 위로 역할, 격려 역할을 갖게 만들어주는 제도가 아닐까 한다. 인간인 이상 누구나 외로움과 고통을 달고 살아간다. 예술이나 스포츠, 각종 SNS가 아무리 발전한다고 해도 평생을 함께할 배우자의 역할을 대체할 수는 없을 듯하다.

내 나이 서른이 되어가던 때, 과연 결혼해야 하느냐에 대해 의구심을 가지던 시절이 있었다. 험난한 직장 생활을 하다 보니 내 한 몸도 제대로 지키지 못하는 주제에 남의 집 귀한 따님을 아끼고 지키며 살 수 있을까 하는 의문은 점점 더해갔다. K 후배와 결혼 약속을 한 건 맞지만 3년 이상 사귄 사이니 안 보면 멀어지게 되는 것이 인지상정인 지도 몰랐다. 그러는 사이에 내 삶은 황폐해져만 갔다. 혼자서 빨래하고 밥해 먹고 출근하고 퇴근하여 거의 매일 술자리에 어울리는 생활은 삶의 의미조차 찾지 못하는 다람쥐 쳇바퀴 도는 형태였다. 어느 여름 날, 출근하다 같은 그룹 계열사에 다니는 장형을 회사 본관 1층 엘리베이터 앞에서 만나게 되었다. 형은 창원에서 보일러와 프레스를 만드는 중공업 계열 회사의 초임 과장이었는데 서울에 갑자기 출장 온 모양이었다. 전날 회식 때문에 밤늦게까지 술을 마신 터라 나의 얼굴은 푸석푸석했고 눈은 충혈되어 있었으며 갈아입지 않은 와이셔츠는 구겨져 있었다. 형은 몹시 심각한 표정으로 아래위로 나를 훑어보더니 언제 내려와서 이야기를 좀 하자고 말했다.

어머니와 두 형, 형수들이 모인 자리에서 장형은 해가 가기 전에 결혼하는 게 어떠냐고 내게 의견을 물었다. 하고 다니는 몰골이 한심하니 결혼하면 어떻게든 안정된 삶을 살 수 있지 않겠냐는 나름의 판단을 한 듯했다. 형수들도 이왕 사람이 있는데 결혼을 미루는 것은 이해가 안 된다고 한 술씩 거들었다. 그날 밤 K 후배에게 전화했더니 자신도 가족들로부터 비슷한 압박을 당하고 있다고 하소연했다. 그러던 며칠 후 마산에 계신 K 후배 어머니가 내 어머니를 만나서 두 분은 몇 달 후 날짜로 결혼 일정을 잡았다.

청첩장을 만들고 예식장을 예약하는 등 이리저리 준비하다 보니 금방 시간이 흘러 결혼식을 일주일 남겨둔 어느 날이었다. 당시 내가 근무하던 회사 사업부의 옆 사무실에는 B 건설이라는 유명 건설회사가 입주해 있었다. 그 회사의 경리 여사원으로 아무개라는 아가씨가 있었는데 같은 층에 근무하다 보니 서로 안면이 있어서 복도에서 만나면 인사하는 사이였다. 어떨 때는 찻잔을 쟁반에 담아가다가 나를 만나면 반갑게 한 잔을 건네주기도 했다. 그리고 퇴근길에 우연히 같은 엘리베이터를 타서 술을 한잔하자는 제의에 함께 포장마차에도 간 적도 있었다. 우리 사무실의 여사원들과도 꽤 친하게 지내는 모양이었는데 어떻게 번호를 알았는지 어느 날 내 자리로 그녀의 전화가 걸려 왔다. 안 바쁘면 퇴근길에 한 번 만날 수 없느냐는 내용이었다. 퇴근이 늦은 관계로 그래도 괜찮겠냐고 물으니 상관없다고 해서 밤 열 시 무렵 회사 뒤편에서 한참 떨어진 서소문동 중앙일보 근처에 있는 포장마차에서 만나게 되었다.

포장마차에 들어가니 그녀는 이미 혼자서 소주 한 병을 거의 다 마시는 중이었다. 내가 자리에 앉자 약간 망설이더니 말문을 열었다.

"결혼하신다는 소문이 들리던데요. 사실인가요?"

"하하, 혼자 살고 싶은데 가족들 성화가 워낙 심해서리……."

"결혼하실 분과 사귄 지는 오래되었나요?"

"학교 후배인데 4년 정도 되었지요."

"아……. 사실이었군요. 모든 것이 헛소문이길 바랐는데……."

소주를 한 병 더 주문한 그녀는 맥주잔에 소주를 가득 붓더니 단숨에 원샷으로 마셔버리고는 가볍게 눈인사한 후 자리를 떴다.

왜 저럴까? 그녀의 뒷모습을 보면서 마음이 그다지 편하지 않았다. 그래서 그녀가 남긴 술과 안주에다 소주를 한 병 추가해서 홀로 마시며 뭐가 문제였는지에 관해 복기復記에 들어가게 되었다. 악의 없이 베푼 친절이 오해를 만들 수 있고, 필요 이상의 예의가 때로는 상대방에게 행여 상처를 줄 수도 있으니 말이다. 혼인 적령기의 남자는 특히 처신에 신경을 써야겠다는 사실을 절실히 깨닫게 된 날이기도 했다.

작년인가 여름휴가 때 아내와 대만의 타이베이에 여행 가서 그곳 야시장의 포장마차에서 술을 마시게 되었다. 40대 이후에는 포장마차에

간 기억이 없으니 아주 오랜만에 포장마차에 앉게 된 것이다. 갑자기 결혼 전, 포장마차에서 있었던 그 일이 생각이 나서 주마간산走馬看山 격으로 아내에게 기억을 털어놓았다. 그녀가 나를 짝사랑했는지 아니면 나의 착각인지 알 길이란 없지만 오랜 시간이 지났음에도 한 번씩 생각났기 때문이다.

아내는 내 얼굴을 보면서

"당신에게도 이런 일이 있었구나.……."

라며 놀라워했다.

"어, '당신에게도'라니?"

아내의 이야기는 이랬다.

나와 같은 해 대학을 졸업한 아내는 민간 사회조사기관에 1년가량을 근무하던 중 보다 안정적인 직장을 찾아 주경야독한 끝에 국가 공무원에 합격했다. 지금도 그렇지만 아내는 매사 입이 무겁고 지나치게 신중한 편이기도 하다.

아내가 다니는 관공서의 같은 부서에 근무하던 얌전한 노총각이 한 명 있었는데 유달리 아내에게 친절하고 어려운 일도 제 일처럼 도와주곤 해서 항상 고마운 마음이었다고 했다. 드디어 결혼 날짜가 잡히자, 부서원들에게 청첩장을 돌렸고 당연히 그 수줍은 노총각에게도 청첩장을 건넸는데 왠지 표정이 평소와 달리 느껴졌다고 했다. 신혼여행을 마치고 부서에 복귀했을 때는 그는 이미 사표를 제출하고 직장을 그만둔 상태였다는 것이다.

"그 이유가 뭔지 어떤 건지 잘 모르겠어요. 갑자기 직장을 그만둘 이유가 없었고 부서에서 이유를 물어도 대답하지 않더라네요. 그런데 묻지도 않는데 내가 결혼할 사람이 있다고 먼저 말할 수도 없잖아요. 프러포즈를 받은 것도 아니었고. 청첩장을 건넬 때 표정이 밝았으면 지금까지 이렇게 찜찜한 느낌은 아닐 텐데 말이야……."

무슨 얘긴지 이해할 수 있었다. 아내와 나는 비슷한 경험을 한 건데 그게 상대방이 나를 좋아할 거라는 과대망상에 의한 착각인지 실제로 그들에게 본의 아닌 상처를 준 건지 알 길 없다. 인생 별거 아니라는 말을 버릇처럼 하는 사람들 참 많지만, 항상 신중해야 하는 것이 세상살이다.

- 월간 〈맑고 향기롭게〉 2016. 3월 -

눈 오던 날

아내가 임신하였을 때는 결혼한 지 만 2년이 지난 후였다. 어느 날 아내가 자신이 임신한 듯하다고 귓속말하기에 나는 기쁘다기보다는 이내 심각한 마음이 되어버렸다.

'드디어 올 게 왔구나.'

내 한 몸 지키기도 힘들어 결혼한다는 게 언감생심이었는데 결혼하고 나니 드디어 올 것이 오고야 말았다는 생각에 덜컥 겁이 났다. 나처럼 부족한 사람이 과연 아버지가 될 자격이 있을까 하는 걱정이 더해갔다. 아내는 틈만 나면 열 달 후 태어날 아기를 위해 아기 옷을 사고 목욕 도구다, 무엇이다를 장만하는 모양이었지만 나는 엉뚱하게도 태어날 이 아이를 내가 과연 잘 키울 수 있을까 하는 근심을 하고 있었다.

당시 우리가 살고 있던 동네 입구에는 작은 슈퍼가 하나 있었는데 아내는 그 집 앞을 지나칠 때마다 그 집 아이를 매일 정성스레 쳐다보았다. 그 집 아이는 유달리 살결이 곱고 눈이 크고 예쁜 아이로 기억하는데 아내는 자신의 그러한 행동이 태중의 아이에게도 전달된다고 믿는 눈치였다.

휴일 아침, 어머니는 내게 시내에 있는 대형 재래시장에 함께 가자고 명령했다. 임산부가 잉어 다린 즙을 먹으면 태어날 아이의 피부가 우유처럼 희게 되고 눈망울이 잉어처럼 크고 맑게 된다는 속설 때문이었다. 나는 파평 윤씨가 잉어를 먹지 않는 전통을 모르시냐고 따졌지만, 어머니는 나를 흘겨보시며 등짝을 때렸다.

"시끄럽다! 네 아이가 잘 생겨야 할 거 아니냐? 고릿적 이바구하지 말아라!"

시내 중심부에 있는 부전시장에 가서 어머니와 나는 보디빌더 팔뚝보다 더 큰 잉어를 한 마리 골랐다. 민물 생선전 아주머니는 내게 조상 같은 의미를 지닌 상징, 잉어를 기절시킨 후 포장하여 건네주었는데 어머니는 큰 솥에다 들기름을 한 병이나 넣은 후 온종일 고우셨다.

임신한 아내는 까칠까칠 말라 갔다. 산달이 임박해서는 제법 배 속의 아기가 꿈틀꿈틀해서 한번은 나보고 만져 보라고 말했다. 슬쩍 만져 보았더니 과연 무언가 살아서 조금씩 움직이고 있었다.

나는 우리가 사는 것은 바로 이런 평범한 진리, 즉 내가 어머니 뱃속에서 열 달 만에 나왔다는 진리를 되새김질하는 것에 불과하다고 하는 사실을 새삼스럽게 느꼈을 뿐이지 별다른 감동은 받지 않았다. 단지 오뚝 배가 불러서 무거운 몸을 힘들게 움직이는 아내를 위해서라도 뱃속의 저 녀석이 빨리 나왔으면 좋겠다고 걱정할 뿐이었다.

소가 출산이 임박할 때는 느린 몸짓, 본능적으로의 경계심을 띤 행동으로 하루를 영위한다고 농부에게서 들은 적이 있었다. 그것은 내 아내 또한 마찬가지여서 출산을 앞두고는 잘 웃지도 않고 채소나 과일을 먹을 때는 열 번 이상 씻었으며 태교한답시고 퇴근 후 매일 클래식 음악을 틀어놓고 누워있기만 했다. 그래야 배 속에 있는 아기의 성품이 좋아진다고 반복해서 내게 말했다. 나는 매일 절간에 사는 착각을 일으킬 정도였다. 그런 집안 분위기가 너무 따분해서 퇴근길에서 이놈

저놈 친구 녀석들에게 전화하여 술 한잔 걸치고 슬그머니 집에 들어와 방구석에서 자는 게 당시의 일과였다.

그러던 어느 날 밤, 자정이 다가오는데 아내는 배가 슬슬 아파진다고 얼음처럼 차가운 표정으로 하소연했다. 본능적인 육감이었는지 뭔가 이상하다며 옷장에서 이것저것을 꺼내더니 보퉁이를 만들기 시작했다. 소위 말하는 진통이 시작된 듯했다. 저녁에 마셨던 술이 덜 깬 채 아내가 만든 보퉁이를 살펴보니 그간 준비해 두었던 아기 속옷과 포대기, 기저귀 등을 조심스레 담고 있는 모습이 보였다. 그 장면은 참으로 숭고하여 고결하게까지 느껴져 갑자기 아내가 존경스러워졌다. 병원 복도에서 뜬눈으로 밤을 새우고, 날이 새어 출근하려 하는데 길에는 눈이 펄펄 내리고 있었다. 눈이 좀체 오지 않는 지방에서 희한한 일이었다. 출근하여 자리에 앉았으나 일이 손에 잡히지 않았다. 당시는 휴대전화기가 없던 시절이어서 어떻게 되었는지 궁금하기 짝이 없었는데 가만히 생각해보니 아내가 그간 진찰받았고 드디어 출산을 위해 입원한 그 산부인과 의원에 직접 전화해야겠다는 판단이 들었다. 그러나 여러 차례 다이얼을 돌렸음에도 동네 산부인과 의원은 전화를 받지 않았다. 갑자기 입에서 상욕이 나왔다. 대형 병원에 가라고 그렇게 당부했건만 저렴한 비용을 좋아하는 아내의 생활 습관이 출산에도 이어졌기 때문이다.

답답해서 머리 뚜껑이 열릴 지경까지 왔던 나는 과장에게 조퇴를 청하고 회사 앞에서 택시를 탔다. 새벽부터 내리기 시작한 눈은 제법 쌓여서 도로는 거북이길이 되어있었다. 눈이 귀한 동네에 묘하게도 그날 몇 년 만의 대설大雪이 온 것이다. 병원에 도착하니 아직 아기는 세상에 나오지 않았다. 나는 복도의 나무 의자에 앉았다 일어서기를 반복하다가, 밖으로 나가서 담배를 피웠다가 하는 일이 몇 시간째 계속되었다. 눈은 그치지 않고 폭설로 바뀌고 있었다. 오후가 되자 슬슬 배가 고파지기 시작했다. 생각해보니 출산 기미에 긴장해서 아침부터 아무것도 먹질 않았기 때문이었다. 병원 앞 슈퍼에 가서 뭔가 먹을 게 없나를 찾던 중인데 단팥빵 외에는 눈에 띄는 먹거리가 없었다. 그러다 갑자기 캔 맥주가 눈에 띄었다. 두 캔을 따서 마시니 추운 몸이 좀 풀리는 느낌이 들었다. 다시 병원 복도를 서성이는데 갑자기 "응애!" 하는 아기 소리가 들리기 시작했다. 덜컹 분만실 문이 열리면서 간호사가 가슴에 아기를 안고 나왔다.

"뭐예요. 뭐?"

옆에 앉아 있던 어머님이 대뜸 그것부터 물었다.

"아들이에요. 아들!"

"아이고머니나, 어때요, 우리 며느리는?"

"순산이세요."

"어디 좀 보자. 어디 좀 봐!"

나는 우두커니 멀찌감치 서 있었다. 공연히 눈시울이 뜨거워지고 세상 모든 것이 부끄럽고 죄스러워지는 느낌이었다.

"막내야, 여기 와서 네 아들과 상면해라."

나는 잽싸게 그리로 갔다. 조그만 아기가 아주 작은, 빨간 피부의 아기가 간호사의 팔에 안겨져 있었다. 핏자국이 여린 얼굴에 묻어있었다.

"너하고 닮았지?"

"히히, 그런가요……."

나는 가만히 아기를 보았다. 문득 30년 전의 내 모습이 저랬으리라는 생각이 들었다. 아기는 아직 세상이 보기 싫다는 듯 눈을 감고 있었다.

"이봐, 인마. 내가 네 아빠라고. 안녕!"

나는 인사를 했다.

창밖에는 계속 눈이 내리고 있었다. 동네 산부인과였던 관계로 의사는 빨리 집에 가서 산모 몸조리하라고 재촉했다. 그런데 눈으로 인해 택시도 보이질 않고, 폭설로 인하여 길이 미끄럽기 짝이 없는데 막 출산한 산모를 걸어가게 할 수도 없어서 난감한 처지에 놓이게 되었다. 갑자기 직장 동료 중에 자가용을 끌고 다니는 입사 후배이며 고교 선배인 영업부의 C 씨가 생각났다.

"형, 난데. 우리 마눌이 방금 아들 낳았거든!"

"하하, 그러냐? 축하한다!"

"그런데 퇴원하라는데 의원 앞에 택시도 없고 눈은 자꾸 내리고…. 나 지금 돌아버리겠어."

"히히, 그렇구나! 그러면 내가 잽싸게 가야겠네. 잠시 기다려라!"

그날 저녁 어머니는 아내가 몇 달 전 준비한 목욕통에 더운물을 담아서 손으로 몇 번이나 휘저어보시더니 조심스럽게 아주 조심스럽게 아기를 목욕시키셨다.

"어머니, 갓난아기 몸은 부드러워서 마치 밀가루 반죽 덩어리처럼 보이네. 하하."

"너 언제 철들래!"

하시며 어머니는 내게 두 대씩이나 세게 등짝을 때리셨다.

나는 돌사진이 없다. 내가 태어날 즈음에 극도로 가계가 가난했기 때문에 사진 하나 없이 장난감 하나 없이 키웠다고 했다. 유년 시절 친구 집에 즐비한 그들의 돌사진이 마냥 부럽기만 했다. 내가 처음으로 찍은 사진은 초등학교 1학년 봄 소풍 단체 사진이었으니까. 그리고 기성회비를 내지 못해서 학교 수업을 받지 못하고 집으로 쫓겨갔던 경험뿐만 아니라 보이스카우트 단복을 입고 다니던 친구들에 대한 동경이나 미술학원에 다니는 친구가 부러워서 몇 시간이고 보이스카우트 실, 미술학원 앞에 앉아 있었던 기억도 되살아났다.

몇 년 만에 눈이 오는 길일吉日에 태어난 아기를 앞에 두고 나는 몇 번이나 다짐하고 맹세했다. 사진 흔적 남기기. 장난감, 합창단, 미술학원, 피아노, 보이스카우트 등 내가 못 해 본 것들을 해주겠다고 말이다.

나는 그때의 다소 유치한 맹세처럼 틈만 나면 사진을 찍고 장난감을 사다 주었다. 남들처럼 피아노도 사주고 이를 배우게 했다. 그 피아노는 안방구석에 아직도 외로이 남아있다. 태어나던 날 맹세했던 대로 나는 아들아이를 궁색하게 키우지는 않았다. 그러나 과연 그것만이 올바른 아버지의 길이었을까 하는 점에서는 의문이 간다. 나는 아버지라는 그 사실 하나만으로 나 자신 모르는 사이 아들에게 행여 많은 상처를 입혔는지도 모르기 때문이다.

조선의 세종조에 최한영이란 유생이 자신의 인생을 기록한 「반중일기泮中日記」를 남겼는데, 그는 책 속에서 다음과 같은 '화원花園'이라는 연시를 지었다.

坐中花園 膽彼夭葉
꽃밭에 앉아서 꽃잎을 보네

兮兮美色 云何來矣
고운 빛은 어디에서 왔을까

灼灼其花 何彼(艶)矣
아름다운 꽃이여 그리도 농염한지

斯于吉日 吉日于斯
이렇게 좋은 날에 이렇게 좋은 날에

君子之來 云何之樂
그 임이 오신다면 얼마나 좋을까?

臥彼東山 (觀)望其天
동산에 누워 하늘을 보네

明兮靑兮 云何來矣
청명한 빛은 어디에서 왔을까?

維靑盈昊 何彼藍矣
푸른 하늘이여 풀어놓은 쪽빛이네

吉日于斯 吉日于斯
이렇게 좋은 날에 이렇게 좋은 날에

美人之歸 云何之喜
그 임이 오신다면 얼마나 좋을까?

그렇다. 그날 답답하게 왔다 갔다를 반복했던 그 병원의 복도는 내 마음속에 그대로 남아있다. 간호사의 품에 안긴 아들아이의 모습을 처음으로 본 후 걸었던 병원 복도. 나는 출구도 없고, 끝도 없는 부자

관계라는 긴 복도를 줄곧 걸어왔다. 병원 복도에서 사랑하는 내 부모님은 내 곁을 떠나 어디론가 먼 곳으로 사라졌으며, 또한 나의 분신이라고 할 수 있는 두 아이를 만나게 되었다. 어디서 와서 어디로 갈지 모르는 미완성의 복도에 나는 아직 그대로 서 있다. 그러나 그날, 눈 오는 좋은 날에 부부의 마음에 꽃밭의 꽃잎처럼 찾아온 부부의 영원한 손님임은 분명하다.

그 집 앞

"행복은 항상 그대가 손에 잡는 동안에는 작게 보이지만, 놓쳐 보라, 그러면 곧 그것이 얼마나 크고 귀중한지 알게 될 것이다." (막심 고리키)

아내와 뒷산에 등산 갔다 내려오면서 15년 전 살았던 옛집 근처에 간 적이 있었다. 우리가 살았던 골목이 눈에 띄자, 누가 먼저라고 할 것 없이 그 골목 안으로 들어가게 되었다. 그 옛집은 부모님이 과거 몇십 년에 걸쳐 힘들게 일구어 놓은 재래식 이층 가옥이다. 아버님이 돌아가시자 그 집에서 어머님과 내가 살았는데, 내가 결혼하고 아이들이 태어남에 따라 점점 식구가 늘었다. 집은 우리 아이들이 커감에 따라 방이 부족하고 주차할 곳이 없어서 내가 동네 앞 대규모 아파트 단지로 이사한 탓에 그 집은 이제 추억 속의 집이 되어버렸다. 어머님은 함께 아파트로 가자는 나의 권유에도 불구하고 그곳에 홀로 살기를 고집하셨다.

이후 어머님은 우리 부부와 아이들이 살던 방을 교우敎友에게 전세 놓은 후 세입자 가족과 그곳에서 살다 돌아가셨다. 그 집은 장형 소유로 되어있었는데, 어머님이 세상을 떠나자, 형은 잽싸게 그 집을 팔아버렸다. 나와 미리 교감이 있었더라면 부모님의 분신과도 같은 그 집을 내가 매입할 수도 있었기에 항상 서운한 마음이다. 그러니까 내가 30년 간 살던 그 집은 이제 남의 집이 되어버린 것이다.

그날, 골목 안으로 들어가서 오랜만에 그 집을 보니 만감이 교차했다. 마침 그 집의 대문은 반 정도 열려있었다. 대문 안의 마당에는 지금은 만날 수 없는, 부모님이 심어놓은 수국, 내가 심었던 사철나무와 목단 그리고 장미나무를 비롯한 여러 아름다운 꽃나무들이 고스란히 남아있었다. 그런데 집주인은 밖에서 대문 안을 들여다보는 우리 부부를 발견하고는 사생활 침해를 당했다는 듯 매우 불쾌한 기분이 들었는지 우리가 뭐라고 말할 틈을 주지 않은 채 마당을 건너와서 대문을 '쾅!' 신경질적으로 닫아버렸다.

집주인이 우리를 향해 누군데 남의 집 대문 안을 들여다보느냐고 물었다면 과거 이 집 주인이었노라고 대답하며 오랜만에 옛집 근처에 오니 감회가 깊어서 그러는데 잠깐만 안으로 들어가도 되겠냐고 부탁했을 텐데 아쉬움이 컸던 날이었다. 왜 그 집 근처에 갔느냐 하면 이유는 딴 데에 있었다.

아내와 내가 즐겨보는 텔레비전 방송에서 우리가 평소 슈퍼에서 구매해서 먹고 있는 된장이 100% 메주로 만든 식품이 아니라 밀가루에다 메주를 약간 넣어 만든, 그러니까 된장 맛을 나게 만든 밀가루 소스라는 사실을 알게 되었다. 방송을 본 후, 이미 사들인 된장의 플라스틱 용기 라벨에 깨알처럼 적힌 성분표를 보니 과연 콩 성분은 10%도 되지 않았고 주성분이 밀가루와 착색제, 방부제 등 화약 약품 범벅임을 발견했다. 그래서 돌아가신 어머님처럼 집에서 된장을 직접 담가 먹으면 되지 않겠느냐는 생각을 하게 되었다. 메주는 성당이나 사찰의 바자나 시골 오일장, 인터넷 농협 등에서 사더라도 문제는 메주를 된장과 간장으로 발효시킬 전통 항아리를 구하기 어렵다는 사실이었다. 동네의 재래시장에 들렀건만 옹기 가게는 이미 없어진 지 오래였다. 이후 곰곰이 생각해보니 과거 어머님이 가지고 계시던 옹기가 꽤 많았고 어머님이 돌아가신 후 그 옹기들이 오랫동안 방치되어 있었던 모습을 보았던 기억이 되살아났기 때문이다. 과거의 연을 이야기하며 두어 개의 항아리를 돌려받을 수 있지 않을까 하는 기대가 생겼는데 현재의 집주인에게 말도 못 걸고 이상한 사람들이 되어버린 셈이었다.

골목을 나오면서 아내는 내게 말했다.

"당시 거주할 때는 몰랐는데 지금 생각해보니 저 집에서 두 아이를 낳고 애들은 초등학교까지 할머니의 품에서 품성 바르게 자랐고……. 돌이켜보니 그때가 우리 인생에서 가장 행복했던 순간이었어요."

행복은 누리는 순간에는 알 수 없고 대부분 세월이 흐른 후에 그 본질을 알게 되는 법이다. 그 시절, 우리가 살았던 그 옛집에는 어머님의 친구인 성당 교우들이 자주 집에 놀러 오곤 했다. 빈한한 형편의 할머니들은 초등학생인 우리 아이들을 보며,

"너희는 천국과 같이 좋은 집에서 많이 배운 부모를 만나 행복하게 살고 있구나."라는 말을 자주 하곤 했다.

당시 나는 외풍이 세고 주차 공간이 없으며 좁고 불편한 구조의 재래주택에 염증을 느끼고 있어서 '저 할머니들은 천국이 무엇인지 전혀 모르는 분들이구나.'라고 혼자서 중얼거렸다. 행복이란 상대적이고 나보다 못한 사람들이 당시 우리 가정을 보고 당연히 그렇게도 생각할 수 있다는 사실을 뒤늦게나마 깨닫게 되었다.

친한 지인에게 들은 이야기를 해보도록 하겠다.

한 동네에 두 여자가 친구처럼 가깝게 지내고 있었다. 그런데 두 여인의 남편들은 서로 대조적이었다. 한쪽 부인의 남편은 일요일만 되면 아무 곳도 가지 않고 온종일 집에서 TV를 보거나 아니면 낮잠을 즐겼

으며, 또 다른 주부의 남편은 일요일만 되면 낚시가방을 둘러메고 친구들과 낚시하러 가서 남편과 함께 지내는 일요일이 거의 없었다.

이후 집에만 있는 남편의 부인은, "아유 지겨워, 제발 등산하든지 낚시하러 가든지 나갔으면 좋겠다."고 불만을 토로했고, 일요일만 되면 낚시하러 가는 남편의 부인은, "제발 일요일만은 집에서 가족들과 같이 지냈으면 좋겠다."는 불평을 늘어놓으면서 상대방의 남편을 부러워했다.

이처럼 현실에 대해 만족을 느끼지 못하는 사람들은 그 반대의 경우를 희망한다. 집이 없어서 해마다 이사하는 사람은 이사하지 않고 한곳에서 계속 살기를 바라고, 자기 집이 있어서 한곳에서만 몇십 년을 사는 사람은 제발 이사 좀 가 봤으면 하고 바란다.

이렇게 생각을 바꿔야 하고, 바꿀 때 행복도 누릴 수 있다. 즉 남을 부러워하기에 앞서 내가 누리고 있는 현재의 삶이 최고라고 인정해줘야 한다. 그때 현재의 삶에 만족할 수 있고, 행복도 누릴 수 있지 않을까 한다.

그날, 그 집 앞을 지나오면서 필요한 옹기는 구하지 못했지만, 지난 시절 잃어버렸던 행복을 다시 찾은 기분을 느끼게 되었다. 그리고 돌아서서 대문을 열면 어머니가 기다리고 계실 것 같은 느낌까지도 말이다.16)

- 월간 〈맑고향기롭게〉 2016. 4월 -

---

16) 병상에서 지면을 통해 이 글을 읽었다는 전직 교사 출신의 중년여성이 발행지 책임자에게 내 주소를 부탁하여 손수 담은 된장을 한 통 보내주셨다. 늦게나마 감사드린다.

실종 신고

영화 '친구'로 유명한 곽경택 감독의 또 다른 영화 '똥개'에는 다음과 같은 장면이 나온다.

형사인 아버지(김갑수)가 낯선 고아 소녀(엄지원)를 집에 데려오며 비슷한 또래의 고교생 아들(정우성)에게 친남매처럼 지내라고 한다. 그러나 주인공(정우성)은 사사건건 자신의 생활에 간섭하는 소녀가 싫어진다. 그래서 어느 날 또 잔소리하는 소녀에게 생각 없는 한마디를 짜증스레 내뱉고야 만다.

"니, 너그 집에 가라! 이 가시나야!"

고아로 자라온 소녀에게 이 말이 큰 상처가 됨은 물론이다.

화가 난 소녀가 이야기한다.

"니, 그거밖에 안 되나? 이 씨발놈아!"

"……."

"어릴 때 엄마가 바람이 나서 가출하고 아버지는 칼을 품고 엄마를 찾아다니다 죽었다. 그래서 나는 먼 친척 아주머니 집에서 자랐다……. 어느 해 어린이날, 친척 아주머니가 나를 예쁜 옷으로 갈아입히고는 어느 집 대문 앞에서 눈감고 일에서 백까지 헤아리라고 했다……. 시킨 대로 눈을 감고 백을 헤아린 후 무서워 눈을 떠야 하는데……. 그런데 눈을 뜨면 아주머니가 나를 두고 멀리 뛰어가는 게 보일까 봐 눈을 못 뜨겠더라.……."

　코미디 풍의 영화였는데 이 장면이 너무 슬퍼서 나는 그만 눈물을 흘리고 말았다. 못살던 시절, 이런 일들이 비일비재했기 때문이다.
　이 글을 읽는 많은 부모님에게도 경우의 차이는 있겠지만 어린 자녀를 길에서 잃어버린 경험이 한 번 정도는 있으리라 생각해 본다. 내 초등학교 시절에는 백 명씩이나 되는 학급 인원 중 고아원 소속 아이들이 한 학급에 늘 서너 명 있었던 기억이 난다. 당시 못살아서 부모가 버렸을 경우가 많겠지만 길에서 우연히 길을 잃어 고아 아닌 고아가 된 경우도 많았기 때문이다.
　우리 삼 형제가 어릴 때, 어머니는 길에서 큰형을 잃어버린 이야기를 자주 하시곤 했다. 그 당시 도시의 변두리 극장에서 김지미, 최무룡이 주연으로 나왔던 '미워도 다시 한번'이라는 영화를 이웃 아줌마들과 함께 보고 나오다가 즐겁게 담소하는 틈에 네 살 어린아이가 사라진 사건이었다. 집에서 3km가량 떨어진 먼 거리에서 아이를 잃어버렸기에 젊은 새댁이 받은 충격은 실로 대단했던 듯했다. 온종일 헤매다가 어찌어찌해서 겨우 찾았다는 것이다. 그런 일은 그 이후에도 계속되어 이후에도 나들이 때 두 번이나 큰형을 길에서 잃어버린 아찔한 사건이 있었다고 했다.
　요즘도 TV를 보면 어릴 때 길을 잃어 고아가 되어 외국에 입양된 아이가 장성하여 부모를 찾는 장면을 흔히 접할 수 있다. 고故 최진실이 주연으로 나와서 유명했던, 실화를 바탕으로 만든 영화 '수잔 브링크의 아리랑'이나 최근에 언론에 보도된 한국 입양아 출신 프랑스 통상 장관 '펠르랭'도 비슷한 경우이다.

내게도 그런 일이 있었다. 그러니까 큰아이가 네 살이던 해, 어느 토요일 오후였다. 평소처럼 오전 근무를 마치고 서점에 들러 휴일 읽을 책을 사 들고 귀가하는 길이었다. 동네 어귀에 들어오니 어머니와 아내가 근심 가득한 얼굴로 길을 헤매고 있었다. 이유인즉슨, 아들아이가 아침 일찍 말도 없이 집을 나갔는데 오후 네 시가 된 그 시간까지도 집에 들어오지 않아 찾아 나섰다는 것이다. 고부姑婦는 거의 울상이 되어 있었다. 아들 녀석의 친구 집이나 유치원 등을 빠짐없이 들렀건만 아무도 애를 본 적이 없는 사실도 불안감을 더하게 만들었다.

문득 며칠 전에 있었던 아들아이가 부모에게 한 이야기가 내 뇌리를 스쳤다. 집으로 들어가는 동네 어귀 큰 골목에는 차가 한 대 다닐 정도의 길이 있는데 그곳은 지금도 여전히 'ㄱ' 자의 커브 길이다. 아들 녀석은 자신이 그 길 가운데로 급히 뛰어갔는데 갑자기 나타난 승용차가 '끽!' 소리를 내면서 급정거하더라고 말했다. 그런데 멈춰 선 운전사는 핸들에 머리를 묻고 한동안 꼼짝하지 않았다고 했다. 그도 놀랐기 때문일 듯하다. 아내는 그 말을 듣자마자 얼굴이 사색이 되어 방구석에 놓여 있던 빗자루를 찾기 시작했다.

"이 녀석아, 너 차에 치이기 직전이었다!"

그 사건이 다시 생각나자 내게도 불안감이 밀물처럼 밀려왔다. 아내와 나는 파출소로 달려가서 유아 실종 신고를 했으나, 담당 경찰관은 아직 날이 어두워지지 않았으니 좀 더 찾아보자고 이야기하며 무전기에다 대고 뭐라고 전달하며 우리 부부를 안심시켰다.

이윽고 날은 점점 어두워지고 나는 초조해져서 그야말로 미쳐버리는 기분이었다. 아내는 이내 울먹이기 시작했고 나는 애꿎은 담배만 피우면서 동네 이 골목 저 골목을 헤매기를 계속했다. 드디어 나는 돌아가신 아버님 이름을 부르는 지경에 이르게 되었고, 평소에 부르지 않던

하느님께 몇십 번이고 기도했다.

"하느님 아버지, 제발 우리 아이 무사히 돌아오게 해 주십시오. 그렇게만 해 주신다면 앞으로 제게 일어날 어떤 대가라도 달게 받겠습니다……."

부부가 길을 헤매는 동안 날은 아주 어두워졌다. 길에 있는 공중전화로 집에 있는 어머니에게 연락했으나 여전히 아이는 집에 들어오지 않은 상태였다. 부부는 공황 상태가 된 채 낙담하여 집으로 들어가야만 했다. 그런데 걷는 중 뒤에서 누군가가 우리를 향해 뭔가 말하는 느낌이 들었다. 너무 피곤하고 신경이 날카로워진 탓이리라 생각했는데 뭔가가 들리고 있다는 느낌은 계속되었다.

"엄마, 아빠! 어디가?"

어디선가 작은 목소리가 들렸다. 뭔가 헛것이 들리기 시작하니 갑자기 이제는 모든 게 막막하고 희망이 없다는 생각에 눈물이 났다. 아내는 거의 실성한 듯했다. 그러다가 뭔가 작은 물체가 어둠 속 우리 앞으로 갑자기 '톡' 뛰어 들어왔다. 아들 녀석이었다.

"헤헤, 엄마 아빠! 어디 갔다 오는 거야?"

나는 너무도 감사해서 녀석을 부둥켜안고,

"요놈의 새끼! 주먹만 한 새끼! 어디 갔다 이리 늦게 기어들어 오는 거야?"

하며 어쩔 줄 몰라 하는데, 아내는 금세 정신이 돌아왔는지,

"요놈의 자식, 삽살개 같은 자식! 너 오늘 매맛 좀 봐야겠다. 너를 찾느라 여섯 시간 동안 동네를 미친 듯 헤맸다. 너 오늘 한 번 제대로 맞아봐라!"

이렇게 해서 그날 아들 녀석의 실종 사건은 막을 내렸다. 녀석은 근처의 초등학교 운동장에 옆 동네 아이들과 해가 지는 것도 모르고 공

놀이를 한 모양이었다. 부모가 놀라는 모습을 보고 녀석이 더 놀랐던 사건이다. 물론 아내와 나는 녀석이 무사히 돌아온 데 대한 감사한 마음으로 말로만 겁을 주었을 뿐이다. 우리는 비폭력주의를 주장하는 가족이니깐. 아내의 말에 의하면 그날 밤, 내가 꿈을 꾸는지 계속 같은 내용의 잠꼬대를 하더라고 했다.

"하이고 ~ 하느님 아버지. 감사합니다. 그리고 돌아가신 아버지, 감사합니다!"

- 월간 〈맑고향기롭게〉 2016. 9월 -

어머니에 관한 기억

　불과 10년 전의 일이다. 어머니는 어느 날 내게 이런 말씀을 했다.

　"부활절 고해성사를 봤는데 신부님께 야단만 들었다."

　"무슨 말씀이에요?"

　"고해소17)告解所에 들어가서 내가 지은 죄를 고백해야 하는데 막상 죄를 고백하려니 죄지은 것이 생각나지 않더라."

　"그래서요?"

　"이렇게 말했지. 신부님, 아무리 생각해도 죄지은 것이 없습니다."

　"아하, 그래서요?"

　"신부님이 화를 내시더구나."

　"어떻게요?"

　"'당신은 천사天使란 말이오!' 하시며 화를 내시데?"

　고해성사(告解聖事, sacrament of penance)는 가톨릭 신자가 알게 모르게 범한 죄를 성찰·통회痛悔·고백·보속 등의 절차를 통하여 죄를 용서받는 성사를 의미한다. 천주교회에서는 이를 일곱 성사의 하나로 부르는데, 죄를 통회하고 고백한 신자는 사제를 통해 하느님께 죄 사

---

17) 『가톨릭』 세례받은 신자가 지은 죄를 고해성사 때 고백하는 곳.

함의 은총을 입고 사제가 정해 준 속죄를 이행함으로써 죄를 보상하거나 속죄하게 된다.

말년의 어머니는 순진하신 것인지 아니면 판단력이 흐려지신 것인지 너무 솔직히 고백하신 것이다. 이야기를 마치신 후, 가만 생각해보니 그럴 만도 하다는 생각이 들었다. 늙고 노쇠하셔서 세끼 식사하는 것과 기도 외에는 하는 일이 없는 당신께서 지은 죄라고는 없었을 것이다. 그런 분에게 죄를 고하라고 하면 어쨌든 억지로 만든 죄에 불과하다는 생각이 들었기 때문이다.

해마다 어머님 기일이 다가오면 생각나는 것들이 있다.

내가 단 한 번 가보았던 어머니의 친정, 나의 외갓집은 경남 김해군 가락면 죽림리로 지금은 부산광역시에 편입되었다. 어머니의 마지막 모교는 가락 초등학교인데 부산에서 서부 경남으로 가는 고속도로변에서 만날 수 있다. 외삼촌은 보도연맹에 가입했는데 이전에는 민청이라는 남로당 계열 단체의 경남 위원장이었다고 했다. 그는 전쟁 통에도 살아남았지만, 또 한 명의 외삼촌은 6.25 전쟁 와중에서 우익에게 살해당했다. 십 대 후반의 소녀는 오빠의 주검을 찾아 무수한 시체 더미 속에서 헤맸다는 것이다. 좌익 간부 청년의 여동생인 어머니는 평생 '인터내셔널'이란 노래를 기억하셨는데 소녀 시절에는 빨갱이의 여동생으로 불렸다고 이야기하셨다.

나의 아버지는 6.25 전쟁에 참전하셨으며 영천 전투에서 인민군에 의해 총상을 입으셨다. 후유증으로 다리를 약간 저셨는데 좌익 집안의 딸과 참전 용사의 결혼이란 흔한 관례였는지도 모른다.

부산 서면 성당은 어머니와 내가 세례를 받은 곳이다. 당시의 주임 신부는 김남수 신부님이었는데 무척 정이 많으신 분이라고 하셨다. 후일 수원교구 주교로 봉직하셨는데, 어머니가 평생 가장 존경하던 분이었다.

어머니는 내가 서너 살 때 나를 등겨 업고 보따리 광목 장사를 하셨다. 머리에는 옷감 보퉁이를 이고 몇십 리 낙동강 변 시골길을 걸으셨던 그때, 내가 발견한 것은 하늘의 뜨거운 햇볕과 감나무 사이에서 불어왔던 바람이었다. 지금도 시골 강변 풍경이 항상 다정스럽고 익숙하게 느껴지는 것은 그때 새겨진 심리적인 이미지 때문이 아닐까 늘 생각해본다. 이후에는 부산 부산진구 당감동 시장에서의 노점상을 하시다가 선짓국밥 장사를 하셨던 기억도 난다. 49세의 젊은 나이에 홀몸이 되시고 이듬해 당뇨병으로 실명하시어 이후 20년 동안을 힘들게 사셨다.

어머니, 오랜만에 편지를 써봅니다. 몇 자 적다 보니 눈물이 나려 합니다. 1982년 여름, 경남 창원시에 있는 육군 39사단 신병 교육대에서 신병 교육받느라 거품을 흘리고 있을 때 '야아, 힘내그래이. 인자 다댔다. 힘덜드라도 훌륭 무사히 잘 밧아야 한데이'라는 내용의 어머니 편지에 답장한 이후로 32년 만이군요.

요즈음도 밥 먹을 때, 특히 김치를 먹을 때 어머니 생각을 하곤 합니다. 아이들에게 어머니가 만든 김치보다 더 맛있는 김치를 먹은 적은 없다고 말했습니다. 제 말을 듣던 딸아이는 할머니 김치는 담근 그날만 맛있었다고 혹평하더군요. 게다가 걔는 할머니가 김치 양념을 만들 때는 화학조미료를 듬뿍 넣는 것을 항상 보았다고도 했지요. 그러나 저는 물러서지 않았습니다.

"아니야, 네 할머니 김치는 천상의 맛이었단다!"

어머니는 갓 버무린 김치를 한 접시 따로 담아서 그것에 항상 깨소금과 참기름을 듬뿍 쳐서 밥상에 올리셨는데요. 지금도 그 맵고 고소한 맛을 잊을 수 없습니다. 어머니가 '신성한 내 새끼'라고 하셨던 딸아이는 이제 대학생이 되어 어머니가 최고라고 부르시던 그 학교에 다니고 있습니다.

그리운 어머니, 제가 어렸던 그날, 비 오던 날 부엌 앞 평상 위에서 어머니는 연탄 위에 프라이팬을 올려놓고 제게 부추전을 원하는 대로 부쳐 주셨지요. 처음에는 얼마든지 먹을 수 있을 것 같아도 두 장만 먹으면 배가 부르고, 억지로 한 장을 더 먹으면 소화가 안 되어 헛배가 부르고 트림만 꿀꿀 올라오던 그 부추전이 어찌 그리 맛있던지요. 그때 어머니는 간간이 섞이는 빗소리 속에서 흥얼거리며 노래를 부르셨어요.

"봄의 교향악이 울려 퍼지던 청라 언덕 위에 백합 필 적에……."

해가 갈수록 어머니가 내 어머니로 살아 실제로 생존하였다는 기억조차 불분명해지는 느낌이다. 얼마 전까지만 해도 어머니를 떠올리면 나는 어머니의 냄새를 기억할 수 있었고, 중풍에 얼굴이 일그러지고 장님이 되다시피 하여 비참한 고통 속에 돌아가셨던 어머니가 가여워 절로 눈물이 앞을 가리곤 했다. 또 가끔 꿈속에 어머니가 나타나기도 했다. 어머니와 둘이 미사에 참석하기도 했고, 어머니와 다정하게 얘기를 나누기도 했다. 추억에서 사라지면 꿈속에서도 나타나지 않는 것일까. 이제 어머니는 꿈속에서조차 나타나지 않고 내게 과연 그런 어머니가 있었든가 하는 기억마저 아득하고 까마득할 뿐이다.

나는 알고 있다. 내 어머니도 이제 한때 이 지상에서 아들이었던 나를 더는 추억 속에서조차 떠올리지 않을 것이다. 처음에는 아들과 어머니의 정으로 이따금 꿈을 빌려 통공通功하여 서로의 영혼을 교류하곤 했지만, 지금은 어느 곳에 계시는지 모르는 어머니도 더는 자기 몸을 빌려 태어났었던 아들이 기억나지 않을 것이다.

어머니는 이은상 작사, 박태준이 작곡한 '동무 생각'이란 노래를 무척 좋아하셨다.

간밤 누가 내 어깨를 고쳐 누이셨나

신이었는가

바람이었는가

아니면 창문 열고 먼 길 오신 나의 어머님이시었나

뜨락에 굵은 빗소리

위의 시는 이시영 시인이 쓴 '자취'라는 시 전문이다. 그런데 나도 이제 늙어 가는지 위의 시인이 이야기하는 '자취'가 느껴진다. 아, 아무리 찾아봐도 도시의 아파트에는 나만의 뜨락이 없다.

- 〈매일신문〉 2020. 10. 29 「그립습니다」 -

옛날의 노래를 부르자

내가 초등학교에 다니던 시절, 우리 집은 가난했지만, 주변에는 더 가난한 이웃들이 있었다. 앞집에 '박 씨 집'이라고 불리던, 노동하며 생계를 꾸리던 부부 슬하에 1남 5녀를 둔 가난하기 짝이 없는, 가족이 살고 있었다. 그 집 큰아들과 나의 장형은 동갑이었다. 형이 국립대학교에 입학하던 해에 아버님은 '대학생티'를 내지 말라는 엄명을 내리셨다. 그해가 1974년이었다. 다 같이 가난한 집안끼리 누구 집 아들은 대학생이고 누구 집 아들은 공장에 다니는 모습이 마음에 걸리셨던 것이다. 그로부터 6년이 지나서 나도 어렵사리 장형이 다니는 대학교에 입학할 수 있었다. 이후 7년이 더 지나자, 제대하고 복학 후 졸업하고 취직하여 사회로 나가게 되었다.

대기업 신입사원 시절, 패기만만하게 시작했던 직장 생활은 고단하기 짝이 없었다. 서울에서의 얼마 동안의 자취 생활은 피로감을 가중하고 향수병을 불러일으키고 있었다.

그날은 무슨 일이었는지 구체적으로 기억나지는 않지만, 상사와 고객에게 지나치게 시달림을 당해 극도의 피로감을 느끼던 날이었다. 그것을 이유로 친한 동료와 술을 마시게 되었는데 마시다 보니 영등포시장 근처의 싸구려 선술집까지 가게 되었다. 나중에 안 일이지만 그 술집은 흔히들 말하는 색주가였다. 맥주를 두어 병 주문해서 마시는데 예상하지 않은, 빨간 드레스를 입은 저급한 작부 풍의, 술집 아가씨 두 명이 옆에 앉아서 내심 놀랍게 되었다. 그러다 그중 한 명과 눈이 마주치는 순간, 취중이지만 더 많이 놀라지 않을 수 없었다. 동네의 여자아이에서 다 큰 처녀가 되었다지만 분명히 얼굴 생김이 어린 시절 이웃 '박 씨 집'의 셋째 딸이었다. 갸름한 얼굴에 찢어진 눈초리, 눈밑의 점까지도 어릴 때 모습 그대로였다. 그리고 어설프게 서울 말씨를 흉내 내고 있었지만, 억센 경상도 사투리의 흔적은 어쩔 수 없었다. 스물일곱 여덟 정도였을까? 내가 묻는 말에 대한 대답은 예상한 그대로였다.

"아가씨, 고향이 부산 ○○동이지요?"

"네……. 어떻게 아세요?"

"성이 박씨 아닌가요?"

"어머, 그걸 어떻게?"

내 예감대로 답이 나왔으므로 질문은 그칠 것이 없었다.

"형제가 1남 5녀였지요?"

"아저씬, 도대체 어떻게 그걸 ……."

"……."

그곳에서 마시다 남은 술을 동료와 비운 뒤 얼른 자리를 떴다. 찬 바람 부는 늦은 가을의 서울 거리에서 '부모'라는 단어가 생각났다. 지금 생각해보면 가난하기는 그 집이나 우리 집이나 매한가지였지만 어린 시절 이후 15년이 지난 모습은 기가 막힐 지경이었다.

뼈가 빠지게 짐승처럼 일하던, 그 처녀의 부모님과 오빠가 떠올랐다. 부모가 열심히 사는 것과는 관계없이 자식의 운명이 비참하게 흐르는 귀결이라면 힘들게 노력해서 사는 부모의 삶은 무슨 의미가 있을까 생각해보게 된 날이기도 했다. 정상적이지 않은 방법으로 쉽게만 살려한다면 인생에서 '노력'이라는 단어는 존재할 이유가 없다는 것은 분명하다는 판단이 들었다.

이후 서울에서의 고단한 생활을 뒤로하고 고향인 도시에서 근무하게 되었다. 매일 계속되었던 밤샘 근무로 심신이 피곤하던 삼십 대 초반의 어느 휴일이었다. 나른해서 소파에 앉아서 졸던 오후, 어머니는 밖에 누가 찾아왔으니, 대문을 열어보라고 말씀하셨다. 대문을 여니 낯선 중년 부부가 서 있었다.

"누구십니까?"

"아, 막내아들이시네! 우리를 몰라보겠나?"

"글쎄요……. 누구신지요?"

그때 어머니가 마당으로 나오셨다.

"아주머니! 저희를 알아보겠습니까?"

"아이고, 세상에……. 이게 누구야!"

찾아온 이는 내가 초등학교 입학하기 전에 우리 집에서 월세를 살던 신혼부부였다. 부모님은 방 두 칸짜리 집에 한 칸을 세놓았던 것인데, 당시의 신혼부부는 중후한 사십 대 중년 부부로 변해 있었다. 부부는 중년이 되어 생활의 안정을 찾자 옛 자취를 찾기 위해 당시 우리가 살던 동네를 찾아온 것이다. 아랫동네를 헤매면서 30년 전 그 동네에 살던 우리 가족을 설명하니 다행히 이사한 우리 집을 아는 분이 위치를 알려줘 겨우 찾아왔다고 했다.

아내가 다과상을 마련하여 담소가 시작되자 아저씨가 말을 꺼냈다.

"그때, 우리가 살았던 저 아랫동네에서 집을 찾느라 두 시간을 헤매었습니다. 그곳이 그곳 같고……. 그런데 그곳 가겟집 주인이 지금 살고 계신 집을 가르쳐 주었지요."

"응, 그 동네에는 지금도 당시의 이웃들이 많이 사니 그렇지."

"그래, 아저씨는 일찍 세상을 떠나셨다면서요?"

"어쩌겠어? 명을 그렇게 타고난 건데. 먼저 간 사람만 불쌍한 거지……."

"아래 동네에서 소문을 들으니 자식 농사를 잘 지으셔서 아드님들이 모두 다 잘 되었네요."

"잘 되긴 뭘? 겨우 밥벌이나 하는 게지."

아주머니가 말을 거들었다.

"당시 힘들었지만 지금 생각해보면 그때가 좋았던 것 같아요, 한 가족처럼 따뜻하게 지냈던 인정 넘치던 시절이었네요."

그 중년 부부, 1960년대 중반 막 결혼한 신혼부부는 청운의 꿈을 안고 지리산 인근 마을에서 대도시 부산으로 왔으나 쉽게 자리를 잡지 못했다. 게다가 부부의 단칸방에는 스무 살이 넘는 시동생까지 얹혀서 살고 있었는데, 일 년이 지나자, 아기까지 출산하게 되어, 네 평 남짓 좁은 방에 네 명이 거주했다. 당시 우리 집은 신발 공장 인근에 있었으므로 부부는 신발공장 정문 앞에 가게를 얻어 찐빵 장사를 시작했다. 그러나 생각처럼 장사가 잘되지 않아, 부부는 빵 만드는 솥을 움켜잡고 눈물을 자주 흘렸고, 내 부모님은 그들을 감싸 안고 위로하시던 모습이 떠올랐다. 이후 부부는 몇 달 만에 빵집 문을 닫고 다른 지역으로 떠나고 말았다. 그로부터 30년이란 세월이 흐른 후에 그들이 신혼 시절 살던 집을 찾아온 것이다.

아저씨는 이후 외항선을 타게 되었고 선박 회사의 임원으로 자리 잡아 지금은 안정적인 삶을 영위한다고 말했다. 부부 슬하의 자녀는 잘 자라주어서 모두 미국의 명문대학에 재학 중이라고 귀띔했다. 아저씨는 감회 어린 목소리로 이야기를 이어갔다.

"살아보니 너무 힘들었지만, 그렇게 힘들게 살던 그때가 참으로 행복했다는 생각이 들곤 합니다. 한 가족처럼 대해 주시던 집주인 아저씨, 아주머니 두 분도 늘 생각났고요."

그들 부부가 돌아가고 난 뒤 김소운 선생이 쓴 '가난한 날의 행복'이라는 수필이 생각났다. 결과는 어떻게 되든 매사 정성을 다하여 열심히 살다 보면 좋은 날은 항상 기다리고 있는 게 아닐까 하는 것이 선생 글의 결론일 것이다. 비관적이기만 했던 젊은 시절과 달리 요즈음 내가 자주 하는 생각도 같다. 수필의 끝부분은 다음과 같이 매듭되었던 것으로 기억한다.

'지난날의 가난은 잊지 않는 게 좋겠다. 더구나 그 속에 빛나던 사랑만은 잊지 말아야겠다. "행복은 반드시 부富와 일치하진 않는다."라는 말은 결코 진부한 일 편의 경구만은 아니다.'

- 월간 〈맑고향기롭게〉 2016. 11월 -

청춘을 돈과 바꾸겠다니

호사다마好事多魔. 좋은 일이 많으면 나쁜 일이 생기는 법이다. IMF로 상징되었던 그해, 좋은 일은 끝나고 나쁜 일이 몰리기 시작했다.

흔히들 직장 생활의 운은 좋은 상사를 만나는 데서 시작한다고 말한다. 틀린 말은 아니다. 그러나 더 중요한 것이 있다. 초급 사원 시절에는 좋은 상사를 만나는 것이 얼마간 중요하겠지만, 부하를 거느리는 상사 자리에서는 좋은 부하를 만나는 것이 훨씬 더 중요하다는 것이 평소 나의 생각이다.

박정희 정권 시절 무슨 경제개발계획에 의해 철강공업의 다각적인 전략이 인정되기 시작하면서 만들어진 동해안의 제철 회사가 설립한 공대를 졸업한 부하 직원이 있었다. 서글서글하고 사람 좋아 보이는 인상이었고 아니나 다를까 하나를 지시하면 두세 가지를 만들어 오는 능력이 있었다. 그런데 그에게 반드시 고쳐야만 할 단점이 있었다. 근태 문제였다. 아침에 직원들을 모아 놓고 조회나 회의를 시작하려고 하면 항상 보이지 않는 이가 그였다. 그러다 업무가 시작된 후 30분 정도가 지나면 머리를 숙이며 슬그머니 자리에 앉아 습관처럼 늦게 근무하기 시작하는 그를 쳐다보는 일은 고역이었다.

지금도 그렇지만 IMF가 오기 전 그때도 나는 부하 직원에게 질책하거나 문제를 지적하면서 업무의 개선을 도모하는 것보다 칭찬을 통한 레벨 업Level - up이 중요하다고 생각하고 있는 부류다. 그래서 작성한 서류나 업무 진척 상황을 보면서 부족한 부분에 대한 지적보다는 잘한 부분을 칭찬하면서 업무에 대한 동기를 부여하고 있었다. 당시 내가 몸담았던 회사의 대부분 간부가 부하 직원에게 딱딱하고 일방적인 지시로 업무를 진행하며 자신의 지시사항에 맞지 않으면 냉정하고 비인간적으로 야단치기 일쑤였지만 적어도 '나' 하나만은 그러지 말자고 다짐했다. 직장 관계는 순간이겠지만 인간관계는 영원하다는 철칙을 믿고 있었고, 사람이 인격이지 직급 자체가 인격은 아니라는 믿음도 그런 행동을 하게 만든 이유였다. 그러나 칭찬은 고래도 춤추게 만든다는 지도력은 어느 부분에서는 얼마간의 장점이 되겠지만 다양하고 개성이 많은 신세대 부하 직원들에게는 다소 문제의 소지가 있다는 현실을 생각하지 않았다. 이후 예기치 않은 데서 배가 조금씩 새고 있다는 사실을 깨닫게 되었다.

그는 거의 매일 늦게 출근하고 있었다. 처음에는 그를 불러 조용히 타일렀는데 매우 미안해하며 반성하는 `표정이었다. 원인은 술이었다. 다른 부하 직원들의 말을 들어보니 그는 거의 매일 밤 인사불성에 이를 정도로 폭음하고 있었다. 나는 그가 빈한한 가정환경에도 불구하고 주말에는 해변에서 고비용의 윈드서핑을 즐기는 등 특이한 신세대의 사고방식을 이해할 수 없었다. 당시 그는 공장 내의 기숙사에서 기거했는데 내가 직접 그의 기숙사 방까지 가서 술이 덜 깬 그를 사무실로 출근시킨 일도 있었다.

IMF가 터지던 그해 10월 초순의 어느 날이었다. 잔업 수당 반납은 물론이고 휴일에도 아침 일찍 출근하여 풍전등화와 같은 회사를 살리려 애쓰던 일요일 아침이었다. 그날도 출근 체크를 해보니 그는 자리에 없었다. 이후 한 시간 정도가 지나서 전화가 왔다. 출근하다가 접촉 사고가 나서 경찰서에 있는데 처리하고, 오후에 회사로 도착하겠다고 말했다. 이후 늦은 시간에 다시 전화가 왔는데 자세한 이야기를 들어보니 기가 막혔다.

전날 밤에 의사 친구와 밤새워 술을 마시다 병원의 레지던트 숙소에서 함께 자게 되었다. 다음 날 아침, 그날따라 새벽에 잠이 깼다. 좀 더 잘 수 있었으나 항상 지각하여 부서원들에게 미안한 마음 때문에 일찍 친구 집을 나와 운전대를 잡았다. 새벽 6시경 회사를 향해 강변의 안개 낀 도로 위를 운전하다가 도로 위 쓰레기를 치우는 환경미화원을 치고 말았다. 운전석에서 충돌을 느껴서 차에서 내려 쓰러진 사람을 살펴보니 즉사한 상태였다. 이어서 119구급차와 경찰순찰차가 도착하고 즉시 구속되었다.

그날 저녁, 해당 경찰서에서 겨우 그를 면회할 수 있었다. 구속 당시 혈중 알코올이 면허취소 수치라고 담당 경찰관은 내게 말했다. 늦은 밤 자정을 넘긴 후로도 술을 마셨고 3시간 정도 수면 후 다시 운전했으니 숙취 상태의 혈중알코올농도가 높았다. 안개 낀 아침은 운전 시 시야 확보가 쉽지 않았을 것이라는 판단이 들었다.

내가 속한 부서의 담당 임원은 "그래도 사람을 살려야 하지 않겠어요?"라고 말하며 내게 문제 해결을 다그치기 시작했다. 일단 구속을 정지시키고 피해자 가족들과 합의를 보게 한 후 그를 회사로 복귀시키는 것이 급선무였는데 그게 말처럼 쉽지 않았다. 부하 직원의 가정은 결코 넉넉한 형편이라고 할 수 없었다. 그의 부친은 힘든 노동일을 하고 있었고 모친은 호텔에서 청소일을 하고 있었다. 명문대를 나온 오빠 뒷바라지 때문인지 동생은 고등학교를 졸업하여 취업 준비 중이었다.

　나는 그의 부모를 만나 피해자 가족들에게 진심으로 사과한 후 보상을 합의하라고 조언하며 문제 해결을 도모했다.

　그러나 다음날, 사태는 더욱 복잡하게 꼬여있었다. 상가에 간 부하직원 즉 가해자의 아버지는 자기 아들이 ○○공대 출신의 엘리트니 사람 살리는 셈 치고 봐달라고 말해서 피해자 가족들을 분노케 했다. 피해자의 아들은 당시 우리가 근무하던 회사와 같은 그룹사의 선박 제조 회사 현장에 근무하는 생산직 사원이었다. 결혼식을 일주일 앞두고 아버지가 교통사고로 사망하는 변을 당한 것이다.

　객관적으로 보면 이랬다. 청소원으로 평생을 힘들게 살았으며 아들을 많이 공부시키지 못하여 조선소 현장 노동자로 근무시킨 아버지는 그 아들의 결혼을 일주일 앞두고 일터인 새벽 거리에서 술이 덜 깬 청년이 모는 차에 즉사한 것이었다. 게다가 가해자의 아버지는 고인의 빈소에 와서 자기 아들이 ○○공대 출신 엘리트 운운하며 용서를 구했다. 피해자 아들은 아버지를 이렇게 만든 이를 도저히 용서할 수 없다며 '합의'는 있을 수 없고 법이 정하는 최대한도의 형을 받게 만들겠다며 눈물을 흘렸다.

　'죄는 밉지만, 인간을 미워할 순 없다.'

　피해자 아들의 마음을 움직이게 하려고 나는 업무를 전폐한 채, 그가 근무하는 조선소로 갔다. 피해자 아들의 상사上司에게 설득을 요청할 참이었다. 가해자에게 고의성이 없고 젊은이의 장래를 생각해서라도 합의해주도록 상사가 설득하면 행여 마음이 바뀌지 않을까 하는 생각 때문이었다. 나이가 나보다 20살은 더 많아 보이는 조선소의 과장은 머리를 흔들었다.

　"과장님! 보세요. 그러잖아도 과장님의 전화를 받고 상가에서 제가 설득을 했어요. 죽은 사람은 죽은 사람이고 살아있는 사람은 살려야 하니 합의를 해주는 게 어떠냐고, 그리고 고의성도 없었잖아요. 술 많이 마신 후 다음 날 음주 측정계를 불면 숙취 때문에 누구라도 그런 음주 수치가 나올 수 있어요. 그런데 그 가해자는 용서 안 된다고 말하더군요. 불쌍한 아버지를 저렇게 죽게 한 이를 용서할 수 없다는 거죠. 그리고 가해자 아버지가 유족들을 너무 자극했어요. ○○공대 출신이라고 자랑하지 않나, 직급이 주임이라고 떠들지 않나, 공고 졸업한 그는 피눈물이 난다고 하더군요. 그리고 쟤는 노조 위원이기 때문에 내가 이래저래 제어할 수 있는 이도 아녜요. 그럼, 조심해서 돌아가세요."

빈손으로 돌아온 나는 한숨이 났다. 그간의 경과를 보고하니 내가 오매불망 존경하던 임원은 드디어 짜증을 내기 시작했다.

"이봐요! 당신 아니면 누가 쟤를 살려요? 이대로 두 면 쟤는 전과자가 되고 끝장 아니오!"

이후 몇 달이 지나 부하 직원의 가족은 피해자 가족과 합의를 했고 법원에서 재판이 열렸다. 그 사건으로 인해 나는 태어나서 처음으로 경찰서에 가보았으며 구치소, 법원의 재판정까지 구경하게 되었다. 검사의 구형이 있고 변호사의 변론이 끝난 후 판사가 선고했다.

"피고는 ○○공대를 졸업한 후 ○○자동차에 근무하는 재원으로, 음주 수취가 높다고는 하나 얼마간의 수면을 과신한 탓도 있다. 피해자와 원만한 합의를 했고 깊이 반성하는 점을 고려하여 징역 2년에 집행유예 3년을 선고한다."

위와 같은 대략의 선고 내용을 기억한다.

그러나 본부장의 선처 요청에도 불구하고 대표이사는 그의 파면을 결정했다. 나의 상사인 담당 임원은 재계약 대상에서 제외되어 회사를 떠났고 나는 '부하 직원 관리 소홀'이라는 이유로 중징계받았다.

그로부터 얼마 후, 출소한 그로부터 연락이 왔다. 출소 인사를 하겠다고 했는데 손에는 그의 모친이 보낸 작은 선물이 들려져 있었다. 석방하느라고 백방으로 노력하고 애써주어서 고맙다는 전언이었다. 나는 선물을 받을 수 없노라고 손사래를 쳤다. 그들 모자에게는 잔인했겠지만, 그 부하 직원으로 인해 회사의 구설에 자주 오르는 것이 싫었기 때문이었다. 부하 직원이 회사를 관두었는데 상사는 이후 선물까지 받았다는 소문은 뻔할 듯했다.

그 때문인지 모르겠다. 소주를 두어 잔 마신 상태의 그는 내게 따지기 시작했다.

"과장님! 저희 부모님에게 하신 행동은 너무 하셨습니다."

"무슨 내용을 말하는 거지?"

"피해자와 합의를 보라고 권유하신 거 말입니다."

"그러면 3년 동안을 감옥에서 지낼 생각이었어?"

"합의금 삼천만 원은 우리 집의 전 재산입니다! 전세금이었는데 이제는 월세 집으로 내려앉았고요."

"그러면 그 돈 때문에 3년을 감옥에서 썩겠다는 말인가? 전도양양한 젊은 사람이?"

"구치소. 알고 보면 그곳도 그런대로 지낼만한 곳입니다."

"……."

그날 대화는 그렇게 끝났다. 아까운 청춘을 돈과 바꾸겠다니 더는 할 말이 없었다. 이후로 그를 만날 수 없었음은 물론이다.

프랑스 작가 아나톨 프랑스는 "베르제 선생의 작은 강아지는 하늘의 푸르름을 쳐다본 적이 없다. 먹을 수 있는 것이 아니기 때문이다."라는 말을 남겼다. 그 강아지에게는 파란 하늘, 봄날의 따스한 햇살, 단풍 진 숲의 그윽함은 관심사가 아니기 때문이다. 그는 자기 행동에 책임을 생각하지 못하고 엉뚱한 타인만 원망하고 있었다.

　우리는 인간인 이상 누구나 실수를 할 수 있고 그것을 발판으로 삼아 재도약을 하게 된다. 그래서 패자의 서사는 불가피하게 분산과 수모, 파편화와 해체의 이야기를 담은 후 반전한다. 어디에서나 패자의 서사를 아름답게 하는 것은 다시 자기를 추슬러 통합적 인격에 도달하려는 인물들의 고결성이다. 본심은 아니었다고 믿고 싶지만, 그는 자신을 위해 애쓰다가 불의의 피해를 본 사람들은 염두에 두고 있지 않았다. 그렇게 IMF를 맞은 잔인한 그해는 저물고 있었다.

- 월간 〈맑고향기롭게〉 2016. 5월 -

항상 우리 곁에 있는 죽음

살다 보면 아주 위험한 생명의 고비를 넘길 때가 있다. 신문에서 어느 명사가 죽을 뻔한 고비를 넘긴 사연을 칼럼으로 쓴 내용을 읽고 나도 그런 적이 있었던가 하고 기억을 더듬어 보게 되었다.

나는 우발적으로 죽을 뻔한 고비를 세 번이나 당했다. 남들처럼 불치의 병에서 회복되어 살아났다는 그런 영웅적인 투병 경험은 아니지만 내가 비명횡사할 뻔한 첫 번째 기억은 군에서 제대한 이듬해 여름 방학 때였다.

동아리 회원의 누님 부부가 사는 가덕도라는 섬에 1박 2일의 일정으로 이른바 여름 캠핑하러 간 적이 있다. 더위를 식히느라 물에 들어갔다가 발을 헛디뎌 깊은 바닷속으로 쑥 빠져버렸다. 물귀신이 될 뻔한 순간, 그곳에 주재하던 해양경찰이 실신 상태의 나를 건진 후 인공호흡을 하여 겨우 살려 놓은 사건이다.

죽음에 관한 이야기 중에는 에드가 케이시[18] 식의 전생을 이야기하는 논리가 있고, 정신과 의사 김영우 박사가 소개한 「전생 여행」 등

---

18) 에드가 케이시(Edgar Cayce, 1877~1945)는 미국에서 유명한 초능력자로 알려져 있다. 그와 그의 지지자들은 그가 뛰어난 초감각적 지각을 지니고 있다고 주장하며 의학, 전쟁 등 다양한 분야에 대한 예언을 남겼다.

'전생 퇴행'에 관한 책들을 읽어보면 다음과 같은 이야기가 등장한다. 사람이 죽으면 몸에서 영혼이 빠져나와서 천장에서 방바닥 쪽을 내려다본다는 것이다. 이른바 임사체험과 유체 이탈이 그것인데 병원에서 사망하게 되는 경우 형광등이 붙어있는 천장에서 죽은 자기 모습과 울고 있는 가족들의 모습을 보게 되고 이후 영혼은 다음 세상으로 간다는 이야기로 나는 그러한 내용을 믿지 않고 있다. 왜냐하면, 물에 빠져 의식을 잃어 거의 죽었던 그날, 바다 위에서 물에 빠진 나를 내려다보았어야 했는데 그러지 않았기 때문이다.

발을 헛디딘 순간 "사람 살려!"하고 외쳐야 했지만, 갑자기 입에 물이 들어오니 미처 소리를 지르지 못했다. 물이 코와 입으로 계속 들어옴을 느끼는 순간 '아, 이렇게 해서 죽는구나'를 느꼈던 아찔한 날이었다. 나는 이후 지인들에게 그 사건을 자주 이야기하곤 했는데, 듣는 이마다 "그러니 당신은 지금 덤으로 살고 있군." 하며 놀라워했다.

두 번째 죽을 뻔한 순간은 출근하다 발생했다.

당시 내가 다니던 회사는 '7·4제' 라는 특이한 출·퇴근 제도를 시행하고 있었다. 설명하자면 서양식의 출퇴근 시간제도인 9시까지 출근하여 6시에 퇴근하는 '9·6제'를 탈피하여 7시까지 출근하여 4시에 퇴근하자는 제도였는데, 이는 발상을 바꾸어 새로운 것을 창조해보자는 사주社主의 강한 의중이 담긴 결과물이었다. 그러나 그 제도는 실패로 돌아가고야 말았다. '9·6제'에서도 6시에 퇴근하지 못하고 9시에 퇴근하던 참에 출근 시간만 두 시간 당겨놓은 결과는 이미 예견되었는지도 모른다. 그 제도는 사실상 '7·9제'가 되고 말았다.

지금 생각해보면 강철 같은 투지와 체력으로 버티던 시절이었다. 어쨌든 7시에 출근하기 위해서는 매일 다섯 시에 일어나야만 했다. 당시 회사는 부산의 변두리 바닷가에 새로 지은 자동차 공장으로 집에서 그곳까지의 거리는 무려 30km의 거리였기에 씻고 밥 먹고 서류 챙겨서 집을 나와서 회사에 도착하면 6시 30분이 되도록 해야만 했다. 게다가 나는 정시보다 한 시간은 일찍 출근해서 업무 준비를 해야 회사에 대한 예의라는 신념을 지켜오던 터라 다른 사람들보다 30분은 더 일찍 출근하고 있었다.

그날 새벽 5시 30분경, 새벽 일찍 운전대를 잡고 출근하던 길이었다. 2차선 차로를 타고 고속도로 나들목에 진입하려던 순간 반대 차로에서 차선을 무시한 덤프트럭이 중앙선을 침범하여 나를 향해 순간 돌진했다. 놀란 나는 급히 차를 우회전시켰는데 그 덤프트럭은 그대로 반대 차선 옆의 가로등을 들이받고 말았다.

새벽이어서, 도로에 차가 없어서 내가 마음 놓고 차를 우회전시킬 수 있었기에 망정이지 옆 차선에 다른 차량이 있었으면 나는 그 자리에서 충돌 당해 납작한 상태로 황천길을 갔을 것이다. 이후 119구조차가 오고 경찰차가 도착하는 순간을 지켜보면서 나는 회사로 향했다. 저녁에 TV를 통해 지역뉴스를 보니 덤프트럭이 가로등과 전신주를 들이받은 대형 사고가 보도되었다. 그때 덤프트럭을 피해 급히 우회전하지 않았다면 그날 나는 즉사했을지도 모른다.

세 번째 기억은 이렇다.

몇 년 전 아내와 딸아이를 태우고 고속도로를 가다가 나의 운전석 룸미러 창이 뒤차의 앞 얼굴(라디에이터 그릴)로 꽉 차 있는 것을 보았다. 3차선에서 시속 120km의 속도였는데 앞차와 내 차 사이의 거리는 2m가 채 되지 않았다. 뒤차는 가스를 실은 대형 탱크로리 트럭이었다. 사고를 예감한 나는 비상등을 누르고 경적도 울렸지만, 뒤차는 아랑곳하지 않고 내 차를 추돌할 기세였다. 짐작건대, 그 차 운전사는 졸음운전 중인 듯했다. 급기야 나는 앞차를 추돌하지 않기 위해서 브레이크를 밟아야만 했다. 그러자 졸다가 놀란 뒤차 운전사 역시 급브레이크를 밟은 듯했다. 뒤차는 그간 달리던 가속 때문에 크게 회전하여 3개 차선 도로를 차지하고 말았다. 그 차를 가깝게 따라오는 다른 뒤차들이 있었다면 굉장한 대형 사고가 날 뻔했다. 그날의 사건도 구사일생이라 표현해야 맞을 듯하다. 내가 죽는 것은 그럴 수 있는 일이라 하더라도 아내와 채 피지도 못한 어린 딸아이에게 변고가 생기지 않은 사실은 천지신명께 감사할 일이다.

어쨌든 그 사건들 이후로 언제든지 찾아올 죽음에 대해 본격적으로 생각하게 되었다. 위기를 함께 했던 아내가 공감하는 것은 당연한 일인지 모른다. 나는 가족에게 장례식은 친한 친지만 연락하며, 지나칠 정도로 검소하게 해 달라는 등의 희망 사항을 자연스레 말하게 되었다.

아직 많이 늙지 않은 내가 이런 말을 꺼낸다는 사실은 경박해 보일지 모르나 우리의 죽음을 그 누구도 예견할 수 없는 일이다. 이젠 아들아이도 세상 물정을 알 정도로 다 컸으니 이런 나의 요청을 합리적으로 받아들이는 듯하다.

어쨌든 유한한 인생을 사는 인간이라면 누구나 거론해야 할 사항이고 넘어야 할 산이기에 정면으로 대해야 한다고 판단하고 있다. '내가 죽은 후의 해야 할 일'을 정리를 해 둔 것은 잘한 일이라고 생각해본다.

- 월간 〈맑고향기롭게〉 2016. 7월 -

낯선 곳처럼 길을 잃다

오래된 건물들에는 나름대로 품위가 있고 역사가 있다. 지나온 세월만큼의 추억과 기억을 가득 채운 경륜 있는 건물들만이 간직한 세월의 선물이다. 그 건물로 말미암아 서로의 눈빛에서 흘러온 시간을 바라보는 사람들의 세월도 있다. 부근에 서서 건물과 풍경을 바라보자면 무슨 음악 같은 것이 느껴질 때가 있다. 아마도 도시의 오래된 자취들에서 흘러나오는 기억의 파편 같은 것이리라. 그것은 가까운 것들이 멀어질 때 퍼지는 환청과 닮았다. 어쩌면 내게 멀어져 간 아득한 세월처럼 느껴진다.

시내 중심지에 자리 잡은 그 성당도 그랬다. 아주 어린 시절, 어머니의 손에 이끌려 그곳에서 유아 영세를 받았다. 초등학교에 다니면서 교리를 배우고 도덕보다 앞선 '교의敎義'를 새기곤 했다. 가난했던 시절, 갈 곳 없는 우리들의 놀이터이기도 했던 수많은 기억의 요람. 우리가 고등학교를 졸업하고 세상으로 나갈 때 그 성당은 이미 '우리들의 성당'이 아니었다. 급격한 인구 증가로 인해 각자가 살던 동네마다 새 성당이 하나씩 만들어졌으므로 그곳을 떠나야 했다. 그런 이유로 그 성당을 잊고 30년을 살았다.

1960년대 초에 지은 옛날 그 성당은 최근에 개·보수한 탓에 입구를 찾기란 쉽지 않았다. 미로를 뒤지듯 겨우 입구를 찾아 미사가 시작하려는 본당으로 향했지만, 계단을 찾는데 또 헤매고 말았다. 계단이 있어야 할 자리에 엘리베이터가 나란히 있는 게 아닌가? 본당 내에서도 또 길을 잃어야만 했다. 체육관만큼 커 보였던 그곳이 교실 몇 개 붙여놓은 듯 작았기 때문이다.

비슷한 기억은 모두가 가지고 있다. 초등학교 교실에 가보면 이렇게 작은 공간에서 우리가 공부했던가 하고 놀라는 감정 말이다. 안개처럼 밀려오는 오래된 추억들을 안고 기억의 이 골목, 저 골목을 헤쳐보지만 모두 지나간 기억의 조각들뿐이었다. 나는 어느 틈엔가 현실의 길을 잃고 그 느낌은 마치 나 자신이 잃어버린 기억 속에서 갈피를 잡지 못하는 듯했다.

다음날, 그 시절 추억을 함께했던 친구에게 전화했다.

"친구, 있잖아. 어제 아내랑 서면성당에 미사 보러 갔거든."

"왜? 너희 동네 성당 안 가고?"

"서면 성당, 안 가본 지 30년이나 되었잖아? 그냥 그곳에 한번 가보고 싶었지."

"그래, 어떻더냐?"

"건물을 왕창 고쳐 놓았는데 이제는 마당조차 없는 콘크리트 덩어리가 되었더라구. 게다가 도로변에서는 입구도 못 찾았고."

"아…… . 그랬구나."

갑자기 이성복 시인의 시가 생각났다. 제목이 '음악'이던가?

비 오는 날 차안에서
음악을 들으면
누군가 내 삶을

대신 살고 있다는 느낌
지금 아름다운 음악이
아프도록 멀리 있는
것이 아니라
있어야 할 곳에서
내가 너무 멀리
왔다는 느낌
굳이 내가 살지
않아도 될 삶
누구의 것도 아닌 입술
거기 내 마른 입술을
가만히 포개어 본다.[19]

　시인의 말처럼 지금 아름다운 음악이 아프도록 멀리 있는 것이 아니라, 있어야 할 곳에서 내가 너무 멀리 왔다는 느낌, 그런 느낌의 낡고 오래된 푸른 환청의 실체는 어디서 생기는 걸까?

---

19) 이성복 시 '음악' 전문, 『호랑가시나무의 기억』. 문학과지성사. 1993

소문난 맛집

너무도 당연한 이야기지만 우리는 동료나 친지, 친구들과 점심을 먹거나 저녁에 술 한잔을 할 때도 그냥 눈에 띄는 아무 음식점에나 가지 않는다. 웬만큼 먹고살 만하니 같은 값이면 맛있고 분위기 있는 집에서 음식을 먹어야 하기 때문이다. 그래서 점심, 저녁 약속을 하더라도 그 집이 어떤 집인지 물어보고 스마트 폰으로 검색해보기도 한다. 제 돈 주고 제가 음식 먹는 자본주의 사회에서 이런 행위는 권장받아야 한다. TV나 신문, 인터넷 포털사이트에 소개된 맛집은 그야말로 백가쟁명百家爭鳴 식으로 널려있기도 하다.

'고려청자 비법이 끊긴 것은 자식에게도 비법을 알려주지 않았기 때문'이라거나, 이른바 맛집에서는 '주인이 재료와 양념에 비장의 무언가를 집어넣는다'라는 얘기가 있다. 소위 'TV 맛집 프로'를 보면 주인이 방송 카메라에다 대고 "이것만은 절대 비밀이오!" 말하며 조리 비법을 숨기는 장면을 흔히 볼 수 있다. 온 국민이 시청하는 공영 방송에 출연하면서 왜 저럴까 하는 실소를 금치 못하게 하는 장면이다. 이렇듯 대중에게 뭔가를 감추면서 애타게 하는, 이른바 '신비주의' 마케팅은 공연 예술뿐만 아니라, 맛집 주인들에게도 예외가 없다. 그들에겐 보통 식당이 따라잡을 수 없는 '특별한 뭔가'가 있어 보인다.

며칠 전 휴일, 동네의 냉면집에서 가족들과 함께 냉면을 먹은 적이 있다. 우리 동네는 한국전쟁 때 피난민들이 많이 살던 동네라 이북식 맛을 내는 소문난 냉면집이 꽤 있다. 가게는 좀 허름하지만 시원하고 감칠맛 나는 육수 맛과 정성스러운 면발과 고명 때문에 오래전부터 즐겨 찾던 집이다. 그러나 그날, 밑반찬과 냉면이 나왔을 때 뭔가 달라진 사실을 알게 되었다. 가격은 그대로인데 최소한 30년은 음식상에 나왔던 명물 빈대떡 대신 다른 식당에서도 흔히 볼 수 있는 부추전이 나왔다. 20분은 애타게 기다려야 나왔던 냉면은 5분 만에 '척'하고 가져왔는데 면발은 퉁퉁 불어 있었고 김치맛은 수준 이하였다. 자세히 보니 면은 구식 기계에서 힘주어 뽑은 메밀 면이 아니고 슈퍼에서 사들인 공장제품이고, 정갈했던 육수는 화학조미료 탓으로 비리기까지 했다. 식당 벽면을 보니 김치는 원산지가 '중국산', 소고기는 '호주산'으로 표시되어 있었다. 왜 이렇게 되었을까? 이유는 간단했다. 언제나 자리를 지키고 있던 주인 할머니가 얼마 전 세상을 뜬 탓이다.

비슷한 경험은 또 있다. 얼마 전에 아들아이와 바깥에서 식사한 적이 있다. 장소는 인터넷에서 젊은 세대들에게 주목받고 있다고 소문난 육회 집이었다. 이른바 블로그에서 '지존 중의 지존'으로 통하는 맛집이었다. 내가 사는 집과 가까운 곳으로 몇 번 소문으로도 들은 적이 있고 스물세 살 대학생의 입맛을 사로잡은 기막힌 음식점의 맛은 과연 어떤지 궁금했다. 그러나 결과적으로 전혀 맛집이 아니었다. 수입 쇠고기에 양조간장과 유사 참기름, 설탕을 떡칠하다시피 한 육회는 두 번 젓가락을 들다가 손을 놓게 했다. 나중에 소문을 들으니 그 집이 맛있다는 소문이 나자, 주인은 가격을 몇 배 올려 재빨리 가게를 팔아버렸고, 새 주인은 간판은 그대로 두고 며칠 동안 어깨너머로 배운 음식 솜씨로 문을 연 탓이었다. 한정된 맛집의 숫자에 비해 신문, 잡지, 방송, 인터넷 블로그 등 다양한 '채널'을 가진 우리 요식업계의 환경 때문에, '초심을 잃은 맛집'의 명성은 여전히 현재 진행형이다.

문제는 이런 집들이 '맛집'으로 등극하는 데 관록과 경험이 있는 이들보다는 '카메라를 든' 신세대 식도락가의 비평과 매스컴의 보도가 더 결정적이라는 점이다. '몇 대째 이어온 집' 또는 '원조 중의 원조'라는 확인되지 않은 소문, 역사가 있는 듯한 누추한 실내장식 그리고 몇 장의 잘 찍은 사진만 있다면, '손맛 깊은 집'으로 등극하는 건 그리 어렵지도 않다. 듣자 하니 '맛집 블로거'라고 하며 공짜로 음식을 요청하는 '문화 권력자'들도 꽤 많은 모양이다. 음식점 주인이 그들을 거부하면 인터넷상에 맛없고 불친절한 음식점이라고 악성 댓글을 쓴다고 하니 울며 겨자 먹기로 그들을 접대할 수밖에 없는 현실은 개탄할 일이다.

더욱더 놀라게 만든 것은 언론 매체들의 도가 지나친 맛집 보도다. 지난 일요일 아침, 모 종편 방송에서 방영한 맛집 프로그램의 문제점에 관한 보도는 예상했지만, 훨씬 충격을 주는 실상을 담고 있어 공영 방송의 존재 의미를 되씹게 하는 무엇이 있었다. 맛집 소개할 때마다 손님으로 보이는 이들이 과장된 제스처로 한결같이 떠들었던 "환상적인 맛이에요!"라든가, "너무 맛있어서 기절할 것 같아요!" 하면서 큰소리로 손뼉을 치는 모습들이 사실은 방송국에서 써준 각본의 결과물이었고 손님인 줄 알았던 그들은 방송국이 동원한 인력이라는 사실을 '고발 프로'는 적나라하게 밝혔다.

더 기가 막힌 것은 맛집이 되려면 방송국에 상당액의 비용만을 지불하기만 하면 되고 그 과정 또한 간단했다. 이 정도면 천민자본주의의 절정을 보는 느낌이다. 오죽하면 'KBS · MBC · SBS에 방송되지 않은 집'이라는 상호를 단 음식점까지 나올 정도이니 말이다.

누구나 맛을 평가할 수는 있지만, 아무나 '제대로' 할 수 있는 건 아니다. 그러나 오늘의 비극은, 인기를 좇는 방송 매체들이나 설익은 맛객들이 떠들기 시작하면 맛집이 아닌 그 집을 "이 집은 사실 맛집이 아니다. 이런 것을 맛있다고 말할 수 있는가?"라고 단호히 말할 자격이 있는 전문가나 '고수'들이 그냥 조용히 입을 닫아버린다는 현상일 듯하다. 맛 칼럼니스트로서 자천타천 고수라고 명명되어 유명 인사가 된 아무개는 이름이 알려지자, 정치적 행보로 해당 진영의 팬덤을 몰고 다녔다. 그는 월급쟁이가 수십 년이 걸려도 오를까 말까 하는 공기업의 사장 물망에 오르기도 했다. 맛보다 멋, 그보다 인기나 겉멋에 더 크게 환호하는 게 요즈음의 대세라고 하면, 그냥 그렇게 살라고 방치해 버린다는 불편한 진실이 오늘도 우리 사회를 지배하고 있다. 아리땁기 짝이 없는 걸그룹 출신 미모의 아가씨가 '짜고 치는 고스톱' 같은 TV 맛집 프로에서 음식을 입에 넣으며 한마디 했다.

"우와! 이거 대애박, 완전 대박!"

무슨 말인지 이해를 못 하는 대중을 향한 기본적인 예의나 우리말 기초 실력에 대한 자질은 차치하도록 하자. 기실, 대로변에서 남녀 고교생들이 담배를 피우거나 그들끼리 지나친 포옹을 해도 야단치는 어른이 오래전 사라진 현실도 이와 무관하지 않다. 문제는 우리 사회에서 어느새 당연시 여겨 오던 기본이 무너지고 있다는 비극적인 현실이 아닐까 한다.

파업

  찰리 채플린이 만든 영화 「모던타임즈」는 자본주의가 빚어낸 인간 노동의 소외 문제를 아주 예리한 풍자와 해학으로 그려낸 영화사에 길이 남을 대작이다. 나는 아주 어린 시절, 그러니까 예닐곱 살쯤에 철도청에 근무하는 아버님을 따라 일터인 기관차 수리소를 간 적이 있다. 대형 체육관 몇 채 규모는 될 법한 규모의 공장에서 열차를 수리하는 장면에 많이 놀랐다. 노동자들의 고함과 기계 울림은 물론 열차에서 나는 엔진 소리와 금속 파열음 때문에 혼이 빠질 지경이었다. 채플린의 영화에 나오는 장면과 비슷하다.

  그러나 채플린이 지적한 소외의 양상은 오늘날 기준으로 보면 맞지 않는 부분도 많다. 그의 결론처럼 기계와 함께하는 '노가다'가 인간 소외의 주범이라고 지적하기에 현대의 관점에서는 부정확하다. 빌 게이츠의 소프트웨어는 인간의 지식 노동으로 개발한 결과물이지만 막상 대량 생산할 때는 인간 노동의 개입이 최소화된 자동 복제로 만들어지고 있다. 빌 게이츠는 파급력 높은 기업을 창조했지만, 굴뚝산업을 만들지는 않았기 때문이다. 이렇듯 고전적 사회·경제학 이론으로 과거보다 최소화된 현재의 정신노동 문제를 설명하려면 답이 나오지 않는다. 결국, 인간의 노동 소외는 생산 수단, 생산된 재화에서 소외 못지않게 노동 자체의 창의성, 흥과 신명의 문제이기도 하다. 그 신명과 창의성은 인간과 동물을 구분하는 결정적인 차이점이다. 사람이 노동에서 신명을 느끼는 경우는 크게 두 가지로 구분된다고들 말한다.

하나는 노동의 결과로 부유해지는 경우이다. 보통 "돈 버는 재미라도 없으면 내가 왜 이 짓을 하겠나?"라고 묻는 장면이다.

나머지 하나는 노동을 하나의 '즐거움'으로 생각해 '창조 과정'으로 판단하는 경우이다.

비극적인 모습은 '자본주의는 소수에게 몰아줄 수밖에 없는 시스템'이니까 대부분 사람은 돈을 많이 벌지 못하면서 오로지 돈을 벌기 위하여 노동한다는 점이다. 하지만 어떤 이들은 오로지 결과물에 만족하기 위하여 노동하는 예도 있다. 예술가의 경우다. 이들은 가난이나 경제적인 결핍에도 아랑곳하지 않고 정신적인 풍요와 만족을 추구한다. 이런 부류는 극히 예외적인 경우이고 대부분 사람은 생계를 위해 힘겹게 살아간다.

그렇다면 인간이 노동을 통해 나름 풍족하면서도 노동 자체를 즐기는 방법은 없을까? 이와 관련하여 재미있는 사례가 있다. 우리나라 대표 업종인 자동차 기업과 조선 기업을 비교한 보고서인데 자동차 회사가 파업하는 횟수가 조선회사보다 훨씬 더 많다는 결과가 그것이다. 왜일까? 우리가 알지 못하는, 노동 속의 비밀이 이 보고서 속에 숨어 있다.

자동차 회사 생산설비를 보면 어느 회사 할 것 없이 컨베이어 시스템과 로봇 작업에 의한 기계화·자동화가 되어 있다(지금은 외국계 자동차 회사가 되었지만, 자동차 공장에서 나는 총무과장과 자재과장으로 6년간 근무한 적이 있다). 채플린의 영화에 등장하는 장면과 거의 비슷하다. 자동차 생산 노동자는 단순 작업을 반복하지만, 조선소 노동자들은 설계·용접·도장 등 상대적으로 전문성이 있어야 하는 작업을 한다. 즉, 다시 말하자면 자동차 회사에서의 용접·도장은 로봇이 하고 사람은 관리만 한다.

자동차 공장노동자들은 '아무나 할 수 있는 노동'을 하지만, 조선소 노동자들은 '나만 할 수 있는 노동'을 한다는 차이가 생긴다고 볼 수 있다. 이런 노동의 차이가 결과물에 대한 만족도에 영향을 준다는 시각이 노동 속의 비밀인 셈이다.

우리나라를 대표하는 기업인 모 자동차의 노조는 정치 성향을 띄고 있기로 유명하다. 좌파, 우파 정권의 경우 할 것 없이 이들의 권력은 무소불위다. 해당 노조가 자녀의 세습 고용을 회사로부터 받아냈다는 보도도 있었다. 그러나 이 회사의 노조는 노조원 숫자가 많을 뿐 아니라 정치색이 강한 '무슨' 노총과 연결되어 있어 이들이 집단행동을 할 때 국가 경제에 막대한 영향을 미치기로도 유명하다. 이들의 대표자들을 '노동 귀족'이라고 부르기도 한다. 이 경우는 '지겹게 노동하는 대가로 돈이라도 많이 달라'는 발상으로 시작한 파업이 권력을 만들어 주었다고도 볼 수 있다. 억지라고 반박할 수도 있겠지만, 창의성의 차이가 인간 노동의 소외에 미치는 영향력을 지적한 부분은 타당하다.

청년 실업은 어느새 우리 사회의 가장 큰 사회적 문제로 존재하게 되었다. 비단 우리나라만의 문제가 아니라 지구촌 전체의 숙제이기도 하다. 내 친구 아무개는 이 문제를 해결하기 위해서 직장에서 자리만 차지하고 있는 50대 기성세대들을 한꺼번에 몰살시켜야 한다는 과격한 주장을 펴고 있어 나를 당혹스럽게 하지만 답이 없는 문제 때문에 고육지책으로 해보는 말로도 들린다. 역설적으로 어디가 문제인지를 지적하고 있기 때문이다. 그러나 현재로는 돌파구가 '거의' 없어 보인다.

대책은 무엇일까? 교과서적인 이야기겠지만 소위 '선진국'이라 부르는 선발 자본주의 국가들은 노동 집약 산업보다 첨단기술 산업, 금융, 문화 산업 쪽으로 무게를 옮기면서 지식 노동으로 더 많은 가치를 만들어 내고 있다. 뭔가 즐겁게 일을 하는 모습인 듯하다. 단순노동의 심화는 열악한 노동 환경을 만들어 내며 인간 노동의 소외에 미치는 영향력은 지대하다.

우리도 중심을 빨리 옮겨야 하지 않을까? 핸드폰 잘 만드는 것도 중요하지만 그 안에 들어가는 앱을 잘 만들어야 더 큰 부가가치가 창출된다. 부가가치가 커지면 고용의 총량 역시 늘어난다. 우리가 쓰는 컴퓨터는 국산이지만 운영체계는 '윈도'라고 불리는 미국 제품이다. '작고 부드럽다'라는 명칭을 가진 회사가 만든 '액셀'이나 '파워포인트' 없는 직장을 상상할 수 있을까? 소프트웨어 CD를 팔아서 전자 회사보다 더 높은 순이익을 올리는 것, 이것이 창의력의 힘이 아닐까?[20]

---

20) 이 글은 포털사이트 Daum의 2012년 1월 '그달의 베스트 글'로 선정되었다. 후폭풍이 매우 거세어 무려 이백 건에 가까운 댓글이 달렸다. '네가 자동차 공장에 대해 뭘 알아서 이따위 글을 쓰느냐?', '우리가 얼마나 열악한 환경에서 일하는 걸 너는 아느냐?' 등의 내용이 압도적 다수였다. 그에 대해 나는 답글로 '이름만 대면 알만한 자동차 공장 현장에서 총무과장, 자재과장으로서 상당 기간 일했다.'라고 응수했다. 반면에 욕설로 도배된 댓글을 향해 '글쓴이의 의도는 노동의 가치를 논하는 것이지 누구를 비난하는 건 아니다'라는 의견, '난독증은 네티즌의 수준을 스스로 낮출 뿐'이라는 의견도 많았다.

살인자 앙굴리마라

1.

이청준의 단편소설 「벌레 이야기」에는 우리가 믿는 종교의 허구성을 신랄하게 비판하는 장면이 등장한다. 어린 아들이 유괴되어 살해되자 그 어머니는 교회를 찾아가 마음의 위안과 평화를 얻는다. 그녀는 범인을 용서하려 하지만, 이미 사형 선고까지 받은 범인은 신앙적 구원과 사랑 속에 마음이 평화로워져 있다. 이를 본 어머니는 절망하여 도리어 자살하고 마는 내용이다. 이창동 감독이 연출하고 전도연과 송강호가 주연한 영화 「밀양」(2007)의 원작 소설로도 유명하다. 영화는 원작과 비교하여 구성 인물과 플롯에서 약간 차이 나지만 영화만이 연출할 수 있는 현실감 있는 장면이 있어 인용하도록 하겠다.

밀양에 신애(전도연)라는 여인이 어린 아들과 함께 내려와 새 삶을 시작한다. 밀양은 교통사고로 죽은 남편의 고향이며, 그곳에서 신애를 아는 사람은 아무도 없다. 카센터를 하는 종찬(송강호)이 신애 곁에 머무르려 하지만 그녀는 그의 자리를 마련하지 않고 홀로 버텨내려 한다. 그러다 아들은 유괴당하고 곧이어 시체가 되어 돌아오며 범인은 금방 잡힌다. 영화의 핵심 장면은 여주인공이 아들을 죽인 살인범을 교도소에서 면회하는 장면이다.

 박도섭 : 저도 믿음을 가지게 되었거든예. 여, 교도소에 들어온 뒤로…….
하나님을 가슴에 받아들이게 됐심더. 하나님이 이 죄많은 인간에게 찾아
와 주신 거지예.

 신애는 말없이 박도섭을 쳐다본다. 박도섭은 믿음을 가진 사람답게 아주
평화롭고, 안정되어 보인다.

 신애 : (이윽고) ……. 그래요? 하나님을 알게 되었다니 다행이네요.

 박도섭 : 예, 얼마나 감사한 일입니까? 하나님이 저한테, 이 죄 많은 놈
한테 손 내밀어 주시고, 그 앞에 엎드리가 지은 죄를 회개하도록 하고, 제
죄를 용서해주셨습니다.

 신애   : 하나님이 ……. 죄를 용서해주셨다고요?

 박도섭 : 예! 눈물로 회개하고 용서받았심더. 그라고 나서부터 마음의
평화를 얻었심더. 잠도 잘 자고……. 아침에 일어나자마자 기도하고…….
하루하루가 얼마나 감사한지 모릅니다. 인제 아무 여한 없습니다. 어떤 처
벌을 받더라도, 사형이 되도 달게 받을 마음의 준비를 하고 있습니다. 정
말로……. 장기기증까지 다 해 두었심더. 이 죄 많은 인간의 몸이라도 하
나님이 주신 거라 가치 있게 쓰일 수 있으면 좋겠다, 그런 생각했심더. 하
나님한테 회개하고 용서받았으이 이렇게 편합니다.   내 마음이. (가슴에 손
을 얹는다.)

신애   : …….

박도섭 : 요새는 내가 기도로 눈 뜨고 기도로 눈 감습니다. 준이 어머니를
위해서도 기도 마이 합니더. 빼놓지 않고 늘 합니다. 그런데 인제 이래 만
나고 보이, 하나님이 역시 제 기도를 들어주시는갑심더.

 (언제부터인가 신애는 아무런 말도 못 하고 있다. 넋이 나간 표정이다.)

2.

불경에 등장하는 앙굴리마라는 살인을 일삼는 유명한 도적이다. 그런데 붓다는 그를 교화하기 위하여 많은 사람의 만류를 뿌리치고 그가 있는 곳으로 향한다. 멀리서 붓다가 오는 모습을 본 그는 붓다도 죽여야겠다고 결심하고 뒤를 쫓기 시작한다. 그는 이미 99명을 죽인 전력이 있다. 그러나 아무리 뛰어도 걸어가는 붓다를 따라잡을 수 없다. 그는 걸음을 멈추고 붓다를 향해 소리쳤다.

"멈추어라. 사문. 멈추어라. 사문!"

그런데 붓다는 다음과 같이 대답하였다.

"나는 멈추고 있다. 너야말로 멈추어라."

앙굴리마라는 그 뜻을 붓다에게 다음과 같이 물었다.

"사문이여, 당신은 길을 계속 가면서도 자신이 멈추어 있다고 말했다. 내가 멈추어 섰는데도 당신은 '내가 멈추지 않았다'라고 말했다. 사문이여, 나는 그 의미를 묻고 싶다. 어찌하여 당신은 멈추고 있으며, 나는 멈추지 않고 있는가?"

붓다는 다음과 같이 대답했다.

"앙굴리마라여, 나는 생명을 해치려는 마음을 버리고 멈추어 있다. 그러나 그대는 살생에 대한 자제가 없다. 그러므로 나는 멈추어 있고 그대는 멈추지 않았다."[21]

그는 자기의 잘못을 깨우치고 붓다에게 귀의하여 승려가 되었다.

이야기가 이어진다.

어느 날, 앙굴리마라가 걸식하던 도중에 산고로 괴로워하는 임산부를 만난다. 그녀는 수행자인 그를 발견하고서 자기 고통을 없애 달라고 간곡히 요청한다. 예전에 살인마였던 그에게 임산부는 편안한 출산을

---

21) 「앙굴리마라경」. 「중부」 제86경

부탁한 것이다. 몹시 당황한 그는 어찌할 바를 모른 채, 붓다의 수행처소로 도망치듯 달려가 임산부의 부탁을 전했다.

"너 앙굴리마라는 여래의 가문에 태어난 이후로 단 하나의 생명도 해친 일이 없지 않으냐?"

그는 곧바로 임산부에게 달려가서 붓다가 일러준 대로,

"나는 여래의 가문에 태어난 이후로 생명을 손상한 일이 없으니 그 공덕으로 고통을 여의고 편안히 생명을 낳아라." 하고 말했다.

그 순간 임산부는 출산의 고통에서 벗어나서 건강한 아기를 낳게 되었다. 그는 곧바로 생명의 실상을 깨닫고 성자의 경지에 올랐다. 앙굴리마라가 임산부에게 던진 말이 불교 진언(眞言)의 시작이라고도 전한다.

이후 어느 마을을 지날 때 과거 앙굴리마라에게 당했던 마을 사람들이 돌을 던졌다. 그가 돌에 맞아 머리를 다친 채 돌아왔다. 붓다는 앙굴리마라가 피투성이가 되어 돌아오는 모습을 지켜보고 있었다. 붓다는 그에게 다음과 같이 말했다.

"그대는 인내해야 한다. 이전에 행한 행위의 응보로서 수백 년 수천 년, 파멸의 세계에 몸이 받을 수도 있는 행위의 응보를 지금 받고 있다."(앙굴리마라경22))

3.

소설 「벌레 이야기」를 통해 작가는 절대자가 죄인에 베푸는 용서가 누구에게는 고통이 되고 있었음을 지적한다. 따라서 이유 없이 가해자에 당하는 피해자는 벌레에 불과하다는 비극을 이야기하는 듯하다. 그뿐만 아니라 불경에 등장하는 앙굴리마라의 사례는 징벌주의, 엄벌주

---

22) 팔리어 경전 중 맛지마 니까야의 일부이며 한자로 된 경전도 존재한다. 중국 유송(劉宋)의 구나발타라(求那跋陀羅, Guabhadra)가 435년~443년 앙굴마라경(央掘魔羅經)이라는 제목의 한자로 번역하였다. 줄여서 앙굴경이라고 부른다.

의를 원하는 일반 시민에게는 절대자의 가르침에 감화된 악인을 미화한다는 논란을 만들 여지가 있다. 특히 우리 사회는 온정주의에 강한 반감을 보이면서 징벌주의를 선호하는 분위기이다. 타인에게 피해를 주거나 사회에 악영향을 끼친 이가 선한 심성의 소유자이고 불행한 환경 때문이라고 묘사하면 가차 없이 악인 미화 논란이 일어나기도 한다. 아무튼, 엄벌주의와 용서라는 문제에 접근하는 그리스도교와 불교, 두 종교의 시선은 비슷하면서도 완전히 다른 면이 있다.

앙굴리마라 이야기의 핵심은 '잘못을 저지른 사람이니 벌을 받아야 한다'가 아니라 '잘못을 저지른 그 악인이 과연 자신의 과거 잘못을 진심으로 참회했는가?'라는 의미일 듯하다. 그는 부처님을 만나기 전에는 일국의 군대도 제어하지 못할 정도의 잔인무도한 악당이었지만, 깨달음을 얻은 후에는 마음속에 있는 모든 살심殺心을 버렸기 때문이다.

앙굴리마라가 완전히 달라진 사람이라는 사실을 알지 못한 이들은 복수심에 불타 그에게 돌을 던져 죽였다. 예전 같으면 백 명이 덤벼도 못 당할 괴력으로 인명을 살상하던 그가 아무런 저항을 하지 않고 죽음을 받아들인 장면은 이를 증명한다.

사회에 물의를 일으키거나 타인에 피해준 부패 정치인, 연예인이나 유명 조폭 등이 과거에 저지른 잘못을 시인하는 대신에 종교에 귀의해서 구원받고 거듭났다며 종교인이 되었다는 기사를 가끔 접하곤 한다. 그러한 이들이 불우 시설, 종교 시설 등을 돌며 간증이랍시고 떠들고 다니는 사람들을 생각할 때 분명히 앙굴리마라의 태도는 시사하는 바 크다.

언젠가 '즉문즉설23)'이라는 불교방송 프로그램에서 어느 질문자는 앙

---

23) '즉문즉설(卽問卽說)'은 뜻 그대로 풀면 '즉시 묻고 즉시 이야기'하는 것을 말하며, 달리 말하면 '살아가면서 겪는 괴로움과 어려움에 대해 종류와 무관하게 묻고 대화하는 자리'이다. 그 시작은 법륜 스님이며, 그 뒤를 따라 여러 스님이 '즉문즉설'을 진행하고 있다.

굴리마라의 사례를 지적하며, 법륜[24] 스님에게 다음과 같이 묻는 장면을 본 적 있다.

"그 사람은 나름 자기 잘못을 참회하고 마음이 편해졌다지만 이미 죽은 사람들의 억울함은 어떻게 되는가요? 참회하면 죄가 사라지나요? 사람의 마음은 회개나 참회해도 습관적으로 되돌아가지 않나요?"

이에 법륜 스님은 '처벌이란 범죄를 예방하는 것이 목적'이지 범죄자에게 복수하는 목적이 아니라고 대답했다. 처벌이란 복수하고 응징하는 관점이며, 상대방이 잘못하면 반드시 응징해야 하고, 응징 중에서 가장 강한 방법이 사형, 그것은 세속의 논리일 뿐이지 수행의 관점에서는 그렇지 않다고 설명했다.

신약 성서는 예수님이 "아버지께서는 악한 사람에게나 선한 사람에게나 똑같이 햇빛을 주시고 옳은 사람에게나 옳지 못한 사람에게나 똑같이 비를 내려 주신다.[25]"라고 설파한 구절이 나온다. 너는 악인이니까 햇볕 안 준다, 너는 옳지 못한 일을 했으니까, 비를 안 준다는 식의 논리는 아니라는 의미인 듯하다. 그렇다면 "카이사르의 것은 카이사르에게 돌리고 하느님의 것은 하느님께 돌려라."라는 내용의 의미는 무엇일까. 카이사르의 것을 '세속'이라고 해석할 때 인간 존재란 벌레에 지나지 않음을 인정하라는 의미가 아닐까?

앙굴리마라는 '자신을 향한 그 어떤 응징이나 보복도 원망하지 않고 인과응보라고 받아들였다. 현실 역사에서 뉘우친 전범 미화와 동일선상에 놓일 수 없음은 당연하다. 아무튼 「벌레 이야기」와 불경에 등장하는 앙굴리마라의 사례는 많은 고민과 시사점을 제시한다.

두 이야기의 차이점이란 전자가 뉘우침만으로 죽음을 편하게 받아들

---

24) 법륜(法輪, 1953~)은 불교 승려이자, 사회, 구호(求護), 환경, 통일 운동가이다. 다양한 구호활동으로 2002년에는 아시아의 노벨평화상이라 불리는 막사이사이상을 수상했다.
25) (공동 번역) 마태오복음 5장 43절

였고 후자가 극심한 고통을 받은 후 죽음을 당연히 받아들였다는 정도가 아닐까? 인류가 가장 많이 믿는 종교가 제시한 '죄와 벌'에 관한 내용, 사랑과 자비는 공교롭게도 비슷한 의미로 귀결된다. 쉽지 않은 화두인 만큼, 범인凡人의 이해력과 가치관을 뛰어넘는 무엇을 나는 요구할 수밖에 없다.

결론적으로 이청준의 「벌레 이야기」는 용서와 엄격한 정의라는 문제를 부각하며, 자신의 죄를 용서받기 위해서는 가해자의 진정한 회개 외에도 변화의 필요성을 깨닫게 한다. 또한 가해자의 자기 뼈를 깎는 뉘우침만이 피해자의 용서를 이끌 수 있다고 생각해 본다. 용서가 부재한 형벌과 엄격한 정의 또한 인간을 한갓 벌레로 만들기 때문이다.

여성과 백화점

그리스 영웅들이 약탈당한 헬레네 왕비를 되찾기 위해서 트로이를 쳐들어가려고 할 때의 이야기다. 그리스에서 최고의 장수는 아킬레우스였다. 그의 어머니 테티스 여신은 그에게 여장女裝을 시켜 딸들과 함께 피난을 보낸다. 트로이의 싸움터에 가면 그가 죽으리라는 것을 이미 알고 있었기 때문이다.

영리한 오디세우스 장군은 그리스 원정군에 꼭 필요한 선봉장先鋒將 역할을 해야 하는 아킬레우스를 찾아내기 위해 보따리 장사로 가장해 헬라스로 떠난다. 보통 사람 같으면 여장을 한 채 누이동생들 틈에 섞여 있는 아킬레우스를 도저히 찾아낼 수가 없었을 것이다. 그러나 오디세우스는 그들 앞에 행상 보따리를 펼쳐놓고 여자 옷과 함께 칼을 진열해 놓았다. 딸들은 모두 아름다운 여자 옷을 뒤지는데 아킬레우스만은 칼을 만지작거렸다. 남자의 본색만은 숨길 수 없었기 때문이다.

이와 비슷한 이야기가 또 있다. 파리에서 죄수 하나가 여인으로 분장하여 탈옥했다. 그의 몸짓과 목소리 그리고 그 옷차림은 영락없는 여자였는데도 거리에 나오자마자 즉시 체포당하고 말았다. 왜냐하면, 이 죄수는 패션 의상이 걸려 있는 양장점 거리의 진열장 앞을 그냥 지나치고 말았기 때문이다. 여자라면 화려한 유리 진열장 앞을 무관심하게 지나쳤을 리 없다. 유리에 비친 자기 모습과 유리창 내부에 진열된 각종 옷을 관찰하느라 상당한 시간을 그 앞에서 보낼 수밖에 없기 때문이다. 이처럼 아무리 가장을 해도 남성과 여성의 그 본능을 숨길 수 없다. 이 본능이라는 말속에는 인간의 원시 습성이 숨어 있다는 주장이 그것이다.

수만 년이 지나도 우리 핏속에는 아직도 사라지지 않은, 재미있는 원시 습성이 남아있다. 그게 바로 남녀 간의 쇼핑 형태 차이다. 독일 과학자들의 연구에 따르면, 쇼핑할 때 남자는 필요한 물건만 사는 반면 여자는 계속해서 매장을 빙빙 둘러보는 경향이 있다고 한다.

이런 차이로 애인끼리, 부부끼리 싸우는 경우가 많다. 나도 아내와 함께 백화점에 가질 않는다. 그런데 이런 차이는 개인의 성격 문제가 아니라 수만 년 동안 인류의 몸에 남아있는 생존 본능 때문이라는 것이다.

사람이 살아가려면 식량이 꼭 있어야 한다.

원시 시대에 인간은 식량을 얻기 위해 사냥하거나 채집해야 했다. 남자들은 돌도끼, 돌창 등 도구를 사용해 매머드나 고래를 잡았고, 여자들은 강가나 들에서 조개나 과일을 주웠다. 사냥은 목표로 정한 사냥감을 잡으려면 그걸로 끝이니 뭘 더 고를 일이 없다. 그래서 남자는 지금도 쇼핑(사냥)에서 필요한 것을 사면(잡으면) 그걸로 상황 끝이다. 그러나 채집은 사냥과는 달리 많이 둘러볼수록 이익이 온다. 운이 좋으면 조개나 과일이 더 많은 곳을 찾아낼 수 있고, 비슷한 과일 가운데서도 더욱더 싱싱한 것을 고를 수 있기 때문이다. 이런 습성이 아직 남아있다는 것이다.

딴 얘기 같지만, 쇼핑에 관해 잘 알려진 서양 유머 가운데 이런 게 있다. 남자는 꼭 필요한 1달러짜리 물건을 2달러에 사 오고, 여성은 별로 필요하지 않은 2달러짜리 물건을 1달러에 사 온다는 내용이다. 언젠가 일본 지인에게 이 유머를 해주었더니, 그 나라에도 비슷한 유머가 있다고 답했다. 남녀의 쇼핑 행동 차이는 전 지구에 걸친 현상인 듯하다.

다른 연구 결과도 있다. 남녀 차이를 설명하는 가설 중에선 남녀 간 서로 다른 호르몬이 강력한 영향력을 행사하는데, 대표적인 예로 '에스트로젠과 테스토스테론' 때문이라는 내용이다. 에스트로젠은 여성호르몬의 일종으로, 여성의 성적 특징을 유발한다. 세심하고 감성적이며 인간관계에 민감한 성향은 이 호르몬으로부터 비롯된다고 한다. 이에 비해 테스토스테론은 남성의 몸에 흐르면서 흔히들 남성성을 만들어낸다고 알려져 있다. 남성들이 여성들보다 일반적으로 다소 공격적이고, 심지어는 폭력적인 성향을 보이는 부분은 결국 테스토스테론의 과도한 영향 때문이라고 연구는 말한다. 원시 시대 때 사냥하던 습성을 만들어낸 테스토스테론은 쇼핑할 때도 사냥과 마찬가지로 '한 가지 목표'만을 향해 돌진하게 만든다. 청바지를 사겠다고 하면 청바지 판매장으로 직행하게 만드는 것이 테스토스테론의 효과라는 얘기다.

결국, 쇼핑할 때 남녀가 다투는 일은 성격이 나쁘거나 배려심이 부족해서가 아니라 조상이 물려준 유전적인 특성의 차이 때문이라는 이야기다. '성의 사회화' 관점에서 생각해보면, 현대사회에서 남녀의 성 역할이 현저히 다르고 유전자가 쇼핑에 고스란히 반영된 현상이라고 볼 수 있다. 그러니 이제는 서로를 이해하고 참아주어야 하지 않겠는가?

얼마 전부터 아예 여자들이 천천히 마음대로 쇼핑할 수 있도록 남자들이 기다리는 쉼터를 만든 백화점이 서구에서 등장하였고 우리나라는 거기에 한술 더 떠서 백화점 층마다 매장 중간에 커피숍이나 카페를 마련하는 상술을 발휘하고 있다.

인터넷 쇼핑이 매우 보편화한 요즘 인터넷 정글을 통하면 없는 것이 없다지만 71%에 달하는 독일인들은 여전히 직접 구경하고 선물을 고르는 걸 좋아한다는 보도가 있었다. 그들은 주로 도심에서 다양한 상점 혹은 쇼핑센터를 방문하고 싸우건 어쩌건 개인의 방식대로 물건들을 살피며 선물에 대한 아이디어를 얻는다고 해당 매체는 보도했다. 이리저리 바쁘게 변하는 세상이지만 이처럼 여전히 변하지 않는 모습은 우리 속에 남아있는 본능의 원시 습성 때문이 아닐까? 그렇다면 나도 이제는 아내와 함께 카페가 있는 백화점에 가고 싶다.

감정노동자의 비애

1.

여학교에서 교편을 잡고 있는 동창은 내게 말했다.

"휴대전화 통신사 콜센터에 대고 따졌지. 대리점에서 내게 약속한 내용과 다른 청구서가 오는 거야. 한참을 퍼부었더니 속이 시원하네."

걱정스러운 표정으로 내가 대답했다.

"이 사람아! 전화 받는 그 아가씨 중에는 자네 제자도 몇 있을걸? 그 회사의 다른 부서에서 자네에게 보낸 청구서와 전화받는 이들이 무슨 상관이 있나? 그들은 회사의 가장 밑바닥에서, 회사가 저지른 갖은 쓰레기를 치우는 사람들이야. 전화 받는 직업이라는 이유 하나로 고객이라는 높은 자리의 사람들의 욕을 듣는 것이지. 자네 딸이 그 자리에서 일한다면 그렇게 하겠어? 아마 전화 받은 그 아가씨는 오늘 밤잠을 이루지 못할걸? 아니면 지금쯤 스트레스를 삭히려 술을 마시고 있든지……."

"아, 그렇군! 과연 다시 생각해보니 그렇구나……"

작년에 '라면 상무[26]' 사건이 나라를 떠들썩하게 했고 올해에는 '땅

---

[26] 포스코에너지 상무 A 씨는 2013년 4월 미국 로스앤젤레스행 대한항공 여객기 비즈니스 석에 탑승해 '라면이 덜 익었다'라는 등의 이유로 여성 얼굴을 때린 사건이다.

콩 회항[27]' 사건이 그랬다. 이 두 사건의 뒤에는 감정노동자라는 우리 시대의 애처로운 존재가 있다. "사랑합니다. 고객님!" 모 통신사의 콜센터에 전화했을 때 들었던 말이다. 도대체 언제 나를 봤다고 사랑한다고 하는 건가? 이유는 회사가 시켰기 때문이다. 그래도 듣는 사람 쪽에선 기분 나쁘진 않다는 평이 있지만 내가 볼 때는 이면에 숨어 있는 감정노동자의 비애를 훔쳐보는 듯해서 씁쓸했다.

항상 낯선 이에게 미소 지으며 마음에 없는 '사랑한다'라는 말을 해야 하는 사람의 속은 어떨까. 겉으로 웃으며 속은 숯검정으로 변했을 것이다. 언젠가 보험회사 콜센터에 문의 사항이 있어 전화했다. 전화상담원은 웃음소리를 만들어가며 내게 응대했지만, 그녀와 통화하는 내내 마음이 편치 않았다. 미국 캘리포니아주립대 알리 러셀 혹실드 교수는 배우가 연기하듯 직업상 본인의 감정을 숨긴 채 다른 얼굴과 몸짓을 지어내야 하는 사람들을 '감정노동자'라고 정의했다.

이 글을 쓰는 이유는 내가 약 10년 전 고객센터의 책임자로 근무했던 기억 때문이다. '성악설'을 확인시켜주기나 하듯 입에 담지 못할 상욕과 무리한 요구로 상담원을 괴롭히는 이들을 수없이 만났다. 그 때문에 감정노동자의 심리를 누구보다 더 많이 알고 있다고 자부한다.

2.

그해 여름, 호찌민시(市)에서 부산으로 오는 베트남 국적 항공기에서였다. 민소매 상의에 슬리퍼를 신은 젊은 남자가 아기를 안고 그의 아내와 내 앞자리에 앉았다. 팔뚝에 커다란 호랑이 문신이 그려진 남자는 자리에 앉자마자 여승무원을 불러 서툴기 짝이 없는 영어로 아기에

---

27) 2014년 12월 5일 0시 50분 뉴욕발 한국행 대한항공 KE086 항공편이 공항 활주로로 이동하다가 후진한 사건. 대한항공 086편 회항 사건이라고도 한다. 이 사건으로 조현아 부사장은 모든 직책에서 사퇴했다.

게 먹일 우유와 빨대를 달라고 했다. 생우유를 들고 온 베트남 여승무원은 미안해하며 '기내에 빨대(straw)가 없다.'는 내용을 전달했다. 그때 터져 나온 고함이었다.

"야! 이 ○○○아!"

지금도 그 끔찍했던 장면이 생생하다. 그 여승무원은 한국인들을 평생 어떻게 평가할까?

3차 산업이 고도로 발달하고 대인對人 서비스의 가치가 높아지면서 감정노동자가 급증했다. 즐거운 식사 분위기를 만들어 내야 하는 식당 종업원, 관람객에게 언제나 밝은 얼굴을 보여야 하는 놀이공원 직원, 승객을 편안히 모셔야 하는 항공 승무원, 친절이 생명인 전화 상담원, 상사의 기분을 살펴야 하는 비서, 주민센터나 민원실의 공무원 등이 대표적인 직업군이다. 골프장 캐디처럼 감정노동과 육체노동을 합친 복합노동을 하는 일도 있다.

억지 미소를 짓고 마음에도 없는 친절을 온몸으로 표시해야 하는 감정노동의 칼날은 야금야금 그들의 영혼을 파괴한다. 감정 노동의 비애를 '땅콩 회항'이나 '백화점 주차장' 사건이 전 국민에게 보여주었다. 감정노동자는 귀가하면 가족에게 짜증을 낸다고 한다. 그건 다 이유가 있는데 직장에서 일하며 참았던 모멸감 때문이다. 참고 참았던 억눌린 분노는 우울증으로 발전하기도 한다. 특히 이들을 괴롭히는 것이 이른바 '진상 고객'으로 직원에게 잘못을 뒤집어씌우거나 욕설을 퍼붓고 상식을 넘어서는 억지 요구를 하는 이들이다.

언젠가 '개그콘서트'에 등장했던 '정 여사'처럼 과도한 요구를 하며 감정노동자를 괴롭히는 이들은 의외로 많다(나는 해당 프로를 보면서 고통스러워 숨이 막히는 느낌이었다). 감정노동자가 지나치게 저자세인 것도 문제라는 지적이 있지만 '고객 감동'을 부르짖는 회사 측은 해당 직원만 나무라고 인사상 불이익까지 주기에 어쩔 수 없다. 대다수 감정노동자가 비정규직으로 노조의 보호를 받지 못하는 것도 치명적인 문제다.

이른바 비정규직으로 불리는 이들만 그렇겠는가. 말단 공무원, 파출소나 교통단속 경찰, 사회복지사도 넓은 의미에서 감정노동자라 할 수 있다. 언론에 보도된, 결혼을 앞두고 자살한 여성 사회복지사는 2분마다 울리는 전화, 욕설을 퍼부으며 쫓아다니는 민원인 때문에 심한 스트레스에 시달렸던 것으로 알려졌다. 작년 대한항공 비즈니스석을 탄 국영 기업 임원이 '라면 서비스'가 마음에 안 든다며 여승무원을 폭행했다가 어렵사리 올랐을 임원 자리에서 추락했다. 그뿐만 아니라 사무장과 스튜어디스를 폭행한 대한항공 사주 가족의 경우, 직원을 하인으로 생각하는 그녀의 회사관會社觀도 엿볼 수 있었다.

흔히들 고객센터로 부르는 콜센터에서는 상담원 한 명이 하루 100통 이상의 전화를 받는 것은 기본이다. 전화가 많이 몰리는 월요일이나 월말에는 200통을 받기도 한다. 문제는 하루 통화량의 절반에서 '죄송하다'라는 말을 해야 한다는 점이다. 일단 '죄송하다' 말을 들은 사람은 절대 그냥 넘어가지 않는데, 약점을 잡았다는 듯 '죄송할 짓을 왜 했느냐'며 욕을 하는 것은 물론이고 '윗사람 바꾸라'며 공격하기 일쑤다. 그렇다면 윗사람을 바꾸면 어떻게 될까? 그들은 그 윗사람에게도 같은 욕을 하며 자신이 '갑'임을 과시한다. 그리고 그 윗사람은 대책 없이 문제 전화를 올려서 자신을 곤경에 빠뜨리는 부하직원을 곱게 볼 리 만무하다. 이러니 직업병이 생기지 않을 수 없다. 전화상담원은 매일 고단하게 8시간씩 말하다 보니 턱관절 장애가 오는 경우, 목이 쉬어 성대가 상하는 경우, 진상 고객들의 욕설과 성희롱 때문에 스트레스를 받아 6개월 이상 생리를 하지 못하는 등 직업병을 안고 살기도 한다. 비 오거나 날이 궂으면 턱이 쑤시고 어려운 발음이 되지 않아 고생하는 경우도 있다.

3.

서비스 업종에 종사하는 소위 '감정노동자'에 대한 조사에서 가장 큰 고충은 '상처받은 감정을 숨기는 일'이다. '가장 큰 고충이 뭐냐?'는 질문에서 반 이상이 '지나친 항의, 폭언, 욕설, 성희롱'이라고 답했다. 고객도 무례한 말이 상대방에게 상처를 준다는 사실을 대부분 알고 있다. 그런데도 근절되지 않는 원인은 무엇일까?

전문가들은 우리나라가 외국과 비교해 '갑의 횡포'가 지나치게 심각한 편이라는 진단을 내놓는다. 유교 문화의 '사농공상士農工商' 전통이 남아 있어 직업으로 사람을 판단하려는 편견이 존재하는 데다, 급격한 산업화를 겪으면서 오로지 '돈'만 중요하게 생각할 뿐 다른 사람에 대한 예의나 존중을 망각하는 세태가 널리 퍼져 있기 때문이다. 왕조 사회의 신민이었다가 식민지 시대를 거쳐 졸지에 뭐가 뭔지도 모르고 '민주공화국'의 국민으로 바뀐 존재가 근대 한국인의 정치적인 운명이었다면, 이 운명의 전개에서 거의 송두리째 빠진 부분이 '시민으로서의 성숙'이라는 과정이 아닐까 한다. 내 이익과 감정 편의를 위해서라면 상대방을 짓밟고 괴롭혀도 상관없다는 식으로 말이다.

그렇다면 이러한 '갑의 횡포'를 근절시킬 방법은 무엇일까? 내가 생각하기에는 아주 간단하다. 지금 전화를 받는 상담원이, 저 종업원이, 저 승무원이 내 딸이고 내 여동생이라는 생각을 해보는 것이다. 내 딸이고 내 여동생이라면 저렇게 함부로들 대하겠는가? 우리는 지금 선진국의 문턱에 서 있다. 이런 악습이 고쳐지지 않으면 선진 국민의 길은 요원할뿐더러 우리 사회는 점점 병들어 갈 것이다.

아빠 찾아 삼만리

어린 시절 눈물로 읽었던, 그래서 지금도 잊을 수 없는 동화가 있다. 「엄마 찾아 삼만 리」라는 동화인데 돈을 벌려고 아르헨티나로 간 후 행방불명된 엄마를 찾으러 이탈리아의 어린이가 남미로 떠나는 내용이다. 소년은 이탈리아 제노바에서 배를 타고 남미 아르헨티나 부에노스아이레스까지 혼자서 갖은 고생을 하며 도착한다. 그런데 소년은 엄마가 부에노스아이레스에서 일하지 않고 멀리 코르도바로 옮겨갔음을 알게 된다. 우여곡절 끝에 어떤 친절한 사람의 소개장을 받아 사흘 낮나흘 밤이나 걸려서 돛단배를 타고 로사리오라는 먼 곳까지 가게 되지만 그곳에서도 엄마를 만나지 못한다. 게다가 돈까지 떨어져서 당장갈 곳도 먹을 것도 없는 형편이 된다. 그 시간 엄마는 중병으로 죽어가고 있었고…….

1970년대 초반이었다. 당시에도 유행이란 게 있어서, 이 동화가 인기를 끌자, 영화로 상영되기도 했다. 내가 초등학교 때였는데 개봉관은 비싸서 엄두를 내지도 못하고 세 살 많은 형을 졸라 개봉된 지 1년 지난, 이본 동시에 상영하는 극장에서 영화를 보았다. 원작과 동떨어진한국 영화로, 돈벌이 떠난 엄마를 찾아 대만까지 가서 병들어 죽어가는 엄마를 겨우 만난다는 내용이었다. 한국에서 대만까지의 거리는 오천리도 안 되는 거리여서 제목은 '엄마 찾아 삼천리'였다. 생각해보면 당시 대만이 우리보다 훨씬 잘 사는 나라였다고 판단하게 된다.

이드몬도 데 아미치스Edmondo De Amicis라는 이탈리아인이 쓴 원작 「엄마 찾아 삼만 리」는 1910년대 후반이 시대적 배경인데 당시 남미는 번영을 구가하고 있었지만, 제1차 세계대전 직후 패전국 이탈리아의 가난이 소설을 만든 배경임을 알 수 있다. 지금은 서구인들이 남미인들을 빈곤과 부패의 대상으로 혐오하고 경멸하는 분위기지만 당시는 공급과잉이 만든 초기자본주의의 번성으로 패전국 국민을 이주 노동자로 만들었다. 오늘날처럼 당시도 신자유주의가 대세로 자리 잡았고 개인은 물론이고 국가 간 '빈익빈 부익부' 현상은 더 깊어지고 있었기 때문이다.

요즘 나는 EBS-TV에서 방영하는 '아빠 찾아 3만 리'라는 프로그램을 자주 보는 편이다. 방송의 설정은 이렇다. 동남아 등 가난한 국가의 이주 노동자 자녀들이 주인공으로, 한국 방송국의 초청장을 받아 인천공항에 도착해서 혼자 힘으로 아버지가 거주하는 집까지 찾아가는 과정을 담은 내용이다. 과거 독일 광부나 간호사, 월남전 파병, 중동 건설 현장 근무 등 우리 역시 이주 노동자의 경험이 적지 않은지라 역지사지의 기분은 방송에 몰입하게 만들었다. 가난해도 아빠와 같이 살고 싶은 아이들의 마음이지만 가족의 생계를 책임져야 하는 아버지는 그렇지 않다. 한국에서 5~6년 고생하면 자신과 아이들의 인생이 달라지기에 어떤 고생이라도 마다하지 않겠다는 다짐이다. 이전에 KBS-TV에서 방송한 '러브 인 아시아Love in Asia'라는 프로는 한국에 결혼이민 온 외국인 며느리가 친정을 찾아가는 내용이었다. 두 프로는 비슷하지만, 대비되는 부분이 있다.

'러브 인 아시아'에서 가난한 동남아 처녀가 집안을 살리기 위해 한국에 시집와서 아버지뻘 남자와 결혼하는 장면도 그렇지만 결혼한 후 10년이 지나도 친정에 가지 못하다가 이루어진 늦은 해후에 통곡하는 모습은 슬프기 짝이 없었다. 그러나 EBS-TV의 '아빠 찾아 삼만 리'에서 보여주는 슬픔도 그에 못지않았다. 한창 아버지의 손길이 필요한 어린아이에게 아버지의 존재는 '하느님' 그 이상이다. 베트남의 농촌, 또는 스리랑카의 어촌에 살면서 자동차조차 처음 보는 아이가 복잡하고 거대한 인천공항에 내려서 난생처음으로 만나는 버스라는 기계에 몸을 맡긴다. 엄마가 적어준 아버지의 주소를 향하여. 인산인해의 지하철이나 고층빌딩을 헤치고 기차·고속버스를 타야 한다. 그네 나라에서 미리 배운 몇 가지 한국말에 의존하여 아버지를 찾는 장면은 무슨 아슬아슬한 곡예를 보는 느낌이 들었다. 그러나 이런 아이를 둔 아버지는 행복한 축에 속한다.

1대 99의 세계라는 말로 요약되는 빈부 격차의 극단적 심화, 생태계 파괴, 넘쳐나는 쓰레기, 지구 온난화, 자원 고갈, 시장에 의한 사회 접수, 해마다 끊이지 않는 국가 간 또는 국가 내 전쟁, 핵에너지의 위험과 에너지 부족 문제, 노령화와 저출산, 테러, 정보-지식의 조작과 왜곡, 민주주의의 위기 등이 우리 시대를 괴롭힌다. 지금 세계는 한 면에서는 풍요의 세계이면서 다른 면에서는 극도로 궁핍한 세계다.

2003년 11월부터 한국에선 불법 체류자 단속이 대대적으로 이루어졌다. 이때 이주 노동자 10여 명이 자살하였고 전국에서 이주 노동자들이 강제 추방 반대를 외치며 농성하였다. 사회의 시선은 이주 노동자를 집중하였고 이주 노동자가 인간답게 살 권리를 보장하라는 주장, 이주 노동자를 노동자로 인정하라는 주장, 이주노동자에게 영주권을 주라는 주장 등 다양한 요구와 대안이 쏟아졌다.

우리도 오랜 이주 노동자 역사가 있다. 한때는 우리도 '엄마 찾아 삼천 리'의 주인공이었다. 전 세계에 퍼져 사는 재외교포를 생각할 때 한국은 이주 노동자를 인격적으로 또 인간적으로 대할 필요가 있다. 1997년 외환 위기 때 정부는 이주 노동자를 내보내고 한국인을 고용하는 회사에 지원금을 주었다. 당시에도 이주 노동자가 맡은 일을 하겠다는 한국인은 많지 않았기 때문이다.

이 궁핍의 시계를 결정적으로 특징짓는 것은 인간의 인간성 상실, 사회의 몰가치화와 가치 서열 전도, 도덕성의 후퇴, 윤리의 정지와 같은 인간성의 성찰이 기본이 되어야 하는 문제들이다.

구약성서의 「레위기」에는 '이방인을 너희 동족같이 여기며 너희 자신처럼 사랑해야 한다. 너희도 한때 이집트에서 외국인이었음을 기억하라'라는 대목이 여러 번 나온다. 남을 향해 따뜻할 줄 아는 마음을 가진 사람은 자기 자신을 따뜻하게 만들 수 있다. 이래서 성경의 비밀은 심오하다.

한국의 출산율이 세계 최저 수준이므로 앞으로 더 많은 이주 노동자가 와야 나라가 유지될 듯하다. 법무부 자료에 의하면 2022년 한국에는 이주 노동자가 50만 명가량 되고 결혼 이민자 17만 명, 유학생 20만 명 등 한국에 거주하는 모든 외국인을 합치면 무려 220만 명의 외국인이 살고 있다. 불법 체류자까지 합치면 무려 300만 명이 넘는다는 주장도 있다. 또한, 불법 체류자의 자식이라는 이유로 2만 명가량의 무국적 아동, 유령이 된 아이들이 이 땅에서 교육과 의료의 혜택을 받지 못한 채 방치된 상태라고 한다. '민족'이란 개념은 의미가 없을 뿐 아니라 필요하지도 않다. 한국 사회 전체가 이들과 함께 공존해야 하는 이유이다. 함께 잘 사는 세상은 아름답지 않은가?

낡은 청첩장

색이 바래서 원래 흰색이었던 속지가 누렇게 변한 사진첩을 들추다가 사진 틈에 숨어 있던 낡고 두꺼운 종이를 발견하게 되었다. 1971년에 만들어진 청첩장으로 언젠가 쓰임새가 있으리라는 생각에 보관했는데 시간이 지남에 따라 그 사실조차 잊어버리고 살았다. 잃어버렸다고 생각해왔는데 발견하게 되니 감회가 새로웠다. 그러니까 이 청첩장을 40년 이상 간직해오고 있었던 셈이다.

내가 이 청첩장을 버리지 않고 보관해야겠다고 생각했던 이유는 간단하다. 청첩장의 주인공은 큰아버지의 맏딸인 사촌 큰 누님과 매형인데, 누님이 결혼 후 잉태하자마자 매형은 교통사고를 당해 세상을 떠났다. 조카에게 추후 어떤 형태로든 도움이 될 것이라는 생각이 들었기 때문이다. 아니면 기억조차 못 하는 '아빠에 대한 추억'의 증표가 되든지 말이다.

누님의 결혼은 중매로 이루어졌고 우여곡절 끝에 신혼살림이 시작되었다. 그러나 결혼 이듬해에 매형은 불귀의 객이 되고 말았다. 누님은 20대 중반의 젊은 나이에 청상과부가 되어서 재가하지 않고 딸 하나를 키우며 씩씩하게 살아왔다.

낡은 청첩장을 조심스럽게 스캐너로 복사하여 'jpg 파일'로 만든 후,

대학 후배이자 직장 후배에게 보냈다. 후배는 내 사촌 누님 딸의 남편으로, 내가 소개해서 사귀다 결혼한 사이다. 행여 후배 본가에서 가질 수 있는 의문점을 해소해줄 중요한 증거가 되기 때문이기도 하였지만, 그가 엄하다고 느낄 수 있는 장모에 대한 친근감을 키울 수 있지 않을까 하는 생각 때문이기도 했다.

매형은 인근 마을 부농의 둘째 아들에다 훤칠한 키에 누가 봐도 잘생긴 얼굴의 호남이었다. 누님 부부가 삼촌 댁인 우리 집에 인사 왔는데 초등학교에 다니는 막내처남인 나를 비롯한 세 살 터울의 두 형에게도 격의 없는 유머와 다정스러움을 보여줘 지금껏 좋은 분으로 기억한다. 그로부터 얼마 되지 않아 매형의 부음이 전해져 왔고, 누님은 갓난 딸을 안고 친정으로 돌아와 고단한 청상과부 생활을 시작했다. 누님이 재가再嫁하지 않자, 시댁에서는 이를 갸륵히 여겨 가산 일부를 증여했다는 후일담이 전해지기도 했다.

이후 누님의 인생 목표는 유복녀인 조카딸을 잘 키우는 것으로 귀결되었다. 누님은 친정과 인근 대도시인 부산으로 거처를 옮겨가며 뒷바라지를 한 결과 조카는 교육공무원으로 자리 잡게 되었다. 그러나 또 문제가 생겼다. 홀어머니 밑에서 자란 트라우마 탓이었을까? 조카는 혼기를 훨씬 넘겼음에도 불구하고 결혼에 관심을 두지 않았다. 결혼하지 않고 혼자 살겠다고 선언했기 때문이다. 그때부터 누님은 내게 전화하기 시작했다.

"동생, 너희 회사에 어디 좋은 총각 없니?"

누님의 청을 거절하기 어려웠던 나는 조카의 결혼 상대를 찾기 위해 고심해야만 했는데, 남녀가 만난다고 결혼이 이뤄지지는 않는다. 하지만 처음으로 조카에게 소개한 부하 직원과 교제에서 그들은 호감을 느끼는 듯했으나, 서로가 좋은 감정을 상대방에게 제대로 표현하지 못하고 헤어지고 말았다. 두 번째로 소개한 '후배'와의 경우도 그랬다.

이후 3년이란 시간이 흐르고 조카는 30대 중반이 되고 말았다.

어느 날, 누님에게서 전화가 왔다. 조카는 이종사촌 여동생과 대화하다가, "결혼할 생각은 없지만, 외삼촌이 소개해서 만났던 '오빠' 정도의 남자라면 결혼할 생각이 있다."고 내심을 고백했다는 것이다.

"동생, 있잖아, 그러니까……. 그때 동생이 소개했던 총각 말이야. 아, 벌써 삼 년이 지났구나. 그 총각 결혼했니?"

"내가 아는 바로는 결혼하지 않고 독신으로 살고 있지요."

"그러면 네가 두 사람을 다시 만나게 해주면 안 될까?"

이튿날 나는 후배에게 전화하여 조카의 근황을 전하며 그의 반응을 떠봤는데 그는 조카가 결혼했는지를 매우 궁금해했다.

"결혼했나요?"

"아냐. 그런데 걔가 너를 만나고 싶어하는데 어쩌지?"

한 달 후에 누님에게서 다시 전화가 왔다. 조카와 후배의 결혼 날짜가 잡혔다는 내용이었다.

결혼 며칠 전이었다. 결혼 주선자로서 누님 집에 간 적이 있는데 누님은 예비 사위에게 자신의 결혼식 사진을 보여주며 지난 이야기를 하고 있었다. 조카가 편모슬하에서 자랐기 때문에 행여 사돈댁에서 미혼모 소생으로 오해받을 수 있기에 사전에 그러한 점을 불식시키기 위해서라고 여겨졌다. 내가 보관하고 있었던 청첩장을 보여주면 좋겠다는 생각이 들었으나 그때는 사진첩을 찾을 수 없어서 아쉬운 기분이었다. 그런데 이번에 발견하게 되었다.

조카와 후배는 귀여운 딸을 두 명이나 낳고 행복하게 살고 있다. 언젠가 조카 부부가 아이를 데리고 내 집에 왕림한 적이 있다. 눈이 퉁방울만 하게 커서 예쁜 아이는 반갑게 맞이하는 내게, "할아버지, 안녕

하세요!"를 외치고 있었다.

이제 막 오십 줄에 접어들었는데 내가 할아버지라니……. 큰아버님의 큰딸인 누님과 내 나이 차이가 14살 나니 당연히 그럴 수 있는 일인데 '할아버지'라는 말에 그날 내가 당황했음이 틀림없다. 가을이 되니 서정주의 '국화 앞에서'라는 시가 생각난다.

그립고 아쉬움에 가슴 조이던
머언 먼 젊음의 뒤안길에서
이제는 돌아와 거울 앞에 선
내 누님 같이 생긴 꽃이여.

– 월간 〈맑고향기롭게〉 2016년 12월 –

가깝게 오래 사귄 사람

'친구'라는 단어를 국립국어원 사전에 찾아보면 '가깝게 오래 사귄 사람'이라고 명쾌하게 정리하고 있다.

그날, 그는 내 손을 잡으며 심각하게 말했다.

"너와 나는 '친구'라는 단어를 사용하지 말고 그냥 물 흐르듯 살아가면 어떠냐? 친구라는 단어는 본래의 뜻이 변질한 것 같다. 얼마 전 만난 동창처럼 친구라며 나에게 고통을 주는 사람들을 어떻게 해석해야 할지 모르겠다."

그의 말을 자세히 들어보니 곽경택이 감독한 영화 '친구'에서 나오는 장면처럼 '우리는 친구 아니냐?'로 표현되는, 친구라는 단어로 자행되는 언어의 폭력성을 느낄 수 있었다. '친구이니까 이유를 따지지 말고 무조건 도와주고 희생해야 한다.'라는 초등학교 동기들의 말에 스트레스를 받는 것으로 여겨졌다. 사전을 찾아보니 친구란 말에는 두 가지 의미가 있었다.

우리가 흔히 '친구'라고 부르는 '가깝게 오래 사귄 사람'이라는 영어 friend 의미의 친구親舊와 달리 가톨릭에서는 '숭경崇敬의 대상에 대하여 존경과 복종을 나타내려고 입을 맞춤. 또는 그런 행동'을 친구親口라고 부르고 있음도 알게 되었다.

요즈음 나는 젊은 시절에 느꼈던 생각들이 그릇된 편견에 불과하다고 깨닫곤 하는데 그중의 하나가 우정이다.

성경에도 "벗을 위하여 제 목숨을 바치는 것보다 더 큰 사랑은 없다." 하듯 참된 우정이란 영원한 것이며, 그리스의 웅변가 키케로가 말하였듯이 '친구야말로 또 하나의 나'인지도 모른다.

우정이란 개념에는 항상 '신의信義', '우애' 같은 단어들이 동반된다. 우정은 남성들의 전유물 같은 느낌이 들고 이러한 단어들은 폭력배를 결속시키는 의리와 같은 끈을 연상시킨다. 친구를 위해 수십 명의 적이 기다리고 있는 아지트를 찾아가 피의 복수를 벌이는 장면은 요즘에도 액션 영화라 불리는 갱스터 무비에 흔히 접할 수 있다. 조직 폭력배들은 자신들만의 의리를 강조하기 위해서 때로는 손가락을 베어 그 피를 종지에 담아 나누어 마심으로써 '혈맹'을 과시하기도 한다. 실제로 그것을 따라 하는 남성들도 있는 모양이다. 그러나 과거 우정에 대한 이런 생각이 나의 편견이었음을 느끼고 있다. 언젠가 동창회에 참석했을 때 이십 년 만에 만난 동기가 자기 처남의 금융 빚을 탕감해주지 않는다며 해당 금융사에 근무하는 나에게 '네가 무슨 친구냐!'며 따져서 굉장히 놀란 적이 있다. 나는 아는 사이와 친한 사이는 다른 관계이고 한 학급에서 공부했다고 해서 모두가 친구라고는 생각하지 않기 때문이다.

내 행위나 신념이 잘못되었음을 발견했을 때 즉각 바로잡고 그 나쁜 부분을 버려야 하는 행위처럼, '또 하나의 나'인 친구가 정도의 길을 걷지 않을 때 시정을 위한 충고나 권유가 필요하다. 그게 통하지 않을 때는 그를 버려야 하는 순간도 어쩔 수 없다고 나는 생각한다.

남성들의 우정이란 대부분 사교적이며, 신분을 과시하기 위한 훈장 같은 무엇이다. 남자 대부분은 우정을 사교나 욕망의 거래로 생각하며,

이에 따른 이해득실을 따지는 물물교환으로 여긴다. 그러니까 남성들의 우정은 친절이라는 명함의 교환에 지나지 않는다. 과거 내가 신설 자동차 회사 공장의 총무과장으로 근무할 때 수많은 동창이 줄을 서다시피 나를 찾아왔다. 나와 친해지면 자신에게 또는 자신이 근무하는 회사에 유무형의 도움이 되리라고 계산했던 모양이다. 그들은 전에 있지도 않았던 나와 우정의 기억을 끄집어내느라 애를 썼으며 과거 나와의 우정은 소중했노라고 강조했다. 물론 나는 그들의 말을 전혀 믿지 않았으며 '친구'라는 단어의 개념 정리를 어떻게 해야 하는지 고민했음은 물론이다. 이후 IMF가 닥쳐와서 회사는 파산하고 말았는데 대단한 우정을 강조했던 친구들은 언제 그랬느냐는 듯 흔적도 없이 사라졌음은 물론이다.

이러한 남성들의 가식적인 우정에 대해서 벤저민 프랭클린[28]은 통렬하게 풍자하고 있다.

"남자에게는 세 가지 충실한 친구가 있다. 하나는 함께 늙어가는 조강지처糟糠之妻이며, 나머지 둘은 함께 늙어가는 개와 현금이다."

실제로 독일의 유명한 철혈재상 비스마르크[29]는 말년에 찾아오는 사람이 하나 없어, 자신의 곁을 지킨 늙은 개를 바라보면서 "내 유일한 친구는 바로 너뿐이구나!"라고 한탄하였다는 일화는 유명하다.

제아무리 인생 경기에서 빛나는 승리를 거두었던 영웅이라 하더라도 경기를 끝낸 대부분 남성은 패잔병에 불과하다. 전 유럽대륙을 지배하였으나 마지막에는 세인트헬레나섬에 유배되어 찾아오는 친구 하나 없이 쓸쓸하게 죽어간 나폴레옹도 그렇다. 이럴 때마다 어릴 때 읽은 동

---

28) 벤저민 프랭클린(Benjamin Franklin, 1706~1790)은 "미국 건국의 아버지"(Founding Fathers of the United States) 중 한 명이다.

29) 19세기 후반 프로이센 왕국, 북독일 연방, 독일 제국 수상. 철의 수상(Eiserner Kanzler)이란 별명으로 잘 알려져 있다.

화 하나가 요즈음 자꾸 머릿속에 떠오르고 있다.

유난히 친구를 좋아한 어느 청년이 있었다. 그는 언제나 친구들과 어울려 술을 마시고, 돈을 쓰고 춤을 추곤 했다. 이를 보다 못한 그의 아버지가 청년을 나무라며 꾸짖었다. 그러자 청년은 대답했다.

"아버지, 저는 지금 친구를 사귀고 있습니다. 아버지께서 말씀하시지 않았습니까? 평생을 통해 진정한 친구를 사귀는 것보다 더 값진 일은 없다고 하시지 않으셨습니까?"

이에 그의 아버지는 "친구가 그리 좋으면 시험을 한번 해보자."라고 제안했다. 아버지는 아들과 같이 돼지 한 마리를 잡았고 밤이 오기를 기다렸다. 밤이 오자 돼지를 자루에 담아 아들에게 짊어지게 하며 말했다.

"네가 그리 좋아하는 친구들을 다 찾아가서 이렇게 말해라. 내가 어쩌다가 사람을 죽였으니, 하룻밤만 재워 달라고 사정해 보아라. 그리하여 너를 받아들이는 친구가 한 명이라도 있다면 아버지는 너에게 간섭하지 않겠다."

아들은 아버지가 시키는 대로 자루를 어깨에 짊어지고 가장 친한 친구 집에 찾아갔다.

"이봐 친구, 내가 실수로 사람을 죽였네. 잠시 피해 있어야 할 것 같아서 하룻밤만 신세를 지려 하네."

밤이 샐 때까지 아들은 그동안 사귀었던 수많은 친구의 집을 방문했지만, 단 한 군데에서도 문을 열어 맞아들였던 사람은 없었다. 그러나 아버지는 그 돼지 지게를 자신이 맨 뒤, 아들에게 말했다.

"나를 따라오너라. 내가 진정한 친구를 만나게 해주겠다."

아버지는 성큼성큼 앞장서서 한 집을 방문하였다. 문을 두드리며 친구를 부르자 곧 안에서 한 사람이 나왔다.

"여보게. 내가 어쩌다 실수로 사람을 죽였네. 다름 아니라, 나와 함께 이 사체를 묻고 나를 좀 숨겨 줄 수 있겠나?"

이에 그 친구는 두말없이 아버지를 맞아들였다. 그제야 아버지는 지게에 맸던 돼지를 잡아 잔치를 벌이면서 다음과 같이 말하였다.

"네가 평생을 통해 단 한 사람의 친구를 사귈 수 있다면 네 인생은 성공한 것이다."

예로부터 흔히들 말하기를 어릴 적에는 부모가 좋고, 청년 시절에는 친구 따라 강남 가고, 결혼해서는 아내가 좋고, 중년이 되면 자식이 미덥지만, 늙어지면 다시 친구가 그리워진다고 한다.

우정이란 사랑처럼 호들갑스럽거나 소모적이 아니며, 피붙이에 대한 정처럼 동물적이거나 눈멀지도 않아서, 그 특이한 형태의 교류는 오늘날의 사회에서는 그리 대단찮게 여겨지는 듯 보인다. 산업 사회가 새로이 설정한 여러 기능에 따라 만들어진 이런저런 집단에서 개별적인 선택 없이 만나게 되는 사람들에게 느끼는 동료 의식이 고색창연한 우정의 개념을 잠식한 탓도 있을 것이다.

비록 고춧가루도 제대로 섞지 않은 떫은 김치 쪽에 쓴 술을 한 잔 나눌망정, 돈이 없어 분식집에 가서 라면 한 그릇으로 배를 채울망정, 만나면 즐겁고 헤어지면 그리운 이가 진실한 친구다. 만나면 즐겁고 헤어지면 그리운 친구 하나를 가질 수 있다면야 인생은 그 자체만으로도 살아볼 만한 가치는 충분히 있다고 생각해본다.

진주 문산성당

1.

친구가 있어 늦은 가을날에 함께 인생을 논한다면 그보다 더 좋은 일은 없을 듯하다. 화창한 일요일, 40년 지기의 고향인 진주 근교를 방문했다. 그와 나는 가을 들녘 속 친구 부모님 댁을 방문하고 근대 문화유산인 문산성당에서 미사도 볼 겸해서 아침 일찍부터 서둘렀다.

둘을 태운 차가 남해고속도로를 지나 진주시 소읍小邑으로 들어선 후 주택가의 좁은 골목으로 방향을 틀자 개인 주택이 있을 법한 장소에 제법 큰 성당이 돌출 영상처럼 나타났다. 성당 정문에서 본당까지 가는 길에 수많은 주춧돌이 보였다. 대부분 성당과 마찬가지로 문산성당도 오전 10시 30분에 미사가 시작되었다. 우리가 도착했을 때 성당의 너른 뜰은 적막하기만 했다.

경남 진주시의 외곽인 문산읍에 자리한 문산성당은 1905년 세워진 유서 깊은 근대 문화유산이다. 건물의 고풍스러운 느낌은 나 자신을 저절로 경건해지게 했다. 본당 옆, 수녀원이라는 팻말을 달아놓은 작은 집은 여느 가정집처럼 검소한 모양이어서 정답게 느껴졌다.

우리가 도착했을 때는 미사가 이미 시작되어서 본당 출입문이 잠겨져 있었는데 출입문 위 밧줄의 모양으로 표시하고 있었다. 친구가 모친에게 들은 바에 의하면 미사 시간에 늦게 오면 문을 걸어 잠그겠다고 주임 신부님이 언젠가 엄포성 선언을 했다고 한다. 그런데도 둘은 닫힌 문을 열고 용감하게 들어갔다.

자리에 앉아 강론을 듣기 시작한 순간부터 신부님이 매우 진보적인 분이라는 걸 알게 되었다. 미사 참배자가 대부분 6~70대의 농촌 고령자들인데 신부님은 4대강 사업의 문제점, 청년실업의 문제점, G20 회의와 비정규직 심화의 사회현상을 지적하며 조목조목 비판하고 있었다. 나도 사회를 바라보는 나름의 견해가 있는지라 강론 내용의 어떤 부분은 공감하고 어떤 부분은 공감하기 어려웠다.

NGO 활동가로 유명한 법륜스님은 4대강 사업에 대해서, '4대강이 옳으니 그르니 학자들 간에도 의견이 분분하다……. 연구자의 분석을 들으니 4대강 사업의 장점도 있을 것 같다……. 그러나 환경 파괴 등의 부작용도 예상되므로 한꺼번에 몰아서 공사하지 말고 하나씩 하면서 부작용과 폐해가 발견되면 안 하든지 보완하든지 하면 어떻겠냐?'라고 의견을 제시한 적이 있다. 우리 사회에는 진영 논리에 의한 극심한 자기주장과 대립만이 난무하며 그것을 조정해줄 만한 '어른'이 안 보이는 것 같아 안타깝다.

오래된 성당이라 천장의 칠이 벗겨져 있었다. 이 또한 세월의 선물이리라. 함께 간 친구와 그의 모친이 함께 미사 보는 모습이 보기 좋았다. 언젠가 나도 어머니와 함께 미사를 보았던 기억이 있는데 그때마다 어머니는 행복한 모습이었다. 지금쯤 좋은 곳에 계셔야 할 텐데…….

'주님을 믿고 살아온 그 보람 주소서. 세상의 온갖 수고를 생각해 주소서. 이 세상 살 때 주님께 애원하였으니, 주여, 그 애원 들어 평안케 하소서.'

내 어머니가 세상을 떠났을 때 눈물을 흘리며 불렀던 성가의 노랫말이 생각났다.

　주임 신부님은 그림과 조각에 조예가 깊은 분인 듯하다. 성전의 걸개 그림은 신부님의 작품이라고 한다. 그림을 자세히 보니 대단한 실력을 갖춘 분이라는 사실을 알게 되었다.

　이 성당은 특이하게도 본당 입구에 종을 치는 줄이 매달려 있어서 눈길이 갔다.

　"미사가 끝났습니다. 가서 복음을 전합시다⋯⋯."

2.

　100년 전, 옛 기와집을 사들여 개조한 문산성당의 강당은 지금도 튼튼하고 아름다운 건물이다. 이 기와집은 조선 시대에는 찰방察訪을 위한 건물이었다고 한다. 요즘으로 치면 군청과 경찰서 기능을 합한 관청 건물이라고 보면 이해하기 간단할 듯하다. 조선 말기 천주교는 사교邪敎로 탄압을 받았고 이 찰방이라는 관아로부터 천주교인들은 숱한 수난을 받았다. 그 찰방 건물이 성당이 되었으니, 역사의 아이러니라고 할 만하다.

　찰방 건물은 성당의 강당과 식당 등의 용도로 사용 중인데 이처럼 아주 커다란 옛 기와집 앞뜰에는 주춧돌들이 길게 이어져 있다. 해당 주춧돌들을 살펴보니 찰방 관아는 해당 건물뿐만 아니라 옆에도 존재했던 매우 큰 규모의 관청이었음을 짐작할 수 있다. 반대편에 서 있는 빨간 벽돌 건물도 몇십 년 된, 비교적 오래된 건물로 보이는데 성당 사무실과 사제관 용도로 사용되는 듯하다.

　성당의 오래된 역사만큼이나 수많은 사제가 봉직하였고 강당 벽에는 그분들의 사진들이 연도 별로 걸려 있다. 2010년 현재 마산 교구장인 박정일 주교도 1964년~1966년까지 이 성당에서 사목司牧하셨음을 알게 되었다. 1966년은 고 김수환 추기경께서 마산 교구장으로 부임한 연도이니만큼 관할 성당인 이곳을 방문하셨으리라 추측해보았다.

민족의 암흑기인 1900년 이후부터 1945년까지 천주교회는 무엇을 했는지 궁금하다. 천주교 신자인 도마 안중근은 이토 히로부미 살인범이라는 이유로 파문에 가까운 신자 자격을 박탈당했다. 당시 조선 교구장이었던 뮈텔주교는 안 의사의 사형을 집행한 일본인들이 안 의사의 시체를 가족들에게 넘겨주지 않았다는 사실을 전해 듣고, "그것은 매우 당연하다."고 논평했다. 이후 뮈텔 주교는, 안 의사가 순국 직전에 자신이 18세 때 세례를 받고 교리를 배운 빌렘 신부에게 고해성사와 성체성사를 받고자 원할 때도 이를 거부토록 지시하였다. 그리고 자기 말을 듣지 않은 빌렘 신부에게 무거운 징벌을 내렸다. 심지어 뮈텔은 의거 이틀 후인 10월 28일 일본의 요코하마 천주교회로부터 전보로 "일본의 유력 신문이 이토의 암살자를 가톨릭 신자라고 하는데 그 진위를 즉시 회답해 달라."는 전보를 받자 "그는 절대 가톨릭 신자가 아니다."라고 회답하였다.

보좌신부라는 명칭은 '본당 주임 신부를 보좌하는 신부'라는 의미다. 강당의 서까래 아래 벽에 걸린 수많은 사제의 사진 중에서 앳되기 짝이 없는 얼굴의 보좌신부 사진이 눈에 띄었다. 1938년도, 20대 후반으로 보이는 앳된 사제는 나라를 빼앗긴 식민지 나라에서 어떤 고민을 안고 사목하셨을는지 궁금하다.

3.

본당 앞 뜨락에는 농수산물 바자회가 열리고 있었다. 그곳에서 친구 모자는 새우젓갈을 구입했다. 성당 본당 건물과 옛 기와집 모양을 고스란히 간직한 강당 건물은 2002년 문화재청으로부터 '등록문화재 제

35호' 「대한민국 근대 문화유산」으로 지정되었다.

"추수감사절 행사가 있어서 강당에서 무료 음식을 제공하니 식사하고 가십시오."라는 미사 사회자의 안내가 들렸다. 도회지 성당에서는 교우들이 모여서 함께 식사하는 장면을 찾아보기 어려운데 문산성당에서는 주일 정오마다 음식을 제공하고 평소는 식비가 이천 원이라고 했다. 푸근하고 따사로운 분위기가 참으로 좋았다.

강당에서 함께 식사했다. 쌀밥에다 찬은 쇠고깃국에 겉절이김치, 산나물무침, 달걀장조림, 배추전, 오징어초무침 등이었는데 정갈한 식단이었다. 식사 중에 막걸리를 한 잔 대접 받았다.

"낮술은 애비도 못 알아본다는데 대낮에 이렇게 마셔도 될까?"

내가 친구에게 묻자,

"알아볼 애비도 없으면서 뭐!"

라고 대답해서. 우리는 함께 웃었다. 귀한 음식이라 생각하고 한 잔 마셨다가 즉시 휘청했다. 무슨 영문인지 젊은 시절부터 낮술을 약간이라도 마시면 취하는 경향이 있다.

식사가 끝나고 뜰로 나오니 풍물패 공연이 열리고 있었다. 풍물패 속에는 초등학교 학생도 몇 보였다. 서양에서 전래한 그리스도교와 한국 고유의 풍물패라니 조화로운 풍경이었다. 어쨌든 따사로운 햇살이 쏟아지는 만추에 귀중한 나들이를 하게 되어 행복한 하루였다. 친구 부모님이 계시는 집 뜨락에는 여름내 농사지은 고추가 맑은 가을 햇살에 곱게 말려지고 있었다.

선생님과의 재회

그러니까 약 20년 전의 일이다. 반창회가 가끔 열리는 모양이었는데 당시 나는 야근이 잦은 관계로 자주 참석하지 못했다. 어느 날 퇴근 무렵에 반창회 총무로부터 전화가 왔다. 모임 장소는 선생님이 사는 아파트 입구의 작은 횟집이었다.

"오늘이 반창회 날인데 무슨 일이 있어도 참석해야 한다. 담임선생님이 오시기로 했어. 몇십 년 만에 친구들 얼굴도 한 번 봐야지?"

고등학교 3학년 때 담임선생님을 생각하면 온유한 인품과 선비 같은 자세, 아버지같이 푸근한 모습이 항상 떠오른다. 거제도 출신인 선생님은 국어 고문古文을 담당했는데 시조 시인으로도 알려져 있었다. 한없이 존경하는 분이지만 반면에 약간의 섭섭한 감정 또한 나는 가지고 있었다.

나의 결혼식 한 달 전, 주례는 존경하는 분이 맡아야 한다는 생각에 선생님 댁을 찾아가 결혼식 주례를 부탁했다. 그해 선생님은 내가 다니던 고등학교에서 같은 사학재단의 여자중학교로 직장을 옮긴 상태였다. 그런데 흔쾌히 수락하리라는 예상을 깨고 선생님은 일언지하에 주례를 거절하셨다.

"이렇게 잘 자란 제자의 결혼식에 여자중학교 1학년 담임 따위가 주례를 설 수는 없다."

그날 선생님 댁을 나온 후, 마땅한 주례를 구하기란 쉽지 않았다. 당연하다고 생각했기 때문에 대안을 생각하지 않은 탓이었다. 다행히 대학 선배의 도움으로 지역 사회에서 존경받는 분을 모셔서 무사히 결혼식을 치를 수 있었다. 이후 고등학교 교편을 잡고 있는 어느 친구에게 물었다.

"선생님이 왜 그러셨을까?"

그는 다음과 같이 대답했다.

"몇십 년 동안 계속 고3 담임만 맡으셨던 선생님의 중학교 발령은 좌천의 의미로, 청천벽력과 같은 충격으로 받아들여졌음이 틀림없다."

반창회 총무의 전화를 받은 그날, 마침 고3 때 단짝이었던 A가 옆 빌딩의 증권회사에서 근무하고 있었다. 회사 근처 전철역에서 만나 약속 장소로 이동하면서 계산해보니 선생님의 연세는 칠순을 바라보고 있었다. 둘은 정시에 도착했으나 모임 장소에 아무도 없었다. 반창회 총무에게 전화해보니 약속 시간이 8시인데, 착각했느냐고 되물었다. 한 시간 일찍 도착해서 별 할 일이 없던 A와 나는 무료함을 달래기 위하여 음식과 소주를 주문했다.

한 병을 마셨지만, 급우들이 오질 않아 또 한 병을 주문하여 마신 둘은 제법 알딸딸해져 있었다. 그때 횟집 밖에서 왁자지껄 소리가 들려왔다. 열 명의 중년 사내들이 서로 악수하고 있었다. 20년 전에 고등학교를 졸업하고 나이 사십이 넘어 옛날의 친구들을 만나는 순간이었다. 다들 중년이 되었지만, 어린 시절의 모습들이 얼굴에 조금씩 남아있었다. 나는 친구들의 이름을 일일이 부르면서 포옹하고 악수했는데 감회가 이루 말할 수 없었다.

"이게 누구야? 인마! 반갑다. 아, 오랜만이네……."

그런데 밤이라서 그랬는지 머리에 포마드를 짙게 바르고 청바지를 입은 낯선 친구는 전혀 이름과 얼굴을 기억할 수 없었다. 어색함을 감추려 나는 그에게 다가가 힘차게 포옹하고 무뚝뚝하게 악수했다. 그런데 순간, 친구들은 나의 행동을 모두 걱정스럽게 바라보고 있었다.

아뿔싸! 담임선생님이었다. 밤이어서 그랬는지, 모임을 기다리다가 마신 소주 때문인지, 많이 늙으셨을 거라는 선입견 때문인지 선생님을 몰라보고 내가 실수를 저지르고야 만 것이었다.

잠시 후 횟집에 들어가서 모두 양반다리 자세로 자리에 앉자, 나는 선생님 옆에 무릎을 꿇고 앉아, 나름의 기지를 발하며 용서를 빌었다.

"아아, 선생님, 죄송합니다. 너무 젊으셔서 설마 선생님이시리라고는 상상조차 할 수 없었습니다."

선생님은 아주 밝은 웃음을 지으며 대답하셨다.

"허허, 괜찮다. 이 사람아, 자네 때문에 내가 몇십 년 젊어지고 얼마나 좋으냐? 오늘은 참 기쁜 날이다."

그렇게 겨우 용서받으니 어이없게도 서운했던 지난 기억이 되살아났다. 인간은 원래 이기적인 존재이지 않은가? 선생님이 주례를 거절해서 결혼식 며칠 전까지 주례를 구하러 동분서주했던 기억 때문이었다.

"그런데 선생님! 제 결혼식 때 선생님께서 주례를 거절하신 일, 기억하십니까?"라고 직격탄을 날렸다.

선생님은 깜짝 놀라며, "그랬구나…. 내가 무슨 이유로 주례를 안 서준다고 하더냐?"며 오히려 궁금해하셨다. 당시 ○○여중으로 발령 나서 주례를 설 수 없다시던 내용을 내가 상세히 이야기하니 선생님은 그제야 기억을 되찾으시는 듯했다.

"아하, 그랬구나. 그때 내가 참으로 어렸구나. 어쩌겠느냐? 이미 그렇게 된 것을…. 다시 한번 결혼하거라. 이번에는 꼭 주례를 서주마."

그날, 내가 있을 수 없는 결례를 범했지만, 선생님은 제자의 귀여운 애교로 받아주셨다. 또한 선생님은 당신의 과거지사를 미안해하며 사과하셨다.

지금도 고3 반창회는 일 년에 서너 번씩 열리고 있는데 작년 연말에는 모처럼 선생님이 참석하셨다. 1934년생인 선생님께서는 아무래도 연세 때문인지 기력이 많이 떨어지고 목소리 또한 눈에 띄게 가늘고 힘없이 들렸다. 술도 소주 두 잔만 드시고 나머지는 거절하시며 옆에서 떠드는 제자들의 이야기를 듣기만 하셨다. 그러시다가 주머니에서 삼만 원을 꺼내어 총무에게 건네시더니, "내가 동네 문화원에서 발간하는 회지 원고 교정을 하고 있어 약간의 수입이 있다. 너희들, 노래방에서 노래라도 한 곡씩 부르거라. 나는 이제 집에 가야겠다." 하시며 자리를 뜨셨다.

자리에서 일어서는 선생님을 따라간 A와 나는 식당 복도에서 큰절을 올렸다. 선생님의 노쇠한 모습에 안타까운 마음이 들었고 왠지 꼭 절을 해야만 한다는 생각이 이심전심으로 생겼기 때문이었다. 선생님은 마흔이 넘은 제자 둘의 머리를 쓰다듬고는 댁으로 가셨다.

"내년 연말 반창회에 선생님은 못 오시겠지?" 내가 A에게 물었다.

"그래, 오늘이 어쩌면 선생님과 마지막일지도 모를 것 같다는 생각이 들어."

우리의 걱정과는 달리 선생님은 내내 건강하셔서 작년에는 모 재단이 주최하는 '이은상 문학상'을 받으셨다. 제자들을 친자식처럼 사랑하시고 어린 저희에게 꿈과 사랑을 주셨던 선생님. 저희를 생각하시는 선생님의 마음은 언제나 태양입니다.30)

---

30) 시조 시인이셨던 부산동성고등학교 강양기(1934~2017) 선생님은 2017년 별세하셨다. 제자들에게 우리말의 소중함과 스승의 품격을 몸소 보여주셨던 선생님께 다시 한번 감사 드린다.

여행에서 만난 60대 부부

약 십오 년 전의 일이다. 아내와 나는 결혼 15주년 기념으로 홍콩, 싱가포르, 마카오 등을 거치는 단체여행 상품을 구매하여 1주일간 동남아를 여행한 적이 있었다. 단체여행 상품이라 큰 기대를 하지 않았지만, 일행 중에 마음이 맞는 사람을 만나면 뜻밖에 여행이 즐거워지는 법이다. 공항 로비에 여행사 직원이 도착하자 근처에 앉아있던 초면의 동행들을 만날 수 있었다. 그날 오후 알게 되었지만, 단체관광 구성의 면면은 이랬다.

40대 중반의 우리 부부 이외에 50대 초반의 부부와 자녀 둘, 60대 후반으로 보이는 부부, 20대 후반의 젊은 부부, 30대 후반의 부부 등 12명이 일주일을 함께 여행하게 되었다. 어차피 다들 초면이어서 첫날과 이튿날은 관심이 없었지만, 사흘째 날에는 누가 어느 동네에 살고 직업은 무엇인지까지도 자연스럽게 알게 되었다. 명품으로 온몸을 도배한 멋쟁이 60대 중반 부부 때문인데, 두 분은 틈만 나면 일행들에게 눈을 맞추면서 "어디 살아요? 무슨 일을 하세요?" 등의 질문으로 일행의 어색한 분위기를 화기애애하게 풀어갔다.

그러나 60대 부부의 남편은 20대 후반의 신혼부부로 보이는 젊은 커플에게 "댁들은 신혼부부요?"라고 물었다가, 그들이 "그냥, 친구 사이

예요."라고 답하자, "결혼도 하지 않은 사람들이 이래도 돼요?" 하며 면박을 줄 정도의 직선적인 면이 있었다.

나중에 알고 보니 글 첫머리에 60대 후반 부부라고 칭한 두 분의 나이는 부인이 65세였고 남편은 69세였다. 두 분에게는 손주가 있으므로 편의상 할아버지와 할머니로 칭하겠다. 연세가 들었지만, 할아버지의 행동거지 하나하나는 '한량' 그 자체였고 할머니의 고운 자태는 젊은 시절 대단한 미인이었음을 첫눈에 알 수 있었다.

일주일간의 여행 중에 우리 부부는 자연스레 노부부와 친해졌고 거의 날마다 붙어 다녔다. 너그럽고 온후한 두 분의 성품이 우리를 끌었다고 생각한다.

고혈압과 백내장을 안고 산다는 할아버지는 멋있는 옷차림의 능변가였다. 특이한 점은 할아버지가 식사 때나 이동할 때는 물을 마시지 않고 항상 캔 맥주를 드신다는 점이었다. 매일 아침 식사 후 집합할 때면 호텔 근처의 편의점 등에 가서 캔 맥주를 대여섯 통 사서 가방에 넣은 후 하루를 시작했다. 그러다 중간에 맥주가 동나면 가이드에게 차를 세우게 하고 또다시 시원한 캔 맥주를 구입하셨다. 내가 신기해하는 눈빛으로 쳐다보면 맥주 한 캔을 내게 건네며, "선생, 이거 드세요, 내가 맥주 마시는 일 외에 낙이 뭐가 있겠소?"라고 말하는 모습은 그 여행의 일상이었다.

직업이 사진작가였다는 할아버지에게 기념사진을 부탁해서 찍은 사진이 지금도 몇 장 남아있는데 여행 후 PC에 옮겨서 확대해보니 뭐, 사진이 매우 평범해서 좀 놀라기는 했다.

홍콩에서였다. 낮에 하버시티Habour City라는 쇼핑센터를 관광했는데 진기한 물품이 많아 제법 볼만했다. 평소에 갖고 싶었던 만년필과 넥타이를 구매하던 나는 옆 코너에서 할아버지가 유독 여성 화장품, 여성 액세서리를 자주 사는 장면을 보게 되었다. 밤에 야경을 보면서 부부와 함께 맥주를 마실 때 내가 할머니에게 물어보았다.

"참 좋으시겠어요? 바깥어른이 화장품, 목걸이, 반지 등 여자가 좋아할 선물을 다양하게 사시던데 자세히 보니 자식들에게 줄 선물은 아닐 듯하고 말이에요. 사모님을 많이 챙기시는 것 같습니다."

그런데 할머니의 답변이 의외였다.

"저건 나에게 줄 것이 아녜요. 우리 영감에게는 애인이 있어요. 애인 주려고 저러는 거야."

예상을 깨는 답변이어서 내가 물었다.

"아니, 사모님, 그런데 질투 나지 않으세요?"

할머니의 대답은 거침없었다.

"에이, 질투는 무슨…. 나도 애인이 있어. 히히, 나도 내 애인 주려고 선물 많이 샀어요."

순간, 매우 재미있는 분들을 만났다는 생각에 엔도르핀이 돌기 시작했다. 할아버지는 옆에서 계속 맥주를 마시고 계셨다. 할머니는 내가 질문할 틈을 주지 않고 다음과 같이 이야기를 죄다 전개하시는 게 아닌가.

"5년 전에 영감에게 애인이 있다는 사실을 알았고 그때 그것을 현실로 받아들이게 되었어요. 우리가 앞으로 살면 얼마나 많이 살겠어? 그렇지? 영감이나 나나 앞으로 살아갈 날이 그다지 많이 남지는 않았는데 서로 즐겁게 살아야지. 이런 것 갖고 서로 싸우면 둘 다 말년이 불행해지잖아? 그래서 영감을 이해하려고 나도 애인을 구했어요."

"아, 그러셨군요." 내가 놀라운 눈으로 말했다.

"선생님, 내 이야기 들어봐요. 언젠가 영감이 시내 호텔 다방에서 날 만나자고 하는데 내가 그 호텔에 시간 맞추어 갔거든. 그 호텔 로비에 한 여자가 나오는데 순간 느낌이 딱 오는 거야. 영감의 여자구나! 왜 그런 거 있잖아요? 여자 특유의 느낌. 그럴 땐 아주 정확해. 히히."

"그래서 어떻게 하셨어요?"

이번에는 아내가 물었다.

"뭘 어째? 내가 아무개의 마누라인데 잠깐 둘이 이야기 좀 하자고 그랬지."

"무슨 이야기를 했을까요? 둘의 관계를 부정하거나 자리를 피하려고 하지는 않던가요?"

"어휴. 뭘 그래? 같이 늙어가면서……. 본인도 영감과의 관계를 시인했어요. 그래서 내가 이야기했지. 둘이 이렇게 지내는 것은 좋은데 조건이 있다! 단 한 가지다! 우리 영감이 죽을 때까지 절대 헤어지지 마라. 영감이 술을 많이 마시고 고혈압이 있어서 당신과 헤어지면 큰 충격을 받고 며칠 못 가서 죽을 것 같다. 그건 내가 영감과 몇십 년 살아봐서 잘 안다. 그날 내가 이렇게 말했어."

"흠. 그러셨구나." 아내가 대답했다.

순간, 갑자기 김광석이 다시 불러서 히트시켰던 김목경의 노래 '어느 육십 대 노부부 이야기'라는 노래가 생각났다. 노래가 20년 전의 60대 노부부의 정서를 담았다면 여행에서 만난 두 분의 정서는 가장 최신판의 그것이 아닐까 한다.

이야기가 빗나가는 게 아닌지 모르겠지만, 행복과 불행은 자신의 가치관에서 결정되는 듯하다. 이건 맞불 작전을 피우며 사는 노부부가 '맞다, 틀린다'를 논하려고 하는 게 아니다. 어려운 상황 속에서도 나름대로 행복을 느끼는 사람이 있는가 하면, 남보다 좋은 조건 속에서도 스스로 불행하다고 여기는 사람도 있다. 인간이 행복하게 되려면 사물이나 상황을 어떻게 보느냐가 첫째 조건이 아닐까 한다. 녹색 안경을 쓰고 세상과 사물을 바라보면, 모든 것이 녹색으로 보이게 된다. 피할 수 없으면 즐기는 마음으로 인생을 바라보면 모든 것이 즐겁고 기쁘게 보이지 않을까? 그래서 결국 이 세상은 마음먹기에 따라 좌우되지 않을까?

새로운 세기가 열리던 해 2000년, 내 생애 최고의 영화 '화양연화'를 보고 난 이후 줄곧 홍콩에 대한 좋은 감정을 가지고 있다. 올해 5월에 10년 만에 다시 홍콩을 여행할 기회가 생겼다. 이번에는 어떤 분들을 만나게 될지 기대해본다.

- 월간 〈맑고향기롭게〉 2016. 6월 -

수난이대

 내가 스무 살 때 돌아가신 아버님은 처가를 무척 꺼리셨다. 누구에게
나 어릴 적 외갓집의 추억은 소중하겠지만 아쉽게도 내 유년의 기억은
어쩌다 한두 번 외가에 잠시 들른 기억뿐이다. 가장 또렷한 기억은 어
머니의 손에 이끌려 낙동강 강변 언덕 아래의 찌그러진 초가집에 도착
했던 일이다. 밤이 되어 잠을 청할 무렵 어머니의 울음소리에 문밖으
로 나가보니 상복을 입은 어머니와 외숙모 단 두 사람이 향이 타오르
는 음식상 앞에서 통곡하던 모습이 기억에 남아있다. 또 다른 기억은
그즈음 외갓집에서 외사촌들과 식사하는데 그릇에 담긴 밥이 쌀이 전
혀 섞이지 않은 새까만 꽁보리밥에다 반찬 또한 허연 무절임 한 가지
뿐이어서 밥을 먹지 못하겠다고 앙버텼던 장면이다. 아마 너덧 살쯤일
때로 판단된다. 지금 회상해보면 지지리도 못살던 처가에 대한 아버님
의 반감은 당신도 먹고살기 어려운데 자신에게 항상 신세 지는 처가
식솔들에 대한 본능적인 저항감 같은 것이 아닐까 하는 생각을 해본
다.
 훗날 내가 좀 더 자란 후에 알게 되었지만, 외사촌 중에 맏이였던 장
형은 부산의 공립공업고등학교에 다녔는데 아버님 슬하에서 기숙하고
통학하면서 권투를 배우다 비뚤어지기 시작했다고 한다. 후일담이지만

외사촌 형은 훈계하는 고모부에게 대드는 철없는 아이였으니 아버님의 처가 기피증은 어느 정도 이해되는 측면이 있다.

큰외삼촌은 경상남도 김해 지역 토호土豪의 장남으로 광복 전후 시기에 남로당 산하 조직인 민청 경남 위원장을 맡은 거물 좌익 인사였다. 진주 농과대학을 졸업한, 당시로는 대단한 지식인이었는데 사회주의에 심취했던 그의 행적은 10년 후배인 나림 이병주31) 선생의 소설 「지리산」 등에서 등장하는 관계로 희미하게나마 엿볼 수 있다. 1950년 벌어진 한국전쟁은 외가를 쑥대밭으로 만들었다. 큰외삼촌의 유일한 남동생인 둘째 외삼촌은 전쟁 중 우익에게 붙잡혀 즉결 처형을 당했다. 당시 17살의 소녀인 어머니는 수북이 널린 시쳇더미 속에서 오빠의 주검을 기어이 찾아내었다고 회고했다. 수배를 피해 토굴 생활을 하다 휴전을 알게 된 큰외삼촌은 군경에 자수하여 전향을 선언하고 얼마간의 복역 후 출소했지만 이미 한 집안은 박살이 난 상태였다.

큰외삼촌은 빨치산과 진배없는 토굴 도피 생활이 힘들었는지 아니면 자수 후의 고문 후유증 때문인지 한국전쟁이 끝난 후 몇 년을 버티지 못했다. 그는 시름시름 앓다가 5남 2녀의 자식들과 빚더미만 외숙모에게 남긴 채 세상을 떠났다. 아버님은 막노동하면서 겨우 연명하는 자신에게 틈만 나면 손을 벌리는 처가 식구들이 싫었을 것이다. 이는 아들인 나의 입장에서 볼 때는 성자가 아닌 다음에야 어쩔 수 없겠다는 생각으로 귀결된다. 어쨌든 외사촌 형제들이 다정다감했다는 점 외에는 내게 외가에 대한 기억이 거의 없는 것이나 마찬가지라는 판단을 하게 된다.

---

31) 이병주(李炳注, 1921~1992) : 언론인·소설가로 권위주의 정부하에서 금기시된 소재인 이데올로기 문제를 둘러싼 지식인의 고뇌를 앞장서서 다루어, 유신체제 하인 1970년대 중반에는 "이제 이병주를 읽은 사람과 안 읽은 사람으로 나누자"라는 말이 있었을 만큼 영향력이 컸다. 중편 소설 〈소설 알렉산드리아〉로 본격적인 작가 활동을 시작한 이래 〈지리산〉, 〈산하〉, 〈그해 5월〉, 〈관부연락선〉 등 현대사를 소재로 한 역사 소설을 썼다.

1960년대 중반, 외사촌 큰형은 질풍노도와 같은 청소년기를 방황하다 결국은 공업고등학교를 중퇴하고 입대 후 월남전에 참전하게 되었다. 빨갱이 집안이라는 연좌제 때문에 무엇 하나 마음대로 꿈을 펼칠 수 없는 좌절감이 원인이었을 것이다. 나는 지금도 비둘기 부대에 소속한 외사촌 형이 어머니에게 보냈던, 야자수를 배경으로 찍은 당시 사진을 보관하고 있다. 월남 파견 때 받을 상당액의 월급만이 장남으로서 집안을 살릴 길이라고 판단했던 듯하다.

 이후 무사히 귀국하여 제대했으나 그의 계획은 뜻대로 풀리지 않았다. 도시 빈민으로 살기보다는 고향인 농촌에서 뭔가를 하며 집안을 일으킬 생각을 했는데 농사지을 땅뙈기 하나 없는 상태에서 외숙모와 여러 명 동생을 부양하며 생계를 도모하기란 쉽지 않은 일이었을 것이다. 그 후 사십이 다 된 나이에 겨우 결혼하여 슬하에 딸 하나를 두었으나 여전히 직장은 변변치 못했다. 고향 면사무소 보조직원으로 일했으나 그것이 변변한 수입원이 될 수는 없었다. 이후 그를 만난 곳은 내가 스무 살이 되던 해의 부산 시립병원 중환자실에서였다.

 월남전 고엽제 후유증 때문인지 뚜렷한 병명 없이 시름시름 앓다가 위독하다는 소문을 듣고 어머니와 병문안 간 날이 그와의 마지막 만남이었다. 그때 어머니는 봉투에 십만 원을 넣어서 쾌유 후 몸보신에 사용할 것을 당부했는데 형은 만원 지폐 열 장을 두 손으로 세고 또 세면서,

"고모, 내 나으면 이 돈 꼭 갚을게요!"를 반복했다.

 어머니는 그 모습에 얼마나 마음이 아팠던지 두고두고 잊히지 않는다는 푸념을 이후에도 여러 번 하시곤 했다.

 외삼촌의 나머지 자식들, 즉 나의 외사촌 형제들의 삶 역시 곤궁하기는 마찬가지였다. 두 명의 누이는 이촌 향도하여 대구의 방직공장에서

일하다가 '여호와의 증인'이라는 종교에 빠져 직장을 그만두고 외가와 소식을 끊고 말았다. 외숙모는 우리 집에 들를 때마다 손아래 시누이인 어머니에게 "이것들이 살아는 있는지…."라고 말하며 눈물을 짓곤 했다.

외사촌 큰형 바로 밑에는 두 살 터울의 동생이 있었다. 어린 시절 기억에도 나보다 열댓 살가량 많은 그 형님은 술을 지나치게 많이 마신다는 선입견 어린 기억으로만 남아있다. 도시의 유일한 혈육인 고모의 집에 가끔 들릴 때도 항상 만취 상태였으며, 어떤 날에는 밥 대신 진로 포도주 두 병 정도를 대낮에 마시곤 했다. 고향에서 목수 일을 하면서 생계를 유지하던 형은 결혼하였으나 슬하에 자식을 두진 못했다. 선천적으로 약골의 체질에다 술이 원인이었을 것이다. 그 형 역시 마흔 살을 넘기지 못하고 단명했다.

내가 서른여섯 살이던 해, 근무하던 회사의 숙원사업인 자동차 공장이 지금은 부산시 강서구 신호공단으로 알려진, 과거 경남 김해시 녹산면 지역에서 완공되었다. 당시 공장 총무과장으로 일하던 나는 관계회사를 통해 식당에서 일할 조리 보조원을 수십 명 뽑을 일이 있었다. 주로 회사 식당의 설거지나 식자재 세척, 조리실 청소나 잔반 처리 등의 궂은일이었으나 대기업 직원으로서 중소기업에 비교되지 않는 급여와 복리후생이 소문나 있었다. 또한 고용이 보장되며 근무 시간이 8시간이라는 점에서 공장 주변의 주부들에게는 선망의 직장이었다.

관련 회사의 요청으로 며칠 동안 면접을 보던 나는 구직자들 대부분이 나의 외가 동네에 사는 사람들이라는 특징을 알게 되었다. 외사촌형이 세상을 떠나서 혼자 된 외가의 둘째 형수가 생각났다. 외사촌 둘째 형이 죽고 난 다음 여자 혼자 힘으로 힘겹게 생계를 꾸려가고 있다는 소문을 들어 알고 있었기 때문이다. 그날 퇴근한 나는 어머니에게 그 형수에게 연락하여 회사에 서류를 제출하고 면접 보러올 것을 권유해달라고 요청했다.

"걔가 면접에 가면 입사가 되냐?"

"큰 하자가 없으면 담당 회사에 읍소해서라도 그리 조치하겠습니다."

어머니는 얼굴에 화색을 띠며 기뻐하셨지만 실제로 통화를 하고 난 후에는 표정이 바뀌고 말았다.

"걔한테 전화했더니만 안 하려고 하더라."

"이유가 뭐죠?"

"굉장히 하고 싶은 일인데 자기같이 무식한 년이 백으로 큰 회사 들어가서 그 사실이 소문나면 대렴[32]에게 폐만 끼칠 거 같다고 그러네?"

시간이 흘러 10년 후, 내가 사십 대 중반이 되었을 때 외사촌 형제들을 다시 만날 기회가 생겼다. 내 어머니의 장례식장에서였다. 외사촌 5남 2녀 중 두 명은 죽었고 세 명의 형제와 두 명의 누이를 만나게 된 것이다.

두 명의 누이는 여전히 여호와의 증인을 믿고 있는 듯했다. 외사촌 셋째 형은 다섯째인 동생과 함께 시골 동네 목수 일을 하고 있었다. 하급 공무원인 넷째는 나와 동갑인데 두 외삼촌과 먼저 죽은 두 형의 제사를 지내고 있다고 했다. 문상을 마친 그가 내게 아무 말 없이 손을 내밀었다.

내가 말을 꺼냈다.

"살다 보니 이런 일이 있어야만 만나게 되네?"

그가 답했다.

"그렇군. 사는 게 뭐 이렇노?"

어머니가 돌아가신 지 10년이 지났다. 사느라 바쁘다는 이유로 외사

---

32) '도련님'의 경남 사투리.

촌들과 연락마저 끊겨버렸다. 그렇지만 좋았던 기억은 사라지지 않는다.

나도 몰래 익혀진 습성과 경험이 인생을 살아가는데 얼마나 중요한지 오랫동안 깨달아왔다. 하지만 그것만으로는 만날 수 없는 세상의 풍경들도 있다는 사실을 공식적으로 배울 기회는 없었던 듯하다. 외사촌 형제들이 우리 집을 어려워한 것은 가난 때문이었지 그들의 심성 탓은 아니었다. 이심전심으로 전해오는 따스함을 늘 느꼈기 때문이다.

우리가 아는 노래 「메기의 추억」은 조지 존슨[33]이라는 시인이 노랫말을 지은 것으로, 윤치호가 번역한 '옛날에 금잔디 동산에….'로 시작되는 번안곡의 가사와 사뭇 다르다. 원곡은 5절로 구성되는데 나는 원문 가사의 그 마지막 절이 좋았다.

> 하지만 우리의 꿈들은 실현될 수 없었고
> 우리가 바라던 것들도 이룰 수 없게 되었지.
> 당신만을 사랑한다고 처음 고백했을 때
> 메기, 당신도 나만을 사랑한다고 말했지.

---

[33] 조지 존슨(George Johnson : 1839~1917) : 캐나다의 시인·대학교수. 토론토대학을 졸업하고 미국의 존스홉킨스대학에서 철학박사 학위를 받고 토론토대학 교수로 재직했다. 아내 메기가 결혼한 지 1년도 못 되어 결핵으로 세상을 떠난 후 쓴 시가 '메기의 추억(When you and I were young, Maggie)'이다.

제3부... 전리단길

남자의 향기와 눈물

돌아오는 7월 11일은 지난 1981년 아버님이 돌아가신 지 34주년이 되는 기일이다. 서양 속담에 "눈에서 멀어지면 마음에서 멀어진다."라는 말이 있듯이 아버님에 대한 슬픔도, 그리움의 감정도 해가 갈수록 퇴색되어 이제는 그저 아련한 느낌만이 남아있다.

아버님이 돌아가실 즈음의 우리 동네에는 아버님 또래의 건달이 한 명 살고 있었다. 하는 일 없이 동네를 배회하며 길 가는 사람에게 시비를 거는 것을 일과로 삼는 양아치 깡패 출신으로, 동네 사람들은 멀리서 그를 보면 일부러 길을 돌아갈 정도였다. 우리가 사는 골목 끝 집에 그가 살고 있었다. 고교 시절, 하교할 때마다 그네 집 앞에 앉아 나를 쳐다보는 살기 어린 눈빛 때문에 나는 항상 오싹함을 느끼곤 했다. 어느 날 낮술을 마신 그가 전문대 교수인 앞집 남자에게 시비를 걸어 대판 싸움이 벌어지려던 참이었다. 마침 아버님이 저녁에 퇴근하여 골목으로 들어오고 계셨다. 늙은 건달이 골목 안으로 들어오는 아버님을 보더니 급히 자기네 집으로 들어가는 장면을 보고 나는 놀라게 되었다. 지금 반추해보니 아버님은 비록 노동일을 하셨지만, 평생 싸움이라는 걸 모르고 사신 분인데 뭔가 상대방을 압도하는 카리스마 같은 무엇을 갖고 계셨다는 판단이 든다. 아마, 한국전쟁에 참전하여 생과

사를 오가는 전쟁터에서 자연스레 익힌 강인한 남자의 향기 같은 무엇이 아닐까 하는 것이 지금의 생각이다.

그래서 요즈음엔 어렸을 때 아버님의 품에서 맡을 수 있었던 냄새를 떠올리곤 한다. 그곳에는 항상 땀 냄새와 담배 냄새가 뒤섞인, 내 아버님만이 가질 수 있었던 혼합된 냄새가 나고 있었다. 결코, 아름다운 향기는 아니었지만, 삶에 지친 중년 사내만이 풍길 수 있었던 그 냄새에 대한 그리움을 어렴풋이 떠올리곤 한다.

"남자는 태어나서 세 번만 울어야 한다."

이 말은 초등학교 때 담임선생님이 수업 시간에 비장한 표정으로 훈육한 그분만의 명언이다. 태어날 때, 부모님이 돌아가실 때, 나라가 망했을 때 울어야 한다는 이야기인데, 전형적인 유교의 관점이고 남성 우월주의적인 냄새도 풍기고 있어 내가 그다지 좋아하는 문구는 아니다. 이 말이 왜 어린 내 마음에 깊이 각인되어 오늘날까지 기억되느냐 하면 어릴 때부터 나는 선천적으로 눈물이 많은 소년이었기 때문이다. 그 결과, 집안 식구들로부터 '울보'라는 별명이 붙을 정도였는데, 담임선생님의 그 말이 나를 부끄럽게 만들었는지도 모른다.

지금도 생각나는, 아버님이 말년에 보이신, 흔한 장면이 있는데 그것은 틈만 나면 눈물을 흘리시던 모습들이다. 아버님은 KBS TV의 '주말의 명화'에서 방송한 「맨발의 청춘」이라는 영화를 보면서 계속 눈물을 흘리셨다. 최근에 그 기억이 나서 어렵사리 VOD를 구해서 해당 영화를 다시 보았는데 몇 장면이 좀 슬프긴 하지만 심하게 눈물을 흘릴 정도는 아니었다.

또 하나 기억나는 영화가 있다. 아버님은 「저 하늘에도 슬픔이」라는 영화를 보시면서 거의 한 시간 이상 하염없이 눈물을 흘리셨다. 내가 중학교에 다닐 때였는데 아버님의 눈물은 영화가 던진 서러운 감정을 더 서럽게 만들어 나는 고장 난 수도꼭지처럼 끝없이 울었다. 그때부터 심해진 나의 우는 버릇은 어른이 되어도 마찬가지가 되었다. 2002년 월드컵 4강이 확정되는 순간 나를 위시한 아내와 두 아이, 그러니까 우리 가족 모두 눈물을 흘렸는데 나는 30분 동안이나 유독 심하게 울었다. 슬픈 영화나 슬픈 장면만이 나를 울리는 것이 아니라 마라톤에서 죽을힘을 다하여 달려가는 이봉주 선수의 모습, 부상 후 몇 년 만에 힘들게 재기했던 야구선수 박정태의 표정, 어릴 적 가난을 이겨낸 가수의 눈물, 올림픽 게양대에 올라가는 태극기, 친구 부모님의 장례 미사에 울려 퍼지는 위령 성가, 사찰의 다비식에서 목탁 소리와 함께 들리는 "지장보살, 지장보살!"이라는 염불 소리 등에서도 공연히 찔끔찔끔 눈물을 흘리다가는 어느 순간 나 자신도 제어 못 할 정도로 하염없는 눈물을 흘리기도 하는, 좀 주책바가지의 중년으로 변해갔다.

8년 전 지병을 앓으시던 어머님이 세상을 떠나셨다. 나이가 들면 인간은 누구나 죽기 마련이지만 생애의 반 이상을 병마에 시달리다 고통스럽게 돌아가시니 견딜 수 없이 가슴이 아팠다. 어머님은 몇십 년 동안 당뇨병에 시달렸고 그 후유증으로 앞을 제대로 보지를 못하셨기 때문이다. 많은 사람이 꿈에 조상이 보이면 집안에 좋지 않은 일이 생긴다고 이야기한다. 미신과 같은 그 얘기를 나는 믿지 않았는데 어머님이 돌아가시던 날 새벽, 25년 전 돌아가신 아버님이 나의 꿈에 나타나는 일이 일어났다. 아버님 사후 단 한 번도 나의 꿈에 나타난 일이란 없었기에 꿈속에서도 나는 '의외의 일'이라고 중얼거렸다. 아버님을 만난 나는 마치 어린아이처럼 아버님의 가슴에 머리를 박고 아버지 없이 살아온 나의 25년이 얼마나 힘들었는지 아시기나 하냐며 눈물로 하소연했다. 그런데 순간 바라본 아버님의 눈동자는 흰자위가 없는 온통 검은색이었다. 눈물을 흘리다 놀라서 잠이 깬 나는 어머님이 위독하다는 병원의 전화를 받았다. 어머님은 우리가 병원에 도착하자마자 세상을 떠나셨다. 장례식이 끝나고 아버님을 뵈었던 꿈 내용을 대학에서 공학을 강의하는 손위 동서에게 했더니 그는 이렇게 단언했다.

"그건 자네 아버님이 어머님을 데리러 오겠다는 메시지라네."

세월은 끊임없이 흘러, 지금의 내 나이는 돌아가실 때의 아버님 나이가 되었다. 당시 갓 스물이 된 아들을 두고 떠나셨던 아버님의 마음은 어땠을까 하는 생각을 해본다. 언젠가 독서회에서 이 이야기를 듣던 지긋한 나이의 목사님은 내게 이렇게 말씀하셨다.

"어떻게 편히 눈을 감겠어요? 스무 살, 자식의 나이가 겨우 스무 살이면 아직 어린데…."

아마 아버님은 저세상에서도 자식 걱정에 그렇게 많이 갖고 계시던 눈물이 다 흘러버려서 눈자위가 검게 되신 건 아닌지 하는 생각을 해본다.

요즘도 나는 틈만 나면 눈물을 흘린다. 딸아이의 초등학교 졸업식장 교정을 나서며 그곳 스피커에서 울려 퍼지던 '마법의 성'이란 노래 가사를 음미하다 심오한 노랫말과 슬픈 곡조에 마음이 아파서 눈물을 흘렸고, 새벽에 잠이 깨어 빈둥거리다 켠 케이블 TV에서 본 홍콩 영화 '첨밀밀'의 마지막 장면 때문에 30분 동안 눈물을 흘린 적도 있다.

매주 화요일은 무슨 일이 있어도 일찍 집에 들어가려고 애쓰는 편이다. 일곱 시 반부터 KBS TV에서 방송하는 '러브 인 아시아'라는 프로를 보기 위해서다. 이 프로의 줄거리는 대부분 판에 박은 듯 비슷하다. 동남아 가난한 나라의 빈한한 집안에서 태어난 장녀는 뭔가 생계의 돌파구를 찾기 위해 잘사는 나라, 한국으로 시집을 간다. 그러나 남편은 그녀의 아버지뻘인 40대 중반을 훌쩍 넘었고 그 역시 가난한 농촌 노총각이다. 시집온 지 5년 만에 혹은 10년 만에 아이를 안고 남편과 함께 홍삼 제품이나 영양제, 라면, 옷가지 등 선물을 들고 동남아 밀림의 친정집을 잃어버린 기억을 찾듯 방문한다. 멀리 집이 보이자, 그녀는 차에서 내려 미친 듯 뛰어간다. 얼마 후 친정엄마 또는 아버지를 발견한 그녀는 서로 부둥켜안고 끝없이 소리 내어 운다.

공식과 같은 이 장면이 나오면 나는 매주 빠짐없이 눈물을 흘린다, 어떨 때는 대성통곡할 때도 있다. 그럴 때마다 이를 지켜보는 아내와 딸, 두 모녀는 한마디씩 거든다.

"너희 아빠, 오늘이 그날이네!"

"맞아! 아빠, 또 시작하시는구먼……."

나를 닮은 얼굴

"내 병명이 뭐라고 하더냐?"

"예? 무슨 말씀인지요⋯."

"괜찮다고들 모두 말하니 믿을 수 없다. 너는 수술 결과를 알고 있지 않으냐? 내게 솔직하게 말하거라."

수술 후 이틀 동안 의식을 잃고 겨우 깨어난 아버님이 아무도 없을 때 막내아들인 나에게 물으셨다. 나는 그 순간이 아버님과 마지막 대화가 될 줄은 몰랐다.

아버님은 철도청에서 노무직으로 일하다가 간암으로 인해 돌아가셨는데, 어려운 집안 형편과 건강 문제로 많은 스트레스를 받으셨음이 틀림없었다.

아버님의 갑작스러운 죽음과 그 후 일들은 누구도 대신할 수 없을 만큼 힘들었다. 장례식 후 각종 마무리는 내 몫이었다. 어머니는 몸져누웠고 형들은 타지로 돌아갔기 때문이다. 마침 방학을 맞은 내가 유품 정리는 물론이고 각종 증명서와 사망신고와 같은 행정 절차를 밟아야 했다.

우울하게 지내던 며칠 후 아버님의 직장에서 퇴직금을 받아 가라는 전화가 왔다. 아주 어릴 때를 빼고는 그곳에 갈 일이란 없었다. 지금은 복개되어 도로가 되었고 위에는 동서고가도로가 건설되어 흔적조차 찾기 어렵지만, 당시 객화차사무소와 버스 정거장 사이에는 가야천이라는, 쓰레기와 오물 냄새가 넘치는 큰 개천이 흘렀고 사이를 잇는 30m가량 길이의 낡고 기다란 콘크리트 다리가 있었다. 그 동네 주민들은 그 교각을 '돌아오지 않는 다리'라고 불렀다. 다리를 건너니 아버님 근무처의 정문이 보였다. 정문과 철로를 건너 도착한 그곳 행정 업무를 담당하는 사무실은 기름때에 찌든, 그야말로 낡고 허름한 곳이었다. 하물며 노무자들이 일하는 현장은 보지 않아도 뻔하겠다는 느낌이 들었다. 문 앞에서 잠시 망설이다 사무실 입구에 앉아 있는 아저씨에게 아무개의 아들이라고 용건을 말했더니 모두 하던 일을 멈추고 내게 다가와 위로의 말을 아끼지 않았다.

"안됐다. 윤 씨가 막내아들이 좋은 대학교에 들어갔다고 그렇게 좋아하더니만…."

아아, 그간 아버님은 내게 관심은 물론 그때 아무런 칭찬도 하지 않았는데, 내가 당신의 자랑이었다니 놀라운 일이었다.

이후 나이 어린 대학생의 눈에도 얼마 되지 않아 보이는 퇴직금을 수령하고 그곳 사무실을 나서면서였다. 회사 입구의 나무 그늘에서 초췌한 중년 사내들이 시퍼런 작업복에 기름 범벅을 한 채 담배를 피우는 모습이 보였다. 세상 물정 모르는 나이였지만 아버님의 삶을 돌이켜보니, 그동안 아버지만이 겪어야 했던 고통과 세상의 수고가 불공평하고 비통하게 다가왔다.

'돌아오지 않는 다리' 위를 몇 발짝 걷는데 돌아가신 아버님의 지난至難하고 고단했던 삶이 두 눈에 아른거려져 주체할 수 없으리만큼 눈물이 쏟아졌다.

그러나 거짓말처럼 시간은 빨리 흘러 이제 나는 아버님과 비슷한 나이가 되고, 아들은 아버님을 보낼 당시의 내 나이가 되었다. 아버님께서 마지막으로 물으신 "내 병명이 뭐라고 하더냐?"라는 질문은 지금까지 내 마음을 아프게 한다. 자신이 어떤 병으로 고통을 받고 있는지, 앞으로 어떻게 될 것인지를 알아야 하는 것은 아버님의 권리였다. 또한 아버님이 얼마나 큰 두려움과 불안에 시달렸는지를 뒤늦게야 깨닫게 된다. 그러려고 그런 건 아니었지만 거짓으로 회피한 나는 아버님께서 당신의 인생을 품위 있게 정리할 마지막 기회마저 빼앗고 말았다.

혹시나 해서 오래된 사진첩을 뒤져보니 아버님의 말년 사진은 모두 사라지고 겨우 한 장을 찾을 수 있었다. 우리가 서로 닮은 얼굴인지 아닌지는 조금 더 세월이 흘러야 알 것 같다. 삶에서 언제나 힘들고 아픈 일이 많지만, 그 속에서도 희망과 사랑을 찾을 수 있기를 기대해본다. 그리고 언젠가는 내 아들에게도 내 아버님의 삶과 사랑을 전할 수 있기를 소망해본다.

- 〈월간 샘터〉 2010년 11월 -

결혼식 단상斷想

　지난 주말에는 처조카의 결혼식에 다녀왔다. 면사포의 유래는 무엇일까? 구약 성서 창세기를 펼치면 아브라함의 아들 야곱이 첫날밤 자신의 신부로 예정된 라헬 대신 그 언니 레아와 동침한 내용을 볼 수 있다. 자매의 아버지 라반이 큰딸 레아가 시집가지 못할 것을 우려해 신부를 바꾼 장면이다. 성서학자들은 신부新婦가 전신을 천으로 감았기 때문에 야곱이 두 자매를 구분 못 했다고 지적하기도 한다. 사막의 유목민들은 부족 간의 전쟁으로 남자들이 죽어갔기에 항상 여초 상태였다. 우리 역사에 남아있는 고구려의 형사취수제兄死取嫂制도 전쟁이 잦았던 시대의 반영물로 보인다. 아버지 라반이나 고구려의 가부장은 어떤 방식으로든 가족공동체를 유지할 필요가 있었기 때문이다.

　어쨌든 그러한 연유로 서양의 결혼식에는 신랑이 신부의 면사포를 들치어내고 얼굴을 확인하는 관습이 생겼다고 한다. 그러나 인류학자들의 의견은 다른 듯하다. 현대의 면사포는 약육강식의 시대에 이루어진 약탈혼의 흔적일 뿐이라는 주장이 그것이다. 면사포는 고기잡이 그물로 여자를 납치한 데서 유래했고, 약혼반지는 결혼 전에 건네는 일종의 착수금에서 비롯했다고 말한다.

　우리나라에도 보쌈이라는 약탈혼이 있었고, 여자를 확인하기 위해 자루를 여는 장면은 서양의 결혼식에서 면사포를 벗기는 장면과 별 차이가 없어 보인다. 그런데도 우리 주변에서 대부분 이루어지고 있는, 면사포로 대표되는 서양식 결혼 예식이 바람직할까 하는 의문이 생긴다.

현재 우리나라의 결혼문화는 고대와 같은 매매혼과 정략혼이 더욱 악화한 모습으로 보인다. 전통 혼례도 아니고, 그렇다고 서양의 결혼문화를 그대로 수입한 내용도 아닌 '잡탕'인 데다가, 일생에 한 번뿐인 결혼이기에 온갖 '상업주의'가 결탁하여 국적 불명의 고비용高費用 결혼문화가 되어버렸다. 게다가 결혼당사자들도 결혼에서 소외되어 서로의 조건을 따지고 자신과 상대방을 물건처럼 거래 당하는 상황이 되어가고 있기도 하다.

외국인들은 한국의 결혼문화 가운데 '예단'을 보면 기겁한다. 원래 예단은 신랑집에서 결혼 선물로 신붓집에 비단을 보내는 데서 비롯되었다. 그러면 신부는 받은 옷감으로 시부모의 옷을 바느질해 공경의 의미로 바쳤고 시부모는 그 답례로 소정의 수공비手工費를 신부에게 돌려보내 주었다. 이것이 변질한 결과물이 현재의 예단과 혼수이다. 신랑이 집을 마련해야 한다거나, 신부는 무엇무엇을 준비해야 한다는 등의 모습, 의사나 판·검사 같은 '사' 자가 달린 배우자와 결혼할 때는 열쇠를 몇 개 가져가야 한다는 불문율은 다른 나라에서는 찾아볼 수 없는 인습으로 우리 사회에서는 마치 '전통'처럼 치러지고 있으니 부끄러운 일이다.

너무도 당연한 일이겠지만 젊다는 것은 참 좋은 일이다. 현재 국민 대다수가 선호하는 서양식 결혼 예식이나 예법에 대해서는 불만이 없지는 않지만, 하객석에서 결혼식을 구경하는 일은 즐거운 일이다.

내가 40대 초반일 때 당시 근무하던 회사의 여직원이 부서장인 내게 결혼 주례를 부탁한 적이 있다. 주례란 예순 전후의 나이 많은 남자가 맡는 자리라고 생각했던 터라 거절하고 말았는데 지금 생각하면 참 부끄러운 기억이다.

이후 미안해하는 내 마음을 옆에서 들은 다른 부하 여직원이 자기는 늦게 결혼할 테니 그때는 꼭 주례를 서달라고 부탁했다. 나는 그에 대비한 주례사를 몇 달에 걸쳐 수정에 수정을 거듭하여 완성했는데 그 직원은 여태껏 결혼하지 않고 있다. 애써 써두었던 원고를 위해서라도 그녀가 결혼할 날을 기대해 본다.

붉디붉은 바위 끝에
잡고 온 암소를 놓아두고
나를 부끄러워 아니 한다면
저 꽃을 꺾어 바치겠나이다.

신라 향가에 나오는 헌화가를 깊이 해석해서 읽으면 민망하다는 국문학자들이 많지만, 이번 참석한 결혼식에는 신랑·신부의 친구들이 주례석 앞에 나와서 합창과 콩트 단막극을 하는 퍼포먼스가 있어서 즐거웠다. 그중의 하이라이트는 예식 말미에 신랑·신부의 친구들이 결혼행진곡 길을 쭉 걸어가서 단상의 신부에게 헌화하는 장면이었다.

부조를 얼마 해야 적정하다는 사회적 한계선까지 있을 정도로 삭막하지만, 신부에게 친구 모두가 꽃을 선사하는 장면은 나에게 깊은 감명을 주었다. 다행히 최근 사회의 여론 주도층들이 직접 '작은 결혼식'을 치르고, 결혼 당사자들이 결혼식에 드는 과다한 비용을 아껴 살림에 보태자는 등 변화와 자성의 움직임이 조금씩 나타나고 있다고 한다. 앞으로 참석하게 될 결혼식에 기대를 걸어 보아야겠다.

우정

사소한 말다툼으로 헤어진, 어린 시절의 친한 친구가 있었다. 젊은 날의 객기客氣 탓이었다. 주위 친구들의 권유도 있고 해서 다시 만나기로 했다. 무려 10년 만이었다.

그의 얼굴에는 병색이 깊어 보였다. 소문을 들으니, 갑상샘에 이상이 생긴 희소 질환 때문에 몸무게가 무려 50kg이 늘었다가 큰 병원에 제대로 된 진단을 받고 치료를 시작한 후에야 체중이 빠지기 시작했다는 것이다. 지나치게 살이 쪘다가 '쑥' 빠진 얼굴은 바람 빠진 풍선과 같아서 나이보다 늙어 보였고 주름이 지나치게 많아 보였다.

10년 만의 해후였으니 그간 세월이 많이 흐른 것은 틀림없어 보였다. 잠시 어색함이 사라지니 금방 10년 전의 사이로 돌아간 느낌이 들었다. 그 시절부터 둘이 만날 때마다 술을 마셨기에 술집으로 자리를 옮겼다. 그는 가방에서 약 봉투를 꺼내더니 한 줌이나 되는 상당량의 약을 술과 함께 삼켰다.

"내겐 술도 약이잖아."

이후 그와 나는 한 달에 한 번꼴로 2년가량을 만났다. 그런데 만날 때마다 난처한 일이 생겼다. 그는 내가 가장 싫어하는 행동을 하고 있었기 때문이다.

주사酒邪. 예전에는 전혀 그렇지 않았던 그가 술을 마실 때마다 내게 계속 시비를 걸고 있었다. 술로 인해 발생하는 불상사가 많음에도 불구하고 나는 여전히 술의 순기능을 옹호하는 사람이다. 스트레스를 삭혀주고 어색한 분위기를 완화해주며, 표현하기 어려운 진심을 나타내는 데 그만한 기능을 가진 명약은 없지 않은가? 그러나 술의 효능을 제대로 이용하지 못해 불상사를 만들어 패가망신하거나 타인과 원수가 되는 경우를 비일비재하게 목격하기도 한다.

처음에는 그의 주사를 이해하려고 노력했으나 생각처럼 쉽지는 않았다. 눈에 보이지 않으면 멀어진다는 속담이 수긍이 갔고 10년이란 시간은 그것을 부채질했을 듯했다. 그는 취할 때마다 이유 없는 인신공격과 모욕을 가했고 심지어 즐기는 듯했다. 그때마다 나는 곤혹스러웠다.

인내에 인내를 거듭하던 나는 자리를 파한 후, '당분간 공백기를 갖자'라는 내용의 문자를 그에게 보냈다. 즉시 답장이 날아왔다.

"나는 너보다 더 오래 살 거다!"

이후로 그를 만나지 않았음은 물론이다. 허망하기 짝이 없는 내용이어서 또 한 번 나의 한 시절이 지나가고 있음을 알게 되었다.

우정의 얘기를 하다 보면 우리는 흔히 관중管仲과 포숙鮑叔의 고사古事를 떠올리게 되지만 우정이란 그들처럼 친구 간에만 있는 것은 아니다. 비록 적일지라도 인격적인 의리를 지키고 그 의리의 두터움이 죽음을 초월할 지경에 이르면 그 모습은 오히려 한평생을 함께 지내온 친구보다도 더 아름답고 귀하다.

중국 삼국시대 말엽에 서로 국경을 마주 보며 싸워야 했던 진晉나라의 양우羊祜와 오吳나라의 육항陸抗의 경우가 그렇다.

어느 날 양호와 육항은 양국 국경 지대에서 사냥하다가 우연히 마주치게 되었다. 양호는 군사들의 기강을 더욱 엄히 하여 상대방에게 무례하지 않았으며 육항 또한 예를 다하여 양호를 대했다.

사냥을 마치고 돌아온 양호는 육항의 군사들이 쏜 화살이 꽂힌 짐승은 모두 육항에 돌려보냄으로써 대장으로서 고결한 품위를 보였다. 말이 쉽지 이를 갈도록 미워해야 할 적국의 장수에게 잡은 짐승을 되돌려 보냈다는 사실은 양호의 인품이 어떠했는가를 짐작게 한다.

양호에게서 의외의 선물을 받은 육항은 그의 인격에 깊이 감동하여 가만히 있을 수 없었다. 육항은 심부름하러 온 양호의 부하 편에 좋은 술을 한 병 보냈다. 술을 받은 양호가 마시려 하자 부하들은 독毒이 들어 있지 않나 의심하여 말렸으나 양호는 육항의 인품을 의심치 않고 그 술을 맛있게 마셨다.

그런 일이 있은 지 얼마 지나지 않아 문안차 양호를 찾아온 육항의 부하가 이르기를 육항이 병이 났다고 말했다. 병의 증세를, 자세히 들은 양호는 자기가 먹던 약을 육항에 보냈다. 약을 받아서 든 육항이 먹으려 하자 혹 그 약에 독이 들어있지 않나 하여 부하들이 그 약을 먹지 못하도록 말렸으나 육항은 웃으며 그 약을 먹었고, 이후 씻은 듯 병이 나았다.[34]

「삼국지」 말미에 나오는 위의 이야기는 요즘 세상의 우정이 얼마나 삭막해졌는가를 비교할 수 있다.

텔레비전을 시청할 때 EBS - TV 외의 다른 채널을 보지 않는 편인데, 우연히 종편 방송을 트니 구순의 김형석[35] 교수가 출연하고 있었

---

34) 나관중 지음, 황석영 옮김 [삼국지 10] (창작과 비평사 2003) 218~25 면을 참조하여 문장 대부분을 수정함.

35) 철학자. 일본 조치대학 예과와 철학과에서 공부했다. 1954년 연세대학교 교수로 부임하

다. 젊은 시절, 선생이 쓴 책을 상당량 읽은지라 존경의 마음으로 노학자의 강의를 진지하게 들었다.

프로그램 중간에 채널을 돌려서 앞의 내용이 무엇인지 알 수 없지만, 노인으로 생활하는 긍정적인 사고나 행동에 관한 경험담을 강의 중이라고 여겨졌다. 그날 선생의 말씀 중에 잊지 못할 내용은 이랬다. 우정에 관한 이야기였는데 나이가 들수록 그 우정을 키우려 하지 말라는 것이었다. 어떤 측면에서는 애틋하고 또 어떤 측면에서는 슬픈 느낌이 들기도 했다.

김형석 교수의 우정에 관한 경험담에는 자신과 함께 철학 교수로서 한 시절을 풍미한 동갑인 고故 김태길36) 교수와 고故 안병욱37) 교수가 등장하고 있었다.

그러니까 작고한 두 분이 모두 살아계셨던 10년 전의 이야기인데, 어느 날 선생과 안병욱 선생은, 세 사람이 살아갈 날이 많지 않았으니 한 달에 한 번 정도 만나서 차라도 마시면서 우의友誼를 다지는 것이 어떠냐는 합의를 보게 되었다. 이후 김태길 선생에게 전화해서 두 분의 생각을 전하게 되었는데 김태길 선생의 의견은 나머지 두 분과 사뭇 달랐다고 했다.

"우리 세 명이 그렇게 만나다가 한 사람씩 떠나면 남은 사람이 얼마나 힘들겠어요?"

노교수는 말을 이어갔다.

"이후 두 친구의 죽음을 겪으며 느낀 건데, 집 식구가 떠나니까 집이 텅 빈 것 같은데 친구가 떠나니 세상이 빈 것 같아요. 괴테가 임종할

여 31년간 재직했다. 김태길·안병욱과 함께 한국의 3대 철학자로 일컬어진다.

36) 김태길(金泰吉,1920~2009) 철학자·수필가·대학교수로, 1947년 서울대학교 철학과를 졸업했다. 서울대학교 교수, 대한민국학술원 회장 등을 지냈다.

37) 안병욱(安秉煜,1920~2013) 철학자·수필가·대학교수로, 1943년 일본 와세다대학교 문학부 철학과를 졸업하였다. 숭실대 교수로 있으면서 많은 철학서를 집필·발표하였다.

때 의식이 흐려져서 환상 비슷한 것을 보게 되는데 바람에 종이가 날아가는 걸 보더니,

"저거 쉴러의 편지인데 날아가는 것 아니냐?"며 걱정했다고 해요, 야스퍼스는 막스 베버가 떠나자, 한 1년 동안 아무것도 못 했다고 하고⋯⋯."

부끄러운 고백을 해야겠다. 올해 중순에 친한 친구가 죽었다. 새로 건설하는 공장 현장에서 몇 년 동안 그야말로 고락을 함께한 친구였다. 장례식에 참석하고 돌아온 후 며칠 동안 나는 아무것도 할 수 없었다. 취중의 어느 늦은 저녁, 힘들었던 때문인지 그간의 심정을 카톡에다 적어 그에게 보냈다.

"친구, 네가 세상을 떠나니 너무 힘드네⋯⋯."

놀랍게도 휴대전화 화면에 그가 나의 메시지를 받았다는 표시가 떴다. 아마도 그의 가족 누군가가 여전히 그의 죽음을 받아들일 수 없어서 그의 휴대전화를 간직하기 때문이리라는 생각이 들었다. 아니면 그의 영혼이 그런 현상을 만들었든지.

우정이라는 가치를 말하면서 아리스토텔레스는 "친구가 잘되기를 바라는 것이 진정한 우정이다."라는 말을 남겼다.

"네가 흥하고 싶으면 남부터 흥하게 하라."고 말한 사람은 공자다.

'크눌프Knulp'를 읽으며 받았던 감상들이 되살아났다. 애정이나 가족 관계는 물론이고, 우정 또한 그에게는 속박의 상징이어서 주인공은 모든 것을 떠나 자연 속에서, 가끔 만나는 사람들 속에서 떠돌아다닌다.

이러한 자유는 역으로 시민적인 행복이나 가족의 안온함을 포기한 데서 연유한 것이어서, 주인공이 인생을 마감할 무렵이면 쓸쓸하게 마련이다. 작가는 신과의 합일슴—이라는 설정을 통해 그에게 따뜻한 시선을 보내고 있다. 하지만 우정이 없는 인생은 얼마나 허망한가.

영화 「인간 중독」

1.

 1년 전에 본 영화에 대한 감상을 적어보려 한다. 당시 극장을 나오면서 내용을 정리해보니 뭔가 심상찮은 영화라는 생각과 남자의 '목숨건 순정'이라는 결론에 가슴이 쓰렸다. 유추하여 쓰고 싶은 내용이 많았지만 잘 적어지지 않았다. 늦었지만, 기억을 되살려 그때의 감회를 살려보고자 한다.

 「인간 중독」은 2014년 5월에 개봉된 영화로, 로맨스물을 잘 만드는 김대우가 감독하고 송승헌, 임지연 등 유명 배우가 주연했다. 영화의 무대는 1960년대 후반의 군부대 장교 관사촌이다. 주인공은 장군 진급을 앞둔 육군 대령과 부하인 육군 대위의 아내다. 영화의 주된 내용인 '부하의 아내와의 불륜'은 폭탄 터지듯 격렬하고 요란하게 전개된다. 영화에서 제시되는 금지된 사랑은 일말의 짜릿함이나 달콤함과는 거리가 있어서, 대령이라는 높은 계급에서 기대되는 특권마저 작동하지 않는 듯 보인다. 주인공 남자는 여자 앞에서 자신의 '무공'을 부끄러워한다. 어쩌면, 베트남에서 얻은 무공은 사람이 아니었던 순간을 떠올리게 만들기 때문인지도 모른다.

 남자는 사랑에 목숨을 걸지만, 여자는 그가 원하는 대로 움직여주지 않는다. 남자는 사랑에 자신의 모든 것을 걸지만 여자의 태도는 모호하다. 그녀는 다른 세상, 철망 속이 아닌 바깥세상으로 한 발짝도 나설 자신이 없는 태도를 취한다. 이러한 태도의 이유는 분명하다. 트라우마일 것이다. 인간은 누구나 상처를 안고 사는 존재이기 때문이다. 그렇기에 사랑보다 더 강력한 어떤 것으로도 여자의 묶인 발은 풀어지지 않는다. 이 영화를 만든 감독은 이러한 비극을 통해 사랑이 가진 헛됨과 부질없음이라는 본질을 이야기하고 싶었으라는 생각이 들었다.

2.
줄거리는 다음과 같다.

영화의 배경은 1969년. 아직 월남전은 진행 중이고, 아폴로 11호의 달 착륙이 있었던 해이다. 대한민국에서는 '삼선 개헌안'에 대한 국민투표가 시행되었고, 제3한강교가 개통된 해이기도 하다.

남자 주인공 김진평 육군 대령은 잘나가는 엘리트 고위 장교다. 월남전에 참전한 그는 부하들에게 존경받는 훌륭한 군인인지라 젊은 나이에 빠른 진급을 하며 승승장구하고 있다. 영화의 주요 사건이 진행되는 1969년 당시엔 김진평은 대한민국의 사령부급 부대에서 대령 계급에 교육 대장을 맡고 있다. 그는 월남전 참전의 여파로, 심하지는 않지만, 환각 증상의 일종인 외상후스트레스장애(PTSD)를 겪고 있다. 친구 군의관은 그의 경력 관리를 위해 그 사실을 숨겨주고 있지만, 매우 걱정하는 중이다. 3성 장군의 딸이기도 한 아내 이숙진은 남편을 장군으로 만들려는 야망을 품고 있다. 둘 사이에 자식이 없는 것이 문제일 뿐 부부 관계는 크게 나쁘지 않다고 보인다.

그러던 어느 날 김진평의 부하로 경우진 대위가 부임한다. 장군 전속 부관 출신으로 야전野戰형 군인과는 거리가 있고 눈치 빠른 기회주의자처럼 보이기도 하지만 월남전에 참전했다. 김진평은 경 대위의 아내인 종가흔을 우연히 만나게 된다. 여주인공 종가흔은 굴곡 많은 삶을 살아온 미모의 여성이다. 1950년 한국전쟁 때 화교華僑 아버지는 '빨갱이 중공군'에 부역했다는 오해를 피해 산으로 숨다가 이질에 걸려 절명한다. 바람기 있던 엄마는 딴 남자 찾아 도망쳤는데, 딸은 아버지의 시체 냄새를 맡으며 한참을 지내다 고아 아닌 고아로 발견된다. 그때 경 대위의 엄마에게 거두어져 딸처럼 키워졌으나 14살 때 소년 경우진에게 강간당하고 결국 결혼까지 하게 된 사이다. 뺀질뺀질한 군인 남편과 '착한 척하는' 시어머니는 종가흔을 애완동물처럼 이용한다.

　김진평 대령은 장교 관사의 부인회가 운영하는 병원 봉사 모임에서 종가흔을 처음 만나면서 '떨림'을 느낀다. 이후 정신착란 환자가 봉사 중인 종가흔에게 칼을 들이대는 장면을 목격한 그가 그녀를 구하면서 둘은 급속도로 가까워지고 넘지 않아야 할 선을 밟고야 만다. 그러다가 김진평의 장군 진급이 발표되어 자신의 저택에서 부하들 부부를 집합시켜 파티를 열게 된다.

　그는 파티장에서 종가흔에게 남편을 부하로 데려갈 계획임을 남몰래 전하며 관계 지속을 요구하지만 거부당한다. 이후 일어난 일은 원숙하고 노련한 중년의 남자에게 가능한 일일까? 절망한 그는 부하 장교 부부들과 자기 아내가 보는 앞에서 종가흔의 손을 잡고 둘의 관계를 폭로한다. 술 때문이었을까? 아닐 수도 있다. 자리에 모인 모두는 패닉에 빠진다. 이후 삼성 장군인 장인은 그를 불러 훈계를 하면서 1년간 월남에 파병 다녀오면 사건이 묻힐 것이므로 떠나라고 명령한다. 그런데도 다음날 그는 종가흔을 찾아가 군인을 그만두고 월남의 한적한 마을에서 함께 살기를 청한다. 하지만 "모든 걸 포기하면서까지 당신을 사랑하고 싶지 않아요."라는 답을 듣는다. 그 자리에서 그는 권총으로 자살을 시도하지만 마음대로 되지 않는다. 이혼당한 그는 불명예 제대한다.

2년이 지난 1971년. 소령이 된 경우진의 부인 종가흔이 사는 군부대 관사에 누군가가 찾아온다. 베트남에서 군인들의 길을 안내하면서 살아가는 가이드가 있었는데 라오스 국경 근처에서 사망했다는 사실을 알린다. 죽은 이는 군인 신분도 민간인 신분도 아닌 데다 가족을 찾을 수가 없는 남자다. 그가 상의 주머니에 지녔던 유일한 유품은 과거, 김진평과 종가흔이 음악실에서 찍었던 사진이다. 사진 뒷면에는 '내 사랑'이라는 세 글자가 적혀있다. 종가흔은 사진을 부여안고 눈물을 흘린다. 여기서 영화는 막을 내린다.

3.

영화에서 등장하는 베트남 전쟁과 군대 관사官舍라는 장치와 소재는 역사적 배경이라기보다 금기와 과거를 재현하기 위한 도구로 활용된다. 군인이라는 특수하고 통제된 상황과 신분, 오래된 풍경으로써 1960~70년대라는 시대가 결합하면서 두 남녀의 욕망과 그 실현은 걷잡을 수 없이 위험하다. 게다가 그 시기 유행을 활용한 복고풍의 인테리어와 의상 그리고 소품 등은 관객의 시선을 과거시제로 향하게 한다. 개인적인 경험을 이야기하자면, 그 시절 나는, 군인을 아버지로 둔 친구의 집 즉, 장교 관사에 가본 적이 있는데 영화처럼 화려하지는 않았다는 기억이다.

영화「인간중독」은 누구나 겪을 수 있는 아주 솔직한 사랑 이야기다. 자신이 가지고 있는 배경, 지식, 계급, 위치를 죄다 버릴 수 있는 꽹장히 본질적인 사랑 이야기를 다루고 있다. 이 파격적인 통속영화는 여태껏 경험하지 못했던 1969년의 고전적인 풍경에 클래식 음악의 품격까지 더해 보는 이의 오감을 흔든다. 이 영화는 전쟁의 참상을 경험한 트라우마가 있는 한 남자가 부하의 아내에게 점차 빠져들며 그 여자의 사랑을 갈구하는 병적 집착을 그려냈고, 마침내 비참한 결말을 맞는다는 내용으로 인간관계에 시사하는 바가 크다. '인간중독'이라는 말은 '관계중독'이라는 말로도 표현될 수 있다.

이 영화처럼 '외상후스트레스장애'의 후유증으로 인한 정신적 외상이 있을 때 사람은 이 고통스러운 기억을 잊기 위해 뭔가 빠져들 무엇을 찾게 된다. 그때 술을 가까이하면 알코올중독이 되기 쉽고, 도박을 시작하면 도박중독이 될 것이다. 이성에게 빠질 때 심각한 관계중독 혹은 '인간중독'의 증상을 겪게 되어 상대방이 이미 결혼한 사람이어도 문제 삼지 않게 된다는 게 전문가들의 공통된 의견이다. 인간중독에 빠지면 정상적인 판단을 할 수 없다. 굳이 '외상후스트레스장애'의 후유증 운운할 필요조차 없다. 멀쩡한 사람도 인간중독, 즉 바람이 들면 물불 가리지 않고 상대방에 빠져들어 주변은 물론 가정까지도 파탄을 내는 게 인간사의 흔한 풍경이다.

이 영화를 본, 많은 영화 평론가가 송승헌이 연기한 김진평의 모습에서는 '화양연화' '색, 계'의 주인공이었던 양조위의 그림자가 중복된다고 말했다. 종가흔의 마음을 잡지 못해 머뭇거리는 그에게선 초모완을, 시끄럽게 떠들어대는 부관들과 아내들에게 둘러싸여 외로운 그에게선 정보부대장 '이'의 모습을 발견할 수 있다는 견해였다.

그러나 안타깝게도 종가흔에게는 수리첸(장만옥)이나 막부인(탕웨이)의 분열된 내면이 잘 보이지 않았다. 중독이란 대체로 당사자에게는 숨 막힐 만큼 절박하지만, 지켜보는 이들에겐 맹목적이고 파괴적인 모양으로만 보인다. 어쩌면, 그녀에게 목숨을 건 한 남자의 사랑이 순정적이라기보다 당혹스럽다. 그녀의 때늦은 눈물이 쓸쓸하기보다는 이기적으로 보였던 이유다.

 명줄을 끊고 마침내 참 자유인이 된 한 남자의 말로는 지극히 비참하다. 주인공은 구차하고 부서진 채로라도 구차하게 삶을 이어 나간다. 그는 사랑으로 인하여 자유를 목숨 걸며 희구하게 되었고 마침내 죽음으로 그것을 누렸다. 사랑에 임하는 맹목성은 그만의 진정성이지만 일방적이기에 부질없고 씁쓸하다. 그래서 "이건, 그냥 영화일 뿐이야!"라고 영화가 말하고자 하는 내용을 부정해버리고 싶었는지도 모르겠다.

우리 사회의 관음증

　'임금님의 귀는 당나귀 귀'라는 우화가 있다. 나는 이 이야기의 출처가 이솝우화로 알았는데 「삼국유사」에 나오는 신라 경문왕이 주인공이라는 사실을 안 것은 「삼국유사」를 완독한 30대 이후이다. 더 파고 들어가 보니 「페르시아 신화」의 '알렉산더 대왕과 플루트' 편에서 비슷한 이야기가 있고, 「그리스 신화」의 '아폴론과 마르시아스 그리고 미다스' 편에서도 유사한 줄거리의 신화가 존재한다는 사실을 발견하고는 그야말로 깜짝 놀랐다. 물론 알렉산더 왕이나 미다스 왕은 당나귀 귀를 가진 사람들이다. 모두가 같은 줄거리이므로 경문왕의 당나귀 이야기를 살펴보자면 아래와 같다.

　신라 제48대 왕 경문왕은 헌안왕憲安王의 두 딸을 맞이하였으며, 그 밖에도 궁녀들과 곧잘 놀았다. 이 때문인지, 왕은 중풍中風 같은 병에 걸려 밤에도 차가운 뱀을 배에 대고서야 잠을 잤다.

　어느 날, 귀가 별안간 늘어나 보기 흉하게 되었다. 왕은 복두쟁이를 불러 귀를 감추도록 복두幞頭를 만들라 하였다. 복두쟁이는 명령대로 만들어 바쳤다. 왕은 그 복두를 쓰니, 아주 큰 귀가 그 속에 푹 싸여 보이지 않았다. 이후부터 주야로 쓰고 있었다.

남들은 모르지만, 복두쟁이는 생각할수록 여간 우습지 않았다. 큰 복두를 볼 때마다 우스웠다. 그렇다고 왕 앞에서 웃을 수도 없어, 아무도 없는 도림사 대숲 속에 가서, 우리 대왕大王의 귀는 당나귀 귀만 해 하며, 마음껏 웃어댔다. 이것이 습관이 되었다.

나중에 복두쟁이가 죽은 후에도 도림사 대숲竹林 속에는 바람만 불면,

"우리 대왕의 귀는 당나귀 귀만 해. 하하하."

하는 소리가 났다. 그전까지만 하여도 경문왕의 귀가 큰 줄을 몰랐으나, 바람 소리만 나면 그 소리가 들려 모두 알게 되었다고 한다. (삼국유사)

유럽과 중앙아시아에 위치한 나라 그리고 동북아시아 끝 쪽에 있는 신라에서 어떻게 해서 같은 이야기가 존재할 수 있었을까? 하는 의문이 생겼지만, 비슷한 경우는 수없이 많다는 사실을 발견하게 되었다. 콩쥐팥쥐와 서양의 신데렐라 이야기, 춘향전과 베트남의 낌번끼우전, 주몽 이야기와 모세 이야기, 그 외 인도네시아에도 퍼져있는 '나무꾼과 선녀 이야기'와 러시아, 중앙아시아에 퍼져 있는 비슷한 내용의 민담 등이 그렇다.

위의 삼국유사 이야기는 경문왕이 귀는 크지만, 백성의 소리에는 귀를 기울이지 않는 실정失政을 비꼬아서 누군가가 고의로 지어서 유포한 듯하다. 그러나 역설적으로 모든 시대와 나라에 공통으로 존재하는 관음증과도 연관된 이야기로 판단된다.

지난 월요일은 평소와 다르게 유달리 지인들에게서 유달리 많은 전화를 받았다. "혹시 그 비디오를 보았느냐?"는 내용이었는데, 지하철 안에서 듣게 된 승객 사이의 대화 내용도 별반 다르지 않았다. 인터넷과 소셜네트워크서비스SNS를 통해 순식간에 퍼진 유명인의 섹스 동영상이 우리 사회의 관음증을 다시 한번 드러낸 날이었다. 그러잖아도 '엿보

기'와 '드러내기'로 소란스러운 세상인데 남의 사생활을 엿보는 몰래카메라는 말할 것도 없고, TV 예능 프로그램도 연예인의 사생활을 드러낸다는 점에서는 훔쳐보기의 공식화와 다름없다고 생각한다. 그래서 나는 가끔 트는 텔레비지만 그러한 짜증스러운 프로들을 보지 않는다. 유명인이나 연예인이 출연한 예능 프로그램 또한 결국 이 시대의 '복두쟁이 근처의 대숲들'을 만족시키기 위한 것이 아니냐는 생각이 들기 때문이다. 익명성이 보장된 인터넷과 SNS는 그런 사회적 관음에 날개를 달아준다. '개똥녀' '막말녀' 같은 마녀사냥도 비슷한 동기에서 나오는 듯하다.

더불어 해본 생각은 오늘날에도 여전히 우리 사회는 성 문제에 있어서 남성보다 여성에게 엄격한 평가 기준을 가지고 있다는 점이 아닌가 한다. 그건 이번 동영상 유출 사건에서도 마찬가지인데 많은 사람이 그 스캔들의 주인공 여성에 관한 말초적 호기심으로 '훔쳐보기' 욕망을 충족하려 들었다. 그러면서 한편으로는 외모와 학벌 좋고 아무나 할 수 있는 직업이 아니며 집안 빵빵한 그 여성을 '문란하다'며 몰아세우려 했지만, 그녀가 누구든, 어떤 방식으로 성적 욕망을 드러냈든 그것에 대해 우리가 비난할 자격이 있는지 의문스러운 것도 사실이다. 남의 은밀한 사생활을 훔쳐보려 하는 사람들이 훨씬 더 '문란한' 성 의식을 지닌 것이 아닐까?

널리 퍼진 동영상 좀 찾아보는 게 뭔 잘못이냐고 할는지 모르지만, 그러는 사이 우리의 인간성은 치명타를 입게 된다. 하지만 이번 사건에서 희망도 보았다는 이도 있다. 의식 있는 이들은 동영상 주인공 대신 유출자를 꾸짖었고, 퍼 나르기에 부산한 이들의 행동을 부끄러워했다. 판도라 상자의 마지막처럼 인터넷과 SNS에 자정自淨기능을 확인한 셈이다.

문현동 벽화마을

경남 통영의 관광명소 동피랑 마을에는 '날개' 벽화가 있다. 동피랑에 가면 누구나 한번은 이 벽화 앞에서 '천사' 인증 사진을 찍는다고 한다. 통영항 언덕배기의 작은 마을 동피랑은 한때 철거를 앞두고 있었지만, 예술가들의 손길 덕분에 이제 영호남을 망라한 남해안의 대표 관광명소로 자리 잡았다.

이후로 벽화 그리기가 확산하면서 서울 이화마을, 부산 감천문화마을 등의 벽화마을이 전국에 우후죽순처럼 생겼다. 그런데 예쁘게 변신한 마을에 관광객이 몰리면서 골칫거리도 늘기 시작했다. 아무 곳에나 차를 세우고 쓰레기를 버리는가 하면, 무분별한 사진 촬영으로 주민들의 사생활까지 침해되고 있는 점 등이다. 급기야 서울 이화마을에서는 일부 주민들이 마을의 상징인 '꽃 계단'을 훼손하는 일까지 발생했다는 보도가 있었다.

10여 년 동안 대한민국 곳곳에 늘어난 벽화마을은 시간이 지나면서 문제점도 생겨나기 시작한 듯하다. 재정비가 제대로 되지 않아 흉물스럽게 변한 곳이 있는가 하면, 늘어난 내·외국인 관광객들의 무분별한 행동으로 거주하는 주민들의 불만이 증가하여 그곳을 떠나는 이들도 적지 않다고 한다.

지난주 내가 속한 사진동호회의 야외 촬영 장소였던 부산의 문현동 벽화마을도 그곳들과 별반 다를 바 없는 곳이다. 6.25 피난민들이 살기 시작했던 산속의 작은 마을인 이곳은 마당에 무덤이 있는 집이 태반이다. 전쟁 전에 공동묘지였던 곳이기 때문이다. '툭' 발로 차면 금세 무너질 것 같은 낡은 블록 벽에 언제 칠한 것인지 모르는 낡은 페인트 벽화는 흉물스럽기까지 하다.

그런데 이 가난한 마을 어디에서나 위를 바라보면 부산의 랜드 마크라는 부산국제금융센터(BIFC)38) 건물이 보인다. 앞에서 보면 300미터밖에 되지 않는 거리다. 이 건물은 63층으로 현재 한국거래소, 한국자산관리공사 등 9개 공기업이 입주해있고, 상주직원이 3,500여 명이다.

가장 가난한 마을을 바로 옆에서 내려다보고 있는 초고층에다 초대형 빌딩.

촬영에 동행한 이들은 이곳을 '폭압적인 공간'이라고 입을 모았다. 중년이 넘은 이들은 끔찍한 가난의 기억을 간직하고 있다. 이날 그 장면을 또다시 목격했고 그 가난을 페인트 벽화로 가린 점에 불편해했다. 벽화마을에서의 3시간 동안의 사진 촬영 시간이 무척 힘들었다고 참가자 모두가 입을 모았다. 나도 그랬다. 아예 카메라를 쥐기만 했을 뿐 셔터를 누를 엄두조차 내지 못했다. 그래도 어디에선가 희망은 있지 않을까, 노력하면 뭔가 변하지 않을까 생각해보기로 했다. 저곳에서 천진난만하게 뛰어놀던 아이들이 잊히지 않았다. 그들에게 가난을 대물림해서는 안 되기 때문이다.

---

38) 부산광역시 남구 문현동에 위치한 금융 빌딩으로 2013년 완공 이후 부산광역시 금융 도시가 되었고 높이 289m로 서울의 63빌딩보다 4m 높다. 부산의 랜드마크로 전망대 시설이 존재한다.

세상이 나를 배반하더라도

1.

 연휴여서 그간 읽다 접어둔 책 두 권을 한나절 만에 모두 읽을 수 있었다. 둘 다 장편소설로 오에 겐자부로[39]의 「만연원년의 풋볼」과 루이제 린저[40]의 「고원에 심은 사랑」이다.

 전자는 소설의 개연성이란 면에서 그럴싸하지만, 근거 없이 타민족을 비하하는 작가의 주장이 무책임하다는 느낌이 들었고, 후자는 과잉 감상이 과잉의 관념을 만든다는 생각을 떨칠 수 없었다. 그런 면에서 두 권의 소설은 과거 우리 세대가 만홧가게에서 빌려보던 무협지와 다른 점이 무엇인지 궁금해진다. 다독多讀만이 능사는 아니다. 책을 읽더라도 좋은 책을 읽어야 할 것이다.

 내일이 설날이다. 바쁜 아내의 부탁으로 딸아이와 재래시장에 갔다. 방년 24세. 이제는 시집을 가도 이상하지 않은 다 큰 처녀다. 내가 어릴 때 어머니와 함께 갔던 시장이라고 말하니 놀란다. 무엇을 사야 하

---

39) 오에 겐자부로(大江健三郎, 1935~2023) :일본의 소설가. 일본어의 자연스러운 리듬을 깨뜨리는 듯한 거칠면서도 단조로운 문체로 일본 전후세대의 반항을 간결하게 묘사해냈다. 994년 노벨문학상을 수상했다.

40) 루이제 린저(Luise Rinser, 1911~2002): 독일의 작가, 정치인. 제2차 세계 대전 이후 서독의 대표적 소설가 중의 한 명으로 꼽힌다. 루이제 린저를 처음 한국에 소개한 작가는 독문과 교수이자 작가였던 전혜린이다.

고 어떤 것은 사서는 안 된다고 딸이 내게 말하는 모습을 보면서 그 옛날 어머니의 모습과 아내의 젊은 시절을 떠올려 보았다. 생각은 확장되어 지금의 내 모습도 먼 후일, 나를 그리워할 누군가의 얼굴에서 남을지도 모른다는 생각을 해보게 된다.

2.
　설날 미사의 강론 시간. 새로 부임한 신부神父님은 부주임副主任 신부라고 자신을 소개했다. 미사 중에 분향焚香하는데 어린 시절 앞집에 살던 동네 후배가 미사 제1독서와 분향을 봉사하는 모습이 보였다. 내 어머니의 둘도 없는 친구였던 후배의 어머니는 수십 년 전부터 절에 불공을 드리며 그곳에서 살다시피 하셨다. 백○○ 경위님. 후배의 부친인 그분도 생각났다. 눈빛이 무척 맑은 분이셨다. 50대 후반에 불치의 병에 걸리셨다는 소문을 듣고 마지막으로 뵙기 위해 병원으로 문병問病한 일이 있었다.
　"이봐, 나는 틀렸나 봐, 이제는 자네 아버지 곁으로 가야겠네…."
　그때 내 나이가 군에서 막 제대한 스물다섯이었으니 세월은 쏜 화살처럼 빨리 흘러간 셈이다. 내가 이 나이 되도록 경찰에 대해 좋은 감정을 지니고 있는 것은 그분의 영향이 크다. 이웃을 가족처럼 따뜻하게 대하셨던 모습이 그분 아들의 얼굴에 그대로 남아있다. 그렇다면 지금의 내 얼굴에서 아버님의 모습이 남아있을까? 내가 죽은 후 아들 아이의 얼굴에서 나의 흔적을 찾을 수 있을까?
　남은 오후 시간에는 KBS-TV의 설날 특집 다큐멘터리를 시청했다. '멕시코 한류, 천 년의 흔적을 찾아서'라는 제목이었다. 콜럼버스가 미주 대륙을 발견하기 전에 고조선 또는 고구려나 발해의 유민이 베링해협이나 쿠릴열도를 배로 건너서 북아메리카 대륙 끝부분인 알래스카

로, 종국에는 멕시코까지 내려갔다는 가설에 따라 다큐멘터리는 시작
했다. 중남미에서만 서식하는 '개미핥기'라는 동물 모양의 토우가 신라
고분에 발견된 점, 멕시코 아즈테카 문명의 오래된 벽화에 발견된 태
극 문양과 신라인으로 추측되는 갓과 두루마기를 입은 사람의 그림을
어떻게 해석해야 하는가 하는 질문은 흥미진진하기 짝이 없었다. 특히
설명자가 "멕시코 역사서에서 '아즈테카인들은 사막 근처인 아스달란
에서 왔으며, 두 개의 나라에서 왔다'는 기록이 있는데 이는 고조선의
도읍지 아사달을 의미함은 물론, 우리 선조들의 나라 부여와 고조선을
의미한다."라고 말하며 아즈텍 언어와 우리 고어古語 간의 수없이 많은
언어 유사성을 나열할 때는 나도 몰래 감탄사가 나왔다. 아주 잘 만든
한 권의 책을 읽은 느낌이었다.

3.
　죽마고우와 그의 딸을 만나서 세 명이 통음하다.
　친구 B는 여전히 머리를 길러 말총머리로 묶은 상태였고 장성한 큰
딸은 내일모레면 서른이라며 자신의 나이를 상기시키고 있었다. 도시
샤대학同志社大學을 졸업한 후 동경에서 다국적 기업에 근무 중인 큰딸
은 내게 어떤 부탁을 열심히 하고 있었다.
　"제발 우리 아빠 머리 당장 자르라고 야단 좀 쳐주세요. 누가 저 모
습을 좋게 보겠어요?"
　내가 대답했다.
　"사는 게 얼마나 답답하면 머리를 저렇게 하고 다니시겠니? 좋고 나
쁘다는 것의 실체란 없단다. 모두가 마음먹기 나름이지. 그리고 하지
말라고 성화를 부리면 더 하고 싶은 게 인지상정이잖아? 다른 사람은
몰라도 나는 네 아버지를 이해한다. 사회가 나를 배반한다고 해서 나

마저 사회를 배반할 수는 없는 거잖아."

자리를 파하고 집으로 돌아오면서 '좋다', '나쁘다'의 중간은 없을까 하고 생각하게 되었다. "이분법 없는 곳에 낙원이 있다." 문명비평가였던 롤랑 바르트의 말이다. 많은 경우 이분법은 배척과 분할, 억압과 소외의 논리가 되어 살인, 인종 청소, 전쟁, 파괴를 정당화했고 지금도 계속되고 있다. 히틀러의 유대인 학살, 세르비아계 무슬림이 주동이 된 발칸반도에서의 인종 청소, 중세교회의 마녀사냥, 남아프리카의 인종분리, 일본의 관동 학살, 한국전쟁 때의 인민재판 등은 이분법이 세상을 어떻게 지옥으로 만들 수 있었던가를 보여주는 사례들이다. 현재 한국에서 기승을 부리는 이분법적 사고는 전적으로 기성 정치인들의 책임으로, 그들 세계에 그치지 않고 젊은 세대까지 전파했다는 게 나의 확고한 생각이다. 바르트의 말은 틀리지 않고 여전히 유효하다.

4.

지난주, 10년간 살던 집을 팔고 새집을 계약했다. 무엇보다도 한 동네에서만 반백 년을 살았다는 사실이 이사移徙의 결심을 굳히게 하였다. 넓은 집이 필요한 현실도 이유 중의 하나였다.

타지에서 직장을 얻을 줄 알았던 아들은 이 도시에 청廳을 둔 공직에 근무하게 되었고 일본 유학 중인 딸 또한 귀국 후 대학원에 다닐 계획을 하고 있기에 향후 10년은 아이들과 함께 지내야 한다는 판단이 섰기 때문이다. 그간 묵묵히 지내주었던 두 아이에게 감사한다.

이사 갈 집은 시내 중심부의 넓은 공원을 끼고 있어서 탁 트인 시야가 마음을 편하게 만들었다. 계약이 끝나자, 앞으로 살아갈 집에 살아갈 장면을 상상하게 되었다. 여행이라는 행위 자체보다 여행을 준비하는 과정 자체가 더 즐거운 것이라고 하지 않았는가. 이사도 비슷한 경우이다. 살아보면 몇 달 만에 변한 환경을 당연하게 여기겠지만 준비하는 과정은 즐겁기 짝이 없다.

생각하기 싫어도 자꾸 떠오르는 지난 시절의 기억은 빨리 털어내야 할 것이다. "스스로 '불행'을 강조하는 사람들은 행·불행의 사실 여부를 떠나 많은 경우 '불행'을 자랑하고 싶어 하는 사람들이다."라고 버트런드 러셀은 말한 적이 있다.

꽃이 피기 시작하는 사월, 아름답게 흐르는 오월의 맑은 햇빛, 성하盛夏의 녹음, 가을의 단풍, 뜰 안에 가득한 새 소리, 풀 향기, 나무 냄새……. 모든 것이 거룩한 축복이 아닐 수 없을 것이다. 그곳에서의 생활이 불편해지면 지금의 이 기대를 온전히 기억해 내는 것도 나쁘지 않으리라 다짐해본다.

5월의 미각

  최근에 먹은, 맛있는 음식에 관해서 이야기해보고자 한다. 그동안 지쳐 있었던 탓인지, 아니면 계속된 우울증 탓인지 몸이 이곳저곳 아파지기 시작했다.

  지난 5월 연휴 때 '정남진'으로 유명한 전라남도 장흥에 갔다. '정남진 시장'이라고도 불리는 '장흥 토요 시장'을 구경하기 위해서였다. 그곳까지의 운전 시간이 길었던 관계로 피로가 누적되는 느낌이었다. 게다가 연휴여서 그야말로 구름 같은 인파를 만날 수 있었다. 동행한 아내는 오늘 같은 날에는 대한민국 어디를 가더라도 이런 인파를 만날 수밖에 없을 것이라고 단언했다.

  이곳은 한우와 키조개와 표고버섯을 함께 불판에 구워 먹는 이른바 '장흥 삼합'이라는 음식이 유명하다. 시장 가게의 절반은 '장흥 삼합' 파는 식당으로 이루어진 느낌이었다. '장흥 삼합'은 전에도 한 번 먹어봤는데 그런대로 괜찮았지만, 극찬하고 싶을 정도의 맛은 아니었다. 우리 문화 수준이 높아진 탓인지 아니면 입맛이 고급화된 탓인지 이젠 웬만한 음식을 먹어도 시큰둥해진다.

  시장 모서리를 돌다가 곰탕집을 만났다. 유명 드라마를 촬영한 곳인 모양인데 내가 자리에 앉자마자 손님들이 밀려오는 바람에 나머지 손님들이 줄을 서는 진풍경이 이루어졌다.

곰탕의 짙은 국물 맛이 일품이었지만 작년 가을에 담은 것으로 보이는 삭힌 김치 맛이 아주 별미였다. 은근히 비리지만 진한 감칠맛의 묵은지는 젓갈 대신 붕장어(아나고)를 넣고 삭힌 듯했다. 고소한 곰탕 국물과 묵은김치가 입속에서 오묘한 조화를 이룰 수 있음을 느낄 수 있어 좋았다.

돌아오는 길에는 보성에 들러, 차밭에서 '발효 녹차'를 마셨다. 주인장 내외가 가꾸어 놓은 녹차밭이나 발효차의 맛보다는, 부부가 수제차 手製茶를 만드는 작업실로 사용하는 별채가 마음을 사로잡았다. 나는 멀지 않은 시기를 상정하고 귀촌을 생각 중이다. 새로 집을 짓는 것보다 서까래가 튼튼한 오래된 기와집을 현대식으로 개조해서 사용하면 어떨까 하는 생각을 오래전부터 해왔다. 주인장의 별채는 현대식으로 개량한 부엌과 화장실을 포함하여 방이 여섯 개인 일자 기와집이었다. 어쨌든 오랜만의 나들이여서인지 얼마간의 재충전이 된 듯하다.

연휴 이틀째 날, 한방차 재료를 구매하기 위해 대형 재래시장에 들렀다가 어물전 생선회 가게에서 귀한 음식을 발견하게 되었다. 웅어는 예전 임금님이 드시던 귀한 물고기다. 조선 말기 행주에 사옹원司饔院 소속의 '위어소葦漁所'가 있어서 이곳에서 웅어를 잡아 왕가에 진상했다고 전해진다. 웅어는 낮은 물에 잘 자라는 갈대 속에서 주로 성장하여 갈대 '위葦' 자를 써서 위어(葦魚, 갈대 고기)라고도 칭한다. 강경에서는 '우여', 의주에서는 '웅에', 해주에서는 '차나리', 충청도 등지에서는 '우어'라고 불린다. 이 웅어는 낙동강 하구인 부산의 사하구 하단동에서도 잡힌다. 경남·부산 지방에서는 그냥 '웅어'라고 부르고 있다.

웅어는 성질이 급하여 그물에 걸리면 금세 죽어버리기 때문에 상하는 것을 막기 위하여 즉시 내장과 머리를 떼어내고 얼음에 쟁여 놓는다.

생선회 가게가 이어진 시장 거리를 지나가다가 조각 얼음에 깔린 채 손님을 기다리는 웅어를 발견하게 되었다.

주인아주머니에게 '이게 웅어 아니냐?'고 물었더니, '어떤 이는 웅어를 먹기 위해 1년을 기다리는 경우도 있다'라고, 응답해주었다.

웅어는 회로 먹으면 살이 연하면서도 씹히는 맛이 독특하다. 지방질이 풍부하여 고소하나, 익혀 먹으면 아무런 맛이 나지 않는다. 가을 진미 전어와 비교되는 봄의 진미인데 6~8월에도 잡히지만, 뼈가 억세어 지고 살이 빠져 제맛이 나지 않아, 제철인 4~5월에 뼈째로 먹는다고 알려져 있다. 먹어보니 달고 고소한 맛이 과연 별미 중의 별미였다. 이런 맛을 무엇에다 비유해야 할까 하는 생각까지 들 정도였다.

이열치열, 이한치한이란 말이 있다. 이 말은 우리네 민족성에서 나온 말로 추정된다. 더운 여름에는 시원한 음식보다는 오히려 펄펄 끓는 음식을, 추운 겨울에는 따뜻한 음식보다는 소름이 돋을 정도의 냉기 나는 음식을 즐겨 먹으라는 의미일 거다.

우리네 인생에도 그러한 묘미가 필요하지 않을까 한다.

"단맛을 아무리 내도 더는 단맛이 나지 않을 때와 짠맛을 아무리 내도 더 짠맛이 나지 않을 때가 있다. 그럴 때 어떻게 해야 할까?"

"단맛을 더 내고 싶을 때는 설탕을 더 넣는 것이 아니라 간장을 조금 넣습니다. 그러면 신기하게도 단맛이 더 강해집니다. 짠맛을 더 내고 싶을 때도 간장을 더 넣는 것이 아니라 설탕을 아주 조금 넣어보면 짠맛이 짙어진 걸 느낄 수 있습니다." (- 김미라 / 나를 격려하는 하루(나무 생각 2006) p189)

어쨌든 맛에는 정의가 없을 듯하다. 미각의 주체인 개인마다 느끼는 기준이 다르기 때문이다. 내가 주장하는 보편적인 맛은 가장 일반적인 대중의 미각에 근거하고 있다고 나름대로 생각하고 있다. 어쨌든 이리저리 건강이 좋지 않았는데 섭생으로 인해 좀 나아지기를 기대해 본다. 단맛을 더 내려면 짠맛이 필요한 것처럼, 밝음을 위해선 어둠이 필요하다. 내 인생의 그늘, 내 인생의 짠맛. 그것이 내 인생의 밝음과 단맛을 가져다주는 전령이 아니겠는가.

다시 만날 때까지

거의 모든 신화에서 영생은 신과 인간을 가르는 경계선인 듯하다. 인간은 반드시 죽고 신은 절대 죽지 않기 때문이다. 무소불위의 권력을 휘두르던 진시황도 순행 중 거리에서 급사한다. 이후 자식들의 왕위 다툼으로 인하여 그를 실은 마차는 궁궐로 들어가지 못해서 진시황 시체에서 생긴 구더기가 며칠 동안 수레 밖으로 기어 나왔다고 역사는 전한다. 물론 죽음이라는 한계 조건을 인간의 영광으로 받아들이는 이야기들도 없진 않다. 그리스 신화에 등장하는 아름다운 무녀 시빌은 아폴로 신의 욕정에 응하는 대가로 영생을 선물 받고 약 1000년을 살지만, 나중에는 진저리 치며 동굴로 몸을 숨긴다.

"그대는 또 무엇을 원하는가?"하고 사람들이 물으면,

"나는 죽고 싶다."라고 그녀는 대답한다.

죽고 싶어도 죽을 수 없다는 사실이 그녀에게는 참을 수 없는 저주였던 셈이다. 40년 전에 방송된 일본 애니메이션 드라마 「은하철도 999」에는 몇백 년 후, 미래 사회에 등장하는 인간 모습을 보여준다. 유한한 생명체의 인간에서 영생을 얻은 로봇 인간들이 그것이다. 그들은 삶이 지겹다며 고층빌딩에서 줄줄이 떨어져 자살하는 장면이 시청자를 놀라게 한다.

그뿐만 아니라 처음부터 불멸성을 거부하고 나서는 인간의 이야기도 있다. 그리스 신화의 '오디세우스'가 그런 경우다. 그는 영생을 줄 테니 같이 살자는 여신 칼립소의 유혹을 거절하고 사람 '아내'가 기다리는 고향 이타카로 돌아간다. 그의 선택은 삶의 유한함과 일시적임에서 인간존재의 품위를 발견하려는 인간만의 고귀한 감성을 보여준다.

서론이 길어졌다. 언젠가 나는 경남 진주시 외곽에 있는, 그러니까 세인들에게 그다지 많이 알려지지 않은, 시골 성당을 소개한 적이 있다. 근대문화유산 등록문화재로 등재된 매우 아름다운 성당이다.

100년 전, 천주교 조선교구는 조선 말기 천주교인들을 탄압하던 찰방이라는 관공서 건물과 터를 사들여 성당으로 변모시켰다. 내가 최초로 방문하였을 때는 정확히 5년 전이었고 이후 우기인 여름철에 방문한 기억도 있다. 문산 성당을 알게 된 것은 내게 건물을 감상하는 무슨 대단한 심미안이 있어서라기보다 친구의 부모님이 근처에 사시고 천주교인이기 때문이다.

지난 3일, 독감에 시달리던 나는 이 성당을 또 방문하게 되었다. 친구의 아버님이 별세하셨고 장례 미사를 장지葬地인 이곳에서 거행했기 때문이다. 항상 느끼는 것이지만 어떤 형식이든 모든 장례식은 근엄하고 그것을 목격한 하루는 인생의 축소판을 죄다 경험했다는 생각으로 가득하다. 그날, 까칠한 아버지와 선량한 아들은 이별을 앞두고 화해를 이루었다.

철학자 로널드 드워킨[41]은 우리가 직면하는 한계와 역경이 무엇이든 간에, 인간은 삶의 주인공으로서 자율성과 자유를 유지하고 싶어 한다

---

41) 로널드 드워킨(Ronald Myles Dworkin, 1931~ 2013)은 미국의 법학자, 정치철학자다. 드워킨이 타계하자 캐스 선스타인(Cass R. Sunstein)은 그가 "우리 시대의 가장 중요한 법철학자"라고 추모했다. 2000년부터 2007년까지 미국에서 출간된 법철학 논문 가운데 드워킨은 3,070회로 가장 많이 인용되었다.

고 말했다.

인간의 삶은 유한하다. 질병과 노화의 공포는 단지 우리가 감내해야 하는 상실에 대한 두려움만은 아니다. 사람들은 자기 삶이 유한하다는 사실을 깨닫게 되면서부터는 그다지 많은 것을 원하지 않는다. 많은 사람이 욕심 많은 이유는 그것을 깨닫지 못하기 때문이다. 깨달음 이후에는 돈을 더 바라지도, 권력과 명예 또한 부질없음을 알고 또 느낀다. 그리고 그저 가능한 한, 이 세상에서 자신만의 삶의 이야기를 쓸 수 있기를 원한다.

주책없는 나는 비교적 호상好喪인 친구 부친 장례식에 참여하면서 또 눈물을 줄줄 흘리고 말았다. 어떤 종류의 이별이든 다시는 만날 수 없다는 사실은 슬프기 짝이 없기 때문이다. 태어나 들꽃처럼 살다가 일기장 한 장 남기지 않고 소리 없이 사라지는 방식의 삶도 나쁘지 않다. 그러나 너무 유명해서 자서전을 남기건 않건 간에 한 사람의 생애는 "태어나 살았다 죽었다"라는 세 마디 단어로는 요약되지 않는 독특한 이야기를 하고 있다. 따지고 보면 위대하기 짝이 없는 이의 삶이나 평범하기 그지없는 이의 삶이나 스토리는 비슷하기 마련이다. 삶이 끝나는 순간 한 인간의 이야기도 끝난다.

그래서 가족과 화해하며 떠난 분이 대단해 보였고, 살아생전 폭압적이던 아버지의 별세에 담담하리라는 예상을 깨고 연이어 통곡하던 내 친구의 모습도 좋아 보였다. 우리는 모두, 나나 너는 그리고 그는, 한 편의 이야기를 남기고 떠난다.

옛이야기

세상을 떠나신 지 몇십 년, 오래되었지만 조부모님의 기억은 여전히 남아있다. 초등학교 시절, 겨울방학이 되어 큰집에 가면 마당에는 짚으로 짠 쌀가마니들이 산더미처럼 쌓여있었다. 나는 쌀더미 위를 다람쥐처럼 올라가곤 했는데 할아버지께서는 그 장면을 발견할 때마다 내려오라고 야단치셨다. 그 장면을 목격한 큰어머니가 내게 물으셨다.

"잔소리만 하는 할아버지가 죽었으면 좋겠지?"

나는 '그렇다'라고 대답하곤 했다.

할아버지는 습관처럼 내게 손바닥을 펴게 하시고 손금을 보셨다. 그때마다 혼자 고개를 끄덕이곤 하셨는데 손금으로 본 내 팔자가 좋아서 그러신 건지 아니면 습관이어서 그러신 것인지 알 길 없다.

이런 기억도 있다.

큰댁의 마당 구석에는 닭장이 있었는데 어느 날 나는 둥지에서 암탉이 금방 낳은 알을 발견했다. 만져 보니 따뜻해서 그것을 들고 할머니에게 가서 먹어도 되느냐고 물었다. 할머니가 흔쾌히 허락하셔서 깨어 먹은 적이 있다. 할머니 앞에서 따뜻하고 고소한 것을 마시고 있는데 등 뒤에서 뭔가 따가운 시선을 느끼게 되었다. 큰어머니가 뒤에서 나를 노려보고 계셨다. 어린 나이였지만 큰어머니가 싫어하는 짓을 내가 하고 있다는 사실을 금세 느낄 수 있었다. 왜 그러셨을까? 못사는 집안도 아니었는데 말이다. 이유는 한참 후에야 알게 되었다.

그날, 밥 먹는 중에 큰어머니는 젓가락질이 서툰 나를 발견하고는 "지 아버지와 똑같이 젓가락질이 서툴다."라고 지적하셨다. 집에 와서 아버지에게 그 말을 했더니 아버지는 큰어머니를 지칭하며 불같이 화를 내셨다. 평소 점잖다고 느낀 아버지답지 않게 매우 상스러운 표현까지 등장하였다. 이후 어렴풋이 두 분 사이가 그다지 좋지 않았다는 사실을 알게 되었다.

경남 김해 시골의 대농이었던 할아버지는 그 많은 재산 대부분을 장남인 큰아버지 앞으로 물려주시고 둘째 아들인 아버지에게는 자투리 전답 몇 마지기만을 넘기셨다. 지금의 관점으로는 부농의 아들이 도시 빈민으로 살아간다는 모습 자체가 이해할 수 없는 일이지만 당시는 장자상속의 원칙에 따라 흔한 일이었다.

나이가 든 지금 생각해 보니 부모님은 이에 아랑곳하지 않고 초인적인 노력으로 생계를 꾸려나가셨다. 도시에 살면서 앞마당에 돼지를 사육한다는 사실이 나는 부끄러웠다, 아버지는 출근하기 전, 새벽마다 시장의 음식점을 돌며 음식 쓰레기를 거두어 오곤 하셨다. 아버지의 몸에서 상한 음식 냄새가 나기 일쑤였고, 또 학교 친구들이 알까 봐 얼마나 부끄러웠는지 모른다.

그래도 부모님은 극진하게 조부모님을 대하셨다. 그런 점에서 내 부모님은 어질기 짝이 없는 분들이셨다. 부모에게, 시부모에게 싫은 말을 한 번도 하지 않았을 뿐만 아니라 내색 또한 하지 않고 사셨기 때문이다.

어린 시절을 돌이켜 보면 조부모님의 왕래는 일 년에 서너 번 정도로 있었다는 기억이다. 두 분이 함께 오신 적은 없었고 한 번은 할아버지가 몇 달 지난 후 할머니가 우리 집을 방문하시곤 했다. 별다른 행사가 있어서라기보다는 농번기가 끝나서 그냥 바람 쐬러 오신 것으로 생각된다. 할아버지는 동네 시장으로 가서 그곳 빈터, 노인들이 모여 장기 두고 한담 나누는 곳에 어울리곤 하셨다. 시아버지가 오신 관계로 어머니는 시장에 가서 찬거리를 구입하여 오곤 했는데 그때마다 할아버지는 장바구니를 가져오라고 명령하시고는 안에 무엇이 들었는가 일일이 뒤져보시는 일이 상례였다. 어머니는 그것이 몹시도 못마땅한 듯했다. 이웃 사람들에게 "시아버지가 손수 장바구니를 검사하니 매우 불편하다."라고 푸념하시곤 했다.

할머니는 여러 면에서 펄 벅의 소설 '대지'에 등장하는 여주인공 오란을 연상시켰다. 부농의 아내였지만 평생을 밭일과 들일에만 열중해서 행색이 초라하기 짝이 없었다. 깨끗하고 단정한 의복이 여러 벌 있음에도 회색 치마저고리 같은, 평소에 일할 때 입던 옷을 입고 왕림하셨다. 이를 본 이웃 아주머니들이 어머니에게 "댁의 시어머니는 행색이 지나치게 추레하다 또는 추집다[42]."라는 흉을 보곤 했다. 좋은 옷이 있음에도 입어보는 버릇을 하지 않았기 때문에 생긴 현상으로 여겨진다.

할머니 역시 할아버지와 다를 바가 없었다. 할머니는 어머니가 장을 보러 가거나 외출했을 때 장롱을 비롯한 이불장 등 집안의 모든 서랍을 뒤지기 일쑤였다. 어떻게 살림하고 있는지를 확인하기 위해서였을 것이다. 할머니가 다녀가신 후 어머니는 내게 '네 할머니가 장롱을 뒤지지 않더냐'라고 묻곤 했는데, 나는 사실 그대로 '그렇다'라고 대답하곤 했다.

할머니에 관한 마지막 기억은 우울하기 짝이 없다. 사위와 두 아들의

---

42) 형용사 방언 '추저분하다(醜---)'의 방언(경남).

죽음을 겪은 할머니는 아흔 중반에 세상을 떠나셨는데 노안으로 앞을 제대로 보지 못할 때였다. 손주들이 설날에 큰절을 올리며,

"할머니, 건강하게 오래 사십시오!"라고 새해 인사하면

"에잇! 이 더러운 놈아!"라며 고함을 치시기가 일쑤였다. 오래 산다는 사실을 매우 부끄럽게 여기신 것이다.

큰댁 옆집에는 할머니의 손윗동서인 큰할머니가 계셨다. 노환으로 몸 져누워계셨는데 문안 인사를 드릴 때마다 내 손을 꼭 잡으시며, "손주야, 내가 퍼뜩 안 죽는다. 어쩌면 좋노?" 하시며 자손들에게 짐이 되어 있음을 안타까워하셨다.

어느덧 세월이 흘러 장형이 결혼하고 조카를 낳고, 둘째 형도, 나도 아이를 낳아 기르게 되었다. 어머니는 '내리사랑'이라는 표현의 모범 답안을 제시하듯 손주에게 할 수 있는 최대한의 사랑을 쏟아부으셨다. 그러다 한 번씩은 한숨을 쉬며 이런 말을 잊지 않으셨다.

"손주들을 키우니 시어머니가 생각난다. 손주도 자식인데 내 시어머니는 어찌 그리 인정이 없고 너희에게 무관심했는지 지금 생각해도 원망스럽다. 내가 자식 셋을 키우면서 니 할머니가 평생 너희에게 동전 한 푼 주는 것 보지 못했다. 그러고서도 무슨 할머니란 말이냐?"

지난 기억을 더듬어 보니 과연 그랬다. 할머니는 내가 서른세 살 때 돌아가셨는데, 내겐 코흘리개 시절부터 청년이 될 때까지 단 한 푼이라도 용돈을 받은 기억이 없었기 때문이다. 어머니는 평생 그 점을 안타깝고 서운하게 여기신 듯하다. 어머니는 돈의 액수가 중요한 것이 아니라, 손주 사랑의 표시로서 용돈 주는 행위가 의미 있다고 생각했기 때문이 아닐까 한다. 그런 점에서 어머니는 우리 형제가 시어머니의 사랑을 전혀 받지 못했다고 판단하신 듯했다. 지금 우리 부부 슬하의 아이 둘이 반듯하게 자라난 것은 내 어머니의 사랑 때문이라는 생

각을 잊지 않으며 살고 있다.

작년 가을에 사촌 큰누이를 만난 적 있다. 누님도 이제는 칠십을 넘긴 나이라 서정주의 '국화 앞에서'라는 시에 등장하는 '거울 앞에 선 내 누이'를 연상시켰다. 지난 일들을 이야기하다가 내가 먼저 할머니 이야기를 꺼내게 되었다.

"누님, 삼십 년 이상 할머니를 대했는데 용돈 한 푼 받은 기억이 없네?"

"할머니가 무슨 돈이 있었겠나?" 누님은 나를 달래면서 말을 이었다. "설령 있었더라도 말 못 할 무슨 사정이 있었겠지. 네가 많이 서운했구나."

"아니, 갑자기 어머니가 했던 얘기가 생각나서 그랬지."

"하하, 숙모는 그럴 수 있다. 하지만 모두 옛이야기 아니냐?"
라며 나를 위로했다.

누님은 이십 대 젊은 나이에 청상靑孀과부가 되어 재가하지 않고 홀로 딸을 잘 키웠는데, 지금은 편안한 삶을 영위하고 있다. 집안의 큰누나로서 갖은 못 볼 일들을 목도하고도 '어짊'이 무엇인지를 잊지 않는 점에 대해서 항상 감사의 마음을 보낸다.

- 월간 〈맑고향기롭게〉 2018년 1월 -

개와 고양이에 관한 여러 고찰

운전하다 보면 차에 치여 죽은 짐승의 사체를 자주 발견하게 된다. 주로 개와 고양이 사체다. 과거 부산시와 옛 진해시의 접경에 있었던 그 공장 근처는 원래 조용한 시골 마을이었다. 대규모 공장이 완공되었으나 도로는 계속 건설 중이어서 매일 시골 동네의 외길을 아슬아슬하게 운전하며 출근해야만 했다. 1차선 외길이어서 맞은편에서 차나 경운기가 오면 100m 가까이 후진 운전을 해야만 하는 경우도 다반사였다. 내 차에 동승하여 출근하던 친구는 차에 치여서 죽은 후에도 계속 차바퀴에 밟혀 떡이 되다시피 한 개나 고양이의 사체를 보면서 말했다.

"도로를 건너는 두 동물의 판단은 판이하기 짝이 없네. 개는 무조건 도로를 돌진하는 편이고, 고양이는 망설이고 망설이다가 잽싸게 건너는 편이고 말이야."

살아보니 그랬다. 인간에게도 개와 고양이처럼 두 가지 유형이 있다는 사실 말이다.

대학 입학 후 새로운 친구를 사귀던 봄날이었다.

학교 앞 주점에서 친구로부터 그의 친구를 소개받게 되었다. R이라는 경영학과 학생이었는데 그는 철학 공부를 많이 했다고 소문난 사람이었다. 그가 술 마시는 내게 물었다.

"윤형은 술을 마시는 이유가 무엇입니까?"

갑자기 허를 찔린 기분이었다. 뭐든 알지 못하는 부분이 드러나면 굳이 아는 척하지 말아야 한다는 생각이 스쳤다. 솔직한 모습은 그 사람의 매력이 될 수 있기 때문이다.

"하, 그건 잘 모르겠소. 그러니 내가 물어보겠습니다. R형은 그 이유가 무엇이오?"

나는 자세를 낮추고 그에게 되물었다.

"부끄러움을 잊기 위해서지요."

부끄러움이라니, 나는 놀라지 않을 수 없었다.

"어떤 부끄러움 말이오?"

"술 마시는 부끄러움 말입니다."

스무 살 때였으니 말술을 마셔도 끄떡없는 시기였다. 대단한 사람을 만났다는 기쁨을 뒤로하고 그와 헤어졌는데 얼마 지나지 않아 그의 밑천을 알게 되었다. 부끄러움을 잊기 위하여 운운은 당시 광주사태라 불리는 유혈 군사 정변이나 교내 구석구석에 포진한 사복 경찰을 어쩔 수 없이 참고 지냈던 상황과도 무관하지 않을 것 같았다. 우리는 그러한 사회적인 분위기 속에서 침묵을 강요당했으며 교수라는 이들은 '쓸데없는 짓'을 하면 용서하지 않겠다는 말로 공공연히 협박했다. 그런 말을 듣고도 아무 말 없이 참는 것은 좋은 학점을 얻기 위해서 또는 몇 푼의 장학금이라도 받아서 가계에 도움을 줘야겠다는 가난한 집안 출신 국립대학생의 피로가 숨어 있었다.

그런데 그가 내게 말한 '부끄러움'의 원전을 알고 난 후에는 나 자신이 더 부끄러워졌다. 생텍쥐페리의 소설 '어린 왕자'에 등장하는 어린 왕자와 주정뱅이의 대화를 그는 함께 술 마시는 상대를 향해 술자리마다 빠짐없이 인용하고 있었다. 멍청한 나는 유명한 소설의 내용인 줄도 모르고 그의 정신적 성취를 놀라워하고 있었기 때문이다.

직장 생활하면서 가슴 짠한 기억도 있다. 부서장인 나는 다른 부서로 전근 명령을 받았고 전체 조회 때 부하 직원들에게 그 사실을 알렸다. 간단한 이별의 소회를 밝히는 내 말을 듣고 있던 여직원 한 명이 갑자기 눈물을 흘리기 시작했다. 그 가녀리고 어여쁜 아가씨는 직장 생활을 하면서 잊을 수 없는 이가 되고 말았다. 왜 그리 울었는지는 알 수 없다. 어쨌든 아재비뻘인 나에게 상사로서 좋은 감정이 있었기에 성실한 슬픔을 나타내지 않았나 하고 여태껏 생각하고 있다.

종교 문제는 우리가 가장 다루기 어려운 첨예한 이념과 행동의 집합체이다. 종교적 신념은 2천 년 동안 끝없는 전쟁을 만들었고 지금도 많은 이의 목숨을 앗아가고 있다.

내가 스무 살쯤에 읽었던 책 중에 지금까지도 잊지 못하는 책이 있다. 조반니노 과레스키라는 이탈리아 작가가 쓴 「신부님, 우리들의 신부님」이라는 소설인데 1940년대 이탈리아를 배경으로 하는 이야기다. 이 소설은 연작소설의 일부로 알려져 있는데 전작의 분량이 10권이나 된다. 공산주의자 동네 읍장 '빼뽀네'와 우익보수주의자 가톨릭 신부 '돈까밀로'의 다투는 이야기를 콩트로 전개한 작품이다. 이 소설에서 내가 가장 인상적인 장면으로 기억하는 부분의 줄거리는 다음과 같다.

뿌리 깊은 사회주의자로 살던 대쪽 같은 한 노인이 죽어가고 있다. 그의 이름은 '마굿지아'다. 동네에서 협동조합을 만든 그는 파시스트의 공격을 당하자, 자기 집에 틀어박혀 마을에 모습을 보이지 않아 왔다. 그와 같은 동네에서 자라난 돈까밀로 신부는 그에게 임종 성사를 권유하지만, 그는 단호하게 거절한다. 그는 죽을 때 종교의식을 거부하고 장례식을 거행할 때 사회주의 찬미가를 연주시키고 싶어서, 죽는 날만을 손꼽아 기다리는 사람 중 한 명이었다.

그런데도 돈까밀로 신부는 그를 만나러 간다.

"신부님, 죽을 때가 되니 내가 변절했다는 소문을 내고 싶지 않소!"

성당으로 돌아온 신부는 십자가 고상苦像에 매달려 있는 예수와 영적인 대화를 시도한다.

"예수님, 성실하게 살았던 한 인간이 짐승처럼 죽어가는 것을 저는 원하지 않습니다."

그런 그에게 예수는 이렇게 대답한다.

"그가 천국에 가지 못한다면 누가 천국에 가겠느냐?"

얼마 후 이 노인은 수술받아 극적으로 살아난다. 노인은 신부에게 하느님께 감사드리고 싶으니, 성찬식을 해 달라고 요청한다. 신부는 자신이 속한 당의 당수만 참석한 성찬식을 해주겠다고 약속한다.

마굿지아가 나가자, 고상의 예수가 신부에게 당의 당수가 누구냐고 묻는다.

"물론 예수님이시지요."

예수님은 웃으면서 경고하셨다.

"하느님의 뜻이 선량한 사람을 개처럼 죽게 하는 것이라고 말하기 전에 다시 한번 잘 생각해보도록 하여라."

나는 나이 오십이 될 때까지 이 소설을 우습게 생각하다가 요즘은 생각을 바꾸게 되었다. 20세기가 낳은 훌륭한 작품 중의 하나라는 확신이 그것이다. 이 작품의 등장인물들은 서로 이념이 다르지만, 상대를 존중하고 인정하며 함께 살아가는 모습을 보인다.

불교 방송을 시청하면서 마음에 와닿았던 내용이다. 즉문즉설을 하는 법륜스님에게 누군가가 물었다.

"저는 개신교를 믿다가 가톨릭으로 개종하였습니다. 그 이후에는 불교로 또 개종하였고요. 저는 문제가 있는 사람이 아닐까요?"

법륜스님은 다음과 같이 대답하고 있었다.

"상점이나 백화점에서 물건을 고르고 사는 것처럼 어떠한 종교를 선택하는 것은 개인의 자유 의지이기에 존중받아야 합니다. 인간만이 누릴 수 있는 권리이기도 하지요. 단지 상점 주인 입장에서는 좀 기분 나쁠 수도 있겠지요."

개인의 신념이나 자유 의지는 그 누구도 침범할 수 없다. 나는 지금도 변함없이 과레스키 소설 속의 사회주의자 마굿지아나 즉문즉설의 주인공 법륜스님이 옳다고 생각하고 있다.

20년 다니던 회사를 그만두고 난 이후의 3~4년 동안은 참으로 힘들었다. 사무실을 차려놓고 그간 배운 것을 응용해서 무역업이라는 것을 혼자서 진행하기 시작했는데 시간이 지날수록 조직 생활이 그리워지기 시작했기 때문이다. 좋든 싫든 함께 일을 의논할 수 있는 동료가 절실한 심정, 바로 그것이었다. 그래서 어느 정도 술에 취하면 옛 동료들에게 전화하며 '옆에 아무도 없음'을 하소연했는데 아침에 술이 깨서 생각해보면 부끄럽기 짝이 없는 기억이 되어버렸다.

개와 고양이의 특성을 알아가다 보니 결론 나는 부분이 있다. 젊었을 때 인간은 도로를 건너는 씩씩한 개처럼 아무 생각 없이 인생을 돌진하다가 나이 들면 매사 노련한 고양이처럼 숙고를 거듭하게 된다는 사실이다. 그러나 결론은 똑같다. 그들이 자연사하든지 아니면 목표 달성을 위해서 길을 건너다 차에 치여 죽든지 우리는 모두 어차피 죽게 되어있다. 그렇다면 이렇게들 아등바등 사는 삶의 의미는 무엇일까?

한 점 부끄러움이 없는 삶을 위하여 청년 윤동주는 잎새에 이는 바람에도 괴로워했다. 작금의 시대에서 가진 자 또는 사회 지도층들이 보여주는 도덕적 해이나 학연, 인맥 등으로 꾸려지는 물신주의의 타락은 오늘을 사는 우리 모두에게 참담함을 안겨준다.

우리는 현실에서 이루어지는 모든 인간관계를 자신의 권력에 의해서 마음대로 조종하려 한다. 그러기 위해서는 윤리가 들춰내는 괴로움에 침묵해야 한다. 극단적으로 말해서 삶의 모든 서사는 우리 자신의 정직한 욕망을 은폐하며 질주한다.

히브리인들의 역사서이기도 한 구약성서에는 한 인간이 태어나서 다루는 모든 문제를 담고 있다. 한 아기의 탄생에서 노인의 죽음까지, 어린이의 놀이부터 청춘남녀의 사랑과 우정, 결혼, 노동, 슬픔 등 인간의 모든 삶을 기나긴 호흡으로 관찰한 결과물이기도 하다.

사람이란 그 세월 풀과 같다. 들의 꽃처럼 피어나지만 바람이 그를 스치면 이내 사라져 자리조차 알아내지 못한다. (시편 103 : 15~16)

정녕 천 년도 당신 눈에는 지나간 어제 같고 야경의 한때와도 같습니다. 당신께서 그들을 쓸어 내시면 그들은 아침잠과도 같고 사라져 가는 풀과도 같습니다. 아침에 돋아났다 사라져 갑니다. 저녁에 시들어 말라 버립니다. (시편 90 : 4~6)

오래전 조상들은 삶의 모든 비밀을 알고 있었다. 우리는 그들이 전한 교훈에서 알면서도 그냥 지나치기 일쑤다.

요즈음의 처용

울산광역시에 사는 친구의 서신을 열어 보니 개업 인사장이었다. 그런데 상호에 '처용'이 붙어 있어서 꼬리에 꼬리를 무는 많은 생각을 할 수 있었다.

통일신라 때의 인물로 알려진 처용은 많은 역사학, 고고학, 국문학, 민속학, 종교학자들에 의하여 다양한 해석을 받아왔다. 처용이 추었다는 춤을 조선 시대에 재구성한 '처용무'는 중요무형문화재 제39호로 지정되었고, 2009년 유네스코 세계 무형문화 유산으로 등재된 바 있다. 작고한 시인 김춘수[43])는 '처용 단장'이라는 이미지 강한 장시를 연작으로 발표해서 그 신비스러움을 더 강하게 만들었다. 그는 과연 누구일까? 한 번 알아보자. 처용에 관한 문헌은 「삼국유사」에서 비롯된다.

고려 후기 일연 스님이 집필한 「삼국유사」는 신라 헌강왕 시절의 인물인 처용에 관한 기록을 남기고 있다. 동해왕의 일곱 아들 중 하나로 묘사된 것을 봐서 처용은 지방 호족, 그것도 해상 호족의 자제였을 듯

---

43) 김춘수(1922~2004) 시인. 경남 통영 출생. 사물의 이면에 내재하는 본질을 파악하는 시를 써서 '인식의 시인'으로 불린다. 시집으로 "구름과 장미"(1948), "꽃의 소묘"(1959), "처용"(1974), "쉰한 편의 비가"(2002) 등이 있다.

하다. 기록에 따르면 처용의 아내는 대단한 미인으로 판단된다. 그녀가 너무나 아름다웠기 때문에 역병 귀신조차 밤마다 사람으로 변하여 그녀를 취하였다고 한다. 처용가의 내용이 향가로 전하지만 해석이 불가했는데 자기를 국보라 칭했던 무애无涯 양주동[44]은 이를 완벽하게 해석했다.

하루는 처용이 밤늦게까지 밖에서 놀다가 집에 들어와 보니, 자기 아내가 다른 남자와 자고 있었다. 그 현장을 목격한 처용은 노래를 부르고 춤을 추면서 물러났다. 우리가 익히 알고 있는 신라 향가 처용가의 전문은 다음과 같다.

> 서울 밝은 달밤에
> 밤늦도록 놀고 지내다가
> 들어와 자리를 보니
> 다리가 넷이로구나.
> 둘은 내 것이지만
> 둘은 누구의 것인고?
> 본디 내 것(아내)이다만
> 빼앗긴 것을 어찌하리.

그 노랫소리를 듣고 역병 귀신이 깜짝 놀라 처용 앞에 모습을 드러내고 무릎을 꿇고 말했다.

"내가 당신 아내를 탐내어 지금 상간相姦하였소. 그런데도 당신은 노하지 않으니, 감격스럽고 장하기까지 하오. 이제부터는 맹세코 당신의

---

44) 양주동(梁柱東, 1903~1977)은 시인, 문학평론가, 국문학·영문학자, 문학번역가, 수필가, 문학 교수이다. 본관은 남해(南海)이며 호는 무애(无涯)로, 경기도 개성에서 태어났다.

얼굴 그림만 봐도 그 문 안에는 들어가지 않겠소."

이런 까닭에 나쁜 귀신을 쫓아낼 때는 처용의 형상을 문에 그려 붙이게 되었다는 이야기다. 이른바 처용의 대인배적인 인품에 굴복할 수밖에 없었다는 이야기는 과연 사실이며 역사적으로 지니는 의미는 무엇이고 기실 그는 누구일까?

역사학자들은 '처용가' 내용 중에 경주 서라벌을 '동경'으로 묘사한 부분을 볼 때, 이 노래는 후대에 만들어졌다고 판단한다. 서라벌을 동경이라 부르기 시작한 시기는 고려 태조 이후이므로, 처용가도 처용 설화를 기반으로 고려 때에 만들어졌다고 분석하는 이유다.

또 역병 귀신이 처용의 아내와 잔 것으로 전해지고 있지만, 사실은 역병 귀신이 아니라 처용으로서는 어찌해 볼 수 없는, 신분이 대단히 높은 사람이라는 주장도 있다. 처용을 동해왕이라 불리는 지방 호족의 자제(또는 대단한 권력을 가진 무속인의 자제)라고 가정할 때 그 역병 귀신의 실체를 짐작해 볼 수 있다.

이 처용 설화의 앞뒤에는 헌강왕이 등장하기 때문이다. 추측건대 당시 헌강왕은 지금의 울산 지역인 개운포 부근을 순행하고 있었는데, 그곳은 처용의 근거지였다. 그리고 처용의 아내는 대단한 미인으로 소문나 있었다. 신라왕은 어느 사람의 부인이든 취할 수 있는 권한이 있었기 때문에, 왕은 아름답기로 소문난 처용의 아내를 취했을 것이다. 이는 처용이 "본디 내 것이지만, 빼앗긴 걸 어쩌리."라고 하는 한탄조의 시구로 노래를 끝내는 부분에서도 확인된다.

처용의 가면은 지금도 처용무에서 사용되고 있고 조선조 성종 때에 편찬된 「악학궤범45)」에 그림으로도 나온다. 처용이 치장한 모습에 관

---

45) 조선 성종 24년(1493)에 편찬한 국악이론서로, 총 9권 3책이다. 당시 장악원에 있는 의궤와 악보를 교정하기 위해 편찬되었다. 권별로 음악 이론, 악기를 진설 방법 정재도의의 춤사위 및 절차 등이 수록되어 있다. 그림을 활용하여 악기 제작에 참고로 삼게하였다.

해서는 '고려 처용가'에 자세하게 표현되었다. "어와 아비 즈스여."로 시작되는 '고려 처용가'가 묘사하고 있는 처용의 모습은 다음과 같다.

"... 머리 가득 꽃을 꽂아 기우신 머리에, 아아, 목숨 길고 멀어 넓으신 이마에, 산의 기상 비슷 무성하신 눈썹에, 애인 상견 하시어 온전하신 눈에, 바람이 찬 뜰에 들어 우그러지신 귀에, 복사꽃같이 붉은 모양에, 오향 맡으시어 우묵하신 코에, 아아, 천금을 머금으시어 넓으신 입에…."

따라서 '고려 처용가'의 자세한 묘사가 「악학궤범」에 나오는 그림의 근거가 되었음은 분명해 보인다. 그러나 처용이 등장했던 시기는 통일 신라 말기 헌강왕 시대임에 비추어, '고려 처용가'는 고려 시대의 노래 이고, 「악학궤범」은 조선조의 문헌이다. 9세기 말의 신라 헌강왕 대에 서 「악학궤범」이 간행된 15세기 말에 이르기까지에는 약 600년이라는 시간적인 차이가 있어 처용의 모습이 고스란히 전해 내려왔다고 믿기 에는 어렵다. 조상들의 상상력이 많이 발휘되었을 법하다.

이렇게 처용의 모습을 더듬던 중에 갑자기 하나의 상像, 얼굴 모습이 떠올랐다. 경주 괘릉의, 서역인 형상을 한 '당당한 체격, 꼬불꼬불한 턱수염과 곱슬머리, 머리에 두른 띠'의 무인상이 그것이다. 괘릉은 헌 강왕보다 약 백 년이 앞서는 원성왕의 능으로 알려져 있다. 추측해보 면, 원성왕의 능에 있는 무인상의 얼굴 모습이 「악학궤범」의 처용가면 모습과 흡사하다. 그런가 하면 경주시 외곽의 흥덕왕릉 무인상의 얼굴 도 서역인의 모습이다. 뿐만 아니라 통일신라 시기에 만들어졌다고 알 려진 토용土俑 중에도 서역인의 얼굴 모습이 꽤 많다.

무인상과 토용의 얼굴 모습들이 후세에 전해서 「악학궤범」에 전하는 처용이 되었다고 봐야 하지 않을까? 처용이 이슬람 지역에서 온 세력 이 아니냐고 추측해 볼 수 있는 정황이다. 역사학자 중에 처용을 서역 그러니까 아라비아의 상인으로 보는 견해가 다수인 사실을 감안하면,

「악학궤범」의 처용가면을 신라 말기의 유물에 나타나는 서역인 모습과 엮어보는 여러 추정은 일리가 있어 보인다.

언론 보도에 의하면 결혼 이주 여성들뿐만 아니라, 외국인과 결혼하는 한국 여성들도 기하급수적으로 늘어나고 있다. 내가 사는 도시의 길거리에도 수많은 동남아시아인 외에도 중동인, 서양인들을 손쉽게 만나게 된다. 유학생이나 관광객도 늘고 있다. 외국인 근로자의 유입으로 인건비 절감, 인력 수급 균형, 경제 규모 확대 등의 경제 성장 효과가 나타났다. 하지만 우리 사회는 외국인 근로자에 대한 인종적 · 종교적 편견이 아직도 남아 있으며, 이들을 위한 의료, 교육 등 복지 후생 제도와 각종 사회 보험 체계가 미흡한 실정이다. 특히 불법 체류자의 경우 기본적인 인권조차 보호받지 못하는 경우가 허다하다.

오늘날은 세계 여러 나라에서 생산된 물건과 노동력의 국제 이동이 활발하게 이루어지고 있고 우리나라는 무역으로 먹고사는 나라다. 따라서 해외에 살고 있는 우리 동포를 따뜻하게 대하듯 국내에 들어온 외국인 근로자들과 조화롭게 살아가는 자세가 필요하다. 외국인으로 인한 긍정적인 기능이 부정적인 기능을 능가한다는 서유럽 국가들의 사례는 저출산 문제가 심각한 우리나라에 시사하는 바가 크다.

그 옛날, 국가 간 이동 시간이 아득히 멀었음에도 한반도에 정착하여 신라인과 공생을 이룬 처용처럼 공존은 지금과 같은 글로벌Global 시대에는 더군다나 필수적이다. 먹고살기 위하여 정든 땅을 떠나 우리를 찾아온 여러 나라의 처용들을 열린 마음으로 대해야 한다. 그래야만 그 옛날 신라 헌강왕의 만행에 의연히 대처한 처용에게 오늘의 우리가 부끄럽지 않다.

가와바타의 「산소리」를 읽고

1.

가와바타 야스나리川端康成[46]의 장편소설 「산소리」를 읽었다. 제목을 일본어 그대로 표현하면 '山の音'인데 '산에서 들리는 소리' 정도로 이해하면 될 듯하다. 제2차 세계대전 이후에 발표된 이 작품은 가와바타의 대표작 중 하나로 알려져 있다. 이 작품을 읽게 된 계기는 가와바타의 제자이자 탐미 문학의 상징인 미시마 유키오[47]三島由紀夫가 "소름끼칠 정도로 기묘하고 아름답다."라고 극찬한 신문 기사를 접한 후 호기심이 생겼기 때문이다.

400쪽이 넘는 만만치 않은 분량으로 마지막까지 꼼꼼히 읽었지만 '아름답다'라는 느낌을 주는 문장은 찾기 어려웠다. 대신 노년이 주는 세월의 대가가 불안하게 다가와서 착잡해지는 느낌이었다. 작품에서 굳이 괜찮았다고 느꼈던 부분을 지적한다면 한적한 산골 마을의 정경과 노인의 심리 변화를 섬세하게 묘사한 점이라고 할 수 있다. 일반적

---

46) 가와바타 야스나리(川端康成. 1899~1972). 1968년 노벨 문학상을 받았으며 우수에 젖은 서정성을 통해 고대 일본 문학의 전통을 현대어로 되살려낸 작가이다.
47) 미시마 유키오(三島由紀夫. 1925~1970). 20세기 일본 최고의 소설가로 인정받는 인물로 1970년 전쟁과 일본의 재무장을 금지하는 조항이 포함된 제2차 세계대전 후의 평화헌법을 뒤엎으려고 촉구하며 할복자살했다.

으로 일본인들은 가와바타의 작품이 일본의 전통미를 그렸다는 점에서 과도한 의미를 부여하곤 한다. 그러나 번역을 통해 그의 작품을 읽는 나와 같은 외국 독자들은 '일본인'의 감성이 아닌 '외국인'의 감성으로 문장에 접근한다. 따라서 고정된 이미지에서 벗어나 다양하게 들락거리며 해독할 수 있는 자유로움이 있다. 「산소리」가 그런대로 괜찮은 작품임은 분명하지만, 미시마처럼 극찬을 가할 정도는 아니라는 판단이 들었다.

일본에서 '산소리'는 나이 든 사람이 죽기 전에만 들을 수 있다고 전해진다. 제목이 의미하는 바처럼, 죽음에 관한 공포가 작품의 커다란 중추를 이루고 있다. 주인공 신고는 예순두 살로 희미한 기억과 노쇠한 몸을 이끌고 친구들의 장례식에 가는 일이 일상화된 노인이다. 희미한 기억 때문에 "머리를 몸통에서 떼어내 세탁물처럼 병원에 맡기고 싶다."라고 주변인에게 '아재 개그'를 말하며 쇠약한 온몸으로 인생의 무게를 버텨내는 인물이다. 작품 전반에서 우울하게 그려지는 노년의 고뇌는 유한한 인간의 존재를 자각하게 하면서 차가운 느낌으로 텍스트의 저변에 드리워진다.

이야기의 뼈대는 부모와 자식 부부로 구성된 2대 가정을 배경으로 하여 주인공 신고의 며느리인 기쿠코라는 일본의 전통적인 여성상을 그리고 있다. 또한, 노년의 꿈과 각오, 비애, 권태, 고독 등을 계절의 흐름과 함께 서술한 상징적 작품이어서 일본에서 '노인 문학'의 대표작으로 거론되는 듯하다. 특이하게도 가와바타의 다른 작품, 예를 들면 '이즈의 무희', '잠자는 미녀의 집', '천우학千羽鶴', '설국' 등의 경우처럼 변태적인 성희性戱 모습은 보이지 않았다.

2.

줄거리는 다음과 같다.

도쿄 인근 한적한 가마쿠라 산골에 사는 신고라는 남자가 주인공이다. 신고는 한 살 연상의 아내 야스코와 결혼하여 아들 하나 딸 하나를 두었다. 예순둘이 된 그는 온몸이 낡아가고 있다는 사실을 실감한다. 흰머리가 성성하다 못해 눈앞에서 세어버리고, 이유 없이 객혈하며, 40년 동안 손에 익은 넥타이를 잡고 매는 법을 잊어버려 망연자실하기도 한다. 불안해하던 그에게 어느 날 갑자기 들려온 '산소리'는 죽음의 예고처럼 다가오고, 평온했던 그의 일상은 균열이 일어나기 시작한다.

신고가 도쿄에 운영하는 회사에서 일하는 아들 슈이치는 태평양전쟁에서 돌아온 후 불륜을 일삼아 전쟁미망인을 임신시키는가 하면 아내 기쿠코를 낙태하게 유도하는 등 외도와 폭력을 일삼는다. 신고의 딸과 결혼한 사위 아이하라는 술과 마약에 절어 자살 소동까지 벌여 생사불명이어서 딸 후사코는 내쫓기듯 친정으로 돌아온다. 신고는 아들과 딸은 물론, 부모의 불화 아래 삐뚤게 자란 외손녀 사토코까지, 자식들의 불행을 방관했다는 자책과 회한에 사로잡힌다. 그가 유일하게 마음을 여는 사람은 며느리 기쿠코뿐이다. 아내와 아들 부부, 친정으로 쫓겨온 딸과 두 외손녀 등 일곱 명이 한집에서 살아가게 된다.

환갑이 지난 신고는 한밤중에, 뒷산에서 들려오는 알 수 없는 소리를 듣기 시작하면서 죽음의 예고가 아닌가 하는 공포에 휩싸인다. 젊은 시절 신고는 아름다운 처형을 무척이나 연모했지만, 그녀는 다른 사람과 결혼한 후 일찍 죽었다. 그는 이루지 못한 사랑의 미련을 마음에 품고, 재미없는 인생을 살다 죽음이 가까워졌다고 생각한다. 신고는 온순하고 상냥한 며느리 기쿠코를 꿈이라는 환상을 통해 사랑의 충족을 경험한다. 세월을 거스른 절절한 연정 그리고 사그라지지 않는 금기의 욕망이 꿈과 현실을 오가며 아슬아슬하게 피어오른다.

끝내 이루지 못한, 지나간 시절의 여인을 향한 집요한 갈망 그리고 생각해서도 안 되는 아들의 여인을 향한 안타까운 마음이 신고의 심리 속 깊숙한 곳에 항상 자리하고 있다. 신고는 평소 며느리에게 엄격한 도덕적 기준을 갖고 대하지만 굉장히 자애로운 시아버지다. 반면, 아름답고 현숙한 며느리 기쿠코는 남편과 이혼하더라도 신고 근처에서 살고 싶다고 노골적으로 표현할 정도로 시아버지를 좋아하고 존경한다.

주인공 신고는 꿈을 꾸다 무인도에서 낯선 여인과 뒹구는가 하면, 낙태한 열네댓 살 소녀가 성녀聖女가 되는 소설을 읽고 아들과 혼담이 오갔던 여인의 가슴을 만지기도 한다. 깨어나면 꿈이라는 걸 깨닫고 자신에게 잠재된 노욕老慾을 부끄러워한다. 몽환의 세계에서 굴절되어 드러난 며느리 기쿠코에 대한 애틋한 사랑은 단순히 주책맞은 노인의 색욕이나 일탈로 매도할 수는 없다. 엄격한 도덕의식에서 해방되어 꿈에서나마 만나는 안타까운 성性의 유희이자, 하루에도 몇 번이나 의식과 무의식을 오가며 규범과 본능 사이에서 갈등하는 인간 본연의 고뇌이기도 하다.

소설의 마지막은 신고가 가족 모두에게 아내 야스코의 친정 동네로 꽃구경하러 가자고 제안하는 부분이다. 이때 딸 후사코가 친정에서 분가하여 상점 아니면 술집이라도 차리겠다고 말하자, 옆에 듣던 며느리 기쿠코가 그러면 자신도 돕겠다고 말한다. 소설은 이렇듯 다소 애매하게 끝난다.

이 소설을 읽은 후 1954년 일본에서 만든 동명의 영화를 VOD로 볼 수 있었다. 영화는 소설과 비슷한 줄거리로 진행되다가 며느리 기쿠코가 슈이치에 이혼당한 후 친정으로 돌아가고 망연자실해 하던 신고가 자살하는 장면에서 막을 내리는데, 아마도 영화의 제작자나 감독조차도 원작의 마무리가 지나치게 밋밋한 점을 우려하여 극적인 효과를 넣으려 의도한 게 아닌가 생각된다.

3.

이 소설을 읽으면서 번역에 관해서 계속 생각하게 되었다. '숨이 막힐 정도로 아름다운 정경 묘사와 유려한 문체로 세계를 전율시켰던 가와바타가 50세가 되던 해에 써 내려간 대작' 운운하는 신문 기사의 소개 문구가 도저히 이해되지 않았기 때문이다. 다만 장편소설 「산소리」가 삶의 과정과 사람이 늙어가는 모습뿐만 아니라 전후 일본인의 황폐한 심리와 사회 분위기를 잘 표현했다는 사실은 분명해 보였다. '성과 욕망'을 절묘하고도 노골적으로 표현했다고 하는 해석은 읽는 이에 따라 다르겠으나 가와바타의 다른 작품에 비하면 양반이라고 불러야 할 정도로 점잖아 보였다.

장편소설 「산소리」는 1949년에 쓰이기 시작하여 5년간 세심한 손질을 거쳐 완성된 작품이다. 패전 직후 미국 군정이 실시되던 시기에 집필된 만큼, 소설 곳곳에는 패전한 일본인들의 정신적 충격과 또 다른 억압에 짓눌리는 공허함이 시대의 잔상처럼 남아 있다. 퇴폐와 무력감에 취해 비틀거리며 하루하루를 연명하는 작품 속 인물들의 모습은 곧, 폭력과 상실감으로 점철된 전후 일본의 단면 그 자체다.

그러나 「산소리」에 그려진 신고의 노년은 쓸쓸한 허무의 세계로만 수렴되지 않는다. 작품 곳곳에는 죽음과 욕망이라는 두 가지 오래된 금기에 균열을 내며, 현실에서 쉽게 맛보지 못할 위로를 만든다. 시아버지의 굴절된 시간 의식이 빚어낸, 현실과 몽환의 세계가 교류하는 공간을 만들어 그 속에서 벗어나지 않음으로써 팽팽한 긴장 속에서 또 다른 미의식을 발견하게 되기 때문이다.

가와바타가 1968년 노벨 문학상을 받은 이면에는 '번역'의 공功이 크다고 알려져 있다. 대표작인 '설국雪國'은 당시 서양에 유명한 일본학자 에드워드 사이든 스티커Edward Seidensticker[48])에 의해 영문으로 처음 번역되었다. 오로지 이 영문판 때문에 '설국'이 널리 알려지고 국제적인 명성을 얻게 되었다는 우리나라 문학가들의 의견을 나도 전적으로 공감한다. 일본어로도 이해하기 애매한 가와바타의 문장을 적절하게 서구적인 오리엔탈리즘으로 번안한 기술이 주효했기 때문이다. 의역을 중시하는 번역을 하다 보니, 원문과는 다른 구성과 문체가 되었을 것이다. 결과적으로 그 텍스트가 서양인들의 마음을 사로잡았다고 결론을 내릴 수 있다. 이후 오역도 드러났지만, 원문을 서구적인 감각으로 번안한 데에는 사이든 스티커의 공이 크다는 생각을 떨칠 수 없었다.

어쨌든 미시마 유키오의 표현처럼 '소름 끼칠 정도'로 기묘하고 아름다운 작품은 아니었다. 모리 오가이[49])가 즐겨 쓰는 표현대로라면 "뭐야, 시시하잖아."가 될 듯하다.

---

48) 에드워드 사이덴스티커 Edward Seidensticker 다니자키 준이치로, 가와바타 야스나리, 미시마 유키오라는 일본 현대문학의 3대 거장의 작품을 영어로 옮겼으며, 특히 『설국』의 명 번역으로 1968년 가와바타 야스나리가 일본 최초로 노벨문학상을 수상하는 데 공헌했다.

49) 모리 오가이(森鷗外, 1862~1922). 일본 근대 문학의 아버지로 불리는 인물이다. 1889년 번역시집 〈오모카게〉를 냈으며, 1890년 소설 〈무희〉를 발표했다. 이후 자신이 쓴 소설 중 가장 유명한 〈기러기〉를 발표했다.

새벽, 빗자루의 춤

1.

박찬[50]의 시 '인생아'에는 이런 구절이 나온다.

꽃상여 단풍든 산넘어가네
산 넘어 눈 쌓인 산마을 닿거든,
지친몸 거기 퍼지게 누웠다가,
한 바람 눈 밭에 어디든 휘날리리.

한 사람의 인생은 화장 후 한 줌 재가 되어서 정리되고 있었다. 국군묘지. 경남 산청군에 그런 곳이 있다는 사실을 그날 처음 알게 되었다. 어린 시절, 앞집 아저씨인 친구 부친이 전쟁 유공자였다는 것도 그랬다. 나의 죽마고우인 상주喪主는 이혼당한 상태에서 천붕天崩을 맞이했다.

고인은 내게 평생 잊을 수 없는, 고마운 분이셨다. 대학을 졸업한 내가 대기업 입사가 확정되었을 때 두말하지 않고 회사에다 보증을 서주

---

50) 박찬(1948~2007) : 『수도꼭 이야기』(1985)와 『그리운 잠』(1989), 『화염길』(1995) 등 세 권의 시집과 유고 시집 『외로운 식량』(2008)을 남겼다.

셨다. 그 이전에 돌아가신 내 아버님과의 우정 때문일 수도 있겠으나 배신과 사기가 판을 치던 시절에 친척도 아닌, 세상을 떠난, 이웃의 아들에게 보증을 서주기란 쉬운 일이 아니었다.

구십 두 살까지 사셨으니 호상好喪이라고 말할 수 있을 듯했으나 세 명의 딸은 통곡을 거듭했다. 어떤 이유든 아버지의 죽음에 '호'자를 붙일 수 있겠는가. 그러나 독자獨子인 내 친구는 침착한 모습을 잃지 않았다. 고인은 10년 이상 치매를 앓으셨고, 아들은 혼자서 힘겹게 노부모를 봉양해야만 했다. 부친의 치매에 이어 작년부터는 모친의 치매가 시작되었다.

"여보! 내게 왜 말도 안 하고 이렇게 가는 거요……."

작은 항아리에 봉인된 뼛가루는 납골당에 봉안되었는데 치매 상태에서 갑자기 정신이 돌아온 노모의 울음이 지리산 기슭에 번지고 있었다.

2.

이튿날, 고등학교 3학년 시절의 반창 모임에 참석하라는 문자를 받고 해당 장소에 갔다. 식당 문을 여니 법무사 일을 하는 친구와 낯선 얼굴의 인물이 식탁에 마주 앉아서 모임을 기다리는 모습이 보였다. 그 낯선 이는 나를 보자마자 자리에서 벌떡 일어나더니 다가와서 포옹을 청했다.

남자들이 남을 만날 때 사용하는 인사의 오랜 관행인 악수는 상대방에게 자신의 빈손을 보임으로써 '나는 무기를 가지지 않았으니, 너와 싸울 의사가 없다.'라는 사실을 확인시키는 데서 유래되었다고 한다. 그는 악수 그 이상의 표현인 포옹을 내게 청했고 나는 그제야 그를 알아보고 힘차게 안았다.

"그래, 반갑다!"

계산해보니 그와 나는 무려 이십오 년 만에 만난 셈이었다. 그동안 그를 생각하면 늘 뭔가 찝찝한 느낌이 남아있었다. 나의 불성실함이나 부족함 때문에 관계가 끊어졌을 것이라는 나름의 자책감 때문이다. 그에게 부족한 기억과 미안함을 털어놓았다. 그는 자기 삶이 바빴던 결과이니 달리 생각을 할 필요가 없다며 오히려 자신이 미안하다고 말했다.

나머지 친구들이 죄다 도착하니 여덟 명이나 되었다. 주흥이 무르익는 와중에 C의 주사酒邪가 진행되고 있었다. 학창 시절 수재였던 그는 취할 때마다 필요 이상의 표현으로 친구들을 희롱하며 비하하는 경우가 많았다. 그날도 그랬는데 맞은 편에 앉은 이의 말이 끝나자마자 예의 독설을 퍼붓기 시작했다.

"헤헤, 너! 모지리 아니야?"

스마트 폰의 사전을 찾아 '모지리'의 의미를 살펴보니 '이 말은 흔히 말하는 바보 즉 모자란 듯한 사람을 일컫는 경상도 말이다.'라고 정의되어 있었다. C로부터 바보로 지목된 B는 얼굴을 붉히며 분을 삭이고 있었다. 이후 모임의 시간이 흐르고 하나둘씩 자리를 뜨고 있었다. 말 한마디가 상대를 원수로 만들기도 하고, 반대의 경우로 천 냥 빚을 갚기도 한다. 분명한 사실은 불필요한 언행이 필요 이상의 화禍를 만든다는 점이다. 과다한 음주는 인간의 정신을 황폐하게 만들 뿐이다.

나이가 듦에 따라 친구라는 존재에 대해 많은 생각을 하게 된다. 수명을 다하여 죽음을 앞둔 시간에는 얼마나 많은 친구가 있어야 할까? 하는 질문이다. 같은 사무실에서 일하는 친구 H는 지금 교류하는 친구의 숫자가 행여 줄어들까 노심초사하는 부류다. 가톨릭 신자여서 그런지, 가령 그의 친구가 그에게 피해를 준다든가, 또는 배신하더라도 용서해야 한다는 것이 그의 일관된 입장이다. 원리원칙을 따지고 살아가기에는 우리가 살아가야 할 시간이 많이 남지 않았기에 아량을 베풀자는 주의다. 그 순수하고 고운 마음씨에 대해서 박수를 보내고 싶지만 내 생각은 좀 다르다. 남은 시간이 많지 않기 때문에 귀중한 시간을 허비하지 않고 소중하게 써야 한다는 부류다. 쓸데없는 이들 때문에 시간을 낭비하면 안 된다고 나는 확신처럼 믿고 있다.

가령, 어떤 모임에서건 주사를 멈추지 않는 이를 만나는 경우가 그렇다. 술값 계산과 뒤치다꺼리는 물론이고 이후 감정의 앙금도 남게 될 때 과연 이런 만남의 지속이 가치가 있을까 자문하게 된다. 그리고 반대의 질문도 하게 된다. 그 시절 유행했던 노랫말을 떠올리면서 말이다.

'즐거운 학창 시절, 돌이켜 생각하니 내 마음 옛날처럼 변함없었나……'

3.

지금의 사무실로 자리를 옮긴 지 석 달 가까이 된다. 서향 건물인데 아침에 창을 열면 대학교 캠퍼스와 담을 나란히 한 초등학교 운동장 두 곳이 한눈에 들어온다. 상쾌한 아침을 열게 되어 항상 감사한 마음이다. 특히 아침이 그렇다. 8시 30분쯤 사무실에 도착하여 창문을 열면 초등학교 담벼락 스피커에서 울려 퍼지는 동요가 나를 즐겁게 한다. 그 노래들을 혼자서 열심히 듣는 편인데 '아기염소'나 '숲속을 걸어요', '아빠 힘내세요', '새 나라의 어린이' 등 내가 아는 동요가 들리기도 한다.

일제 강점기 때 지었으며 해방 후 도청道廳과 법원 청사였던 고건물을 사립대학교가 매입하여 단과대학 캠퍼스로 조성했는데 해당 건물 중

일부를 대학 박물관으로 사용하고 있다. 그 건물 뒤에다 초현실주의파 건축가가 디자인한 듯한 현대식 건축물이 조화를 이룬 캠퍼스는 아름다움의 묘한 조화를 느끼게 만든다. 점심을 학교 근처에서 해결하는 편인데 푸릇푸릇한 대학생들 모습을 보노라면 나 자신 또한 몸과 마음이 젊어지는 듯한 착각을 느낀다.

대학 근처 대로변에는 커피점이 즐비하다. 피로가 누적되는 오후에는 그곳에 가서 테이크 아웃take out 커피를 사 들고 와서 사무실에서 마시기도 한다. 대학생을 상대하는 가게라 가격이 저렴해서 지난주에는, 한잔에 천 원이던 커피가 이번 주에는 팔백 원으로 인하되었다.

'아이스 아메리카노'

피로한 오후, 얼음을 띄운 그놈을 마시면 피로가 싹 가시는 듯하다. 그러나 대학 거리를 걸으며 무심히 바라본 쇼윈도에 비친 내 모습, 후줄근한 중늙은이 모습을 발견하며 깜짝 놀라곤 한다. 그럴 때마다 같은 사무실을 사용하는 친구에게 한마디 툭 던져 본다.

"청춘을 돌리도!"

4.

4년째 견비통을 앓고 있다. 유명한 병의원, 대학병원, 용하다는 한의원 등 안 가본 곳이 없으나 그 모든 곳에서의 치료가 허사였다. 펜을 들고 종이에다 글을 적는 일은 물론, PC 키보드를 두드리는 것조차 쉽지 않아서 하루하루가 힘들기 짝이 없다. 특히 글을 마음대로 쓸 수 없다는 사실은 가끔 나를 절망으로 빠뜨리곤 한다. 이후 나의 언행에서 근심이 묻어나왔는지 지인들로부터 '염세주의자'라는 별명까지 얻게 되었다.

연초에는 독감에 걸려 고생했는데, 병원에 가서 주사 맞고 약 먹으면 대개 일주일이면 낫던 감기를 무려 한 달이나 앓게 되었다. 이후 몸무게를 확인해보니 무려 5kg이나 빠진 것을 알 수 있었다. 오랜만에 만나는 지인마다 '너무 말랐다', '무슨 일이 있었느냐'는 걱정을 해서 그때마다 나 자신 건강염려증에 걸린 느낌이었다.

그러다가 허리를 삐끗하게 되었다. 일어선 상태는 물론이고, 앉은 자세에서도 구두끈을 매기조차 힘들었다. 근심은 더욱더 깊어져서 이러다가 산송장이 되는 것은 아닌가 하는 생각마저 갖게 되었다. 자연스레 근심과 걱정이 쌓여가고 생활의 의욕이 사라져 갔다.

극심한 허리통증부터 치료해야겠다고 생각하던 어느 날, 더는 이대로 안 된다는 결심을 하고 근처의 정형외과를 찾아갔다. 허리 엑스레이 사진을 자세히 살펴보던 노숙한 의사 선생은 내게 진지하게 말했다.

"치료만 잘하면 낫는 병입니다. 빠른 경우는 일주일 만에 완치되는 사례도 있습니다. 이제부터는 제가 치료하겠습니다."

의사의 말에 반신반의했으나 그가 사용하는 언어는 군더더기가 없었고 태도 또한 신사의 그것으로 정중하기 짝이 없어서 신선한 느낌이었다. 평소 의사에 느꼈던 불친절과 그들이 풍기는 고압적인 자세 때문이었을 듯하다. 괜찮은 사람을 만났다는 생각이 스치자, 신기하게도 일주일쯤 지난 후부터 허리통증이 조금씩 가시기 시작했다. 이후 욕심이 생기기 시작했다. 4년째 앓고 있는 견비통도 나을 수 있지 않을까 하는 희망이다. 그래서 매주 고주파 치료와 도수치료를 받는데, 의사는 팔을 기역(ㄱ) 자세로 만들어 앞뒤로 흔드는 운동을 매일 1,000회 이상 실시하라고 주문했다. 매일, 팔을 상하로 천 번씩 흔들어야 한다니 그게 가능할까 하는 의문이 들었다. 그래도 할 수 있는 데까지 노력해야겠다고 결심하고 집 옆 공원을 걸으면서 팔을 위에서 아래로 흔들면서 걷기 시작했다. 앞으로 견비통이 나을지 아닐지는 알지 못하겠으나 희망을 품고 산다는 것이 중요하다. 누군가 이렇게 응원할지도 모르겠다.

"부라보, 젊은 오빠!"

5.

사무실 인근의 대학교 거리를 걷다 보면 몸에 꽉 끼는 청바지를 입은 채 한 손에는 가방을, 한 손에는 아메리카노 커피를 들고 엉덩이를 흔들며 지나가는 여학생이나 반바지를 입은 채 아이스크림을 핥으며 히죽거리며 걸어가는 남학생들을 자주 만나게 된다. 그들을 볼 때마다 내게도 저런 시절이 있었나 하는 생각과 20대 초·중반의 내 모습은 지금의 저들과 비교한다면 어떨까를 생각하게 된다. 가령 열 명의 남학생이 내 앞을 지나간다고 가정할 때 나는 어떤 이에 가까울까 하는 생각이 그것이다.

몇 달 전 이사한 집 바로 옆에는 14만 평 크기의 공원이 있다. 틈만 나면 그곳을 걷는데 나무가 우거진 그늘마다 삼삼오오 자리를 펴고 누워서 신록을 즐기는 젊은이들을 만나게 된다. 원색의 옷차림으로 푸른 잔디와 불어오는 산들바람을 즐기는 그들을 볼 때마다 걱정과 부러움을 동시에 느끼곤 한다. 불경기로 인해 일자리가 부족해서 '실업 대란'을 넘어 이제는 '취업 절벽'이라고 부르기도 한다. 우리 집 역시 예외가 아니어서 두 아이가 대학에 들어가고 나서도 취업 공부 뒷바라지하느라 대입 수험생 부모 이상으로 노심초사하며 두 아이를 상전 모시듯 대했다. 그런데 공원에서 매트를 깔고 여유와 낭만을 즐기는 젊은이들은 그런 근심에서 벗어난 이들인가 하는 궁금증과 그 시절 우리가 누리지 못했던 풍요를 누리고 있는 축복받은 세대가 아닌가 하는 상반된 생각이 그것이다.

집 근처 공원에는 젊은 부부가 벤츠 모양의 유아 전동차에다 어린아이를 태우고 리모컨으로 운전하며 산책하는 장면도 흔히 볼 수 있다. 내가 저들처럼 신혼일 때 유모차를 밀며 공원을 산책한다든가 유아 전동차에 아기를 싣고 휴일을 함께하는 것이 소원이었지만, 아파트가 보편화되지 않았던 시절이어서 상상하기 어려운 일이었다. 게다가 늦은 밤까지는 물론이고 휴일에도 근무하기를 강요하는 회사는 도무지 쉬는 날을 허용하지 않았다. 요행히 시간이 나는 휴일이 생기면 방바닥에 몸을 누이고 지친 몸에 잠을 청하는 것이 일상이었다.

30대 중반의 어느 날, 회사의 지시로 도시의 변두리에 있는 사회복지관에 매월 '자원봉사 활동'을 하게 되었다. 빈곤한 환경의 조손가정, 결손가정 아이들과 유원지에 가서 식사를 함께하거나 놀이기구를 함께 타며 즐거운 시간을 만들어주는 것이 주된 내용이었다. 그런 봉사활동에도 반드시 유의해야 할 사항이 있다. 다들 기본적으로 알고 있는 점이지만 일회성 이벤트는 오히려 그 대상에게 역효과를 불러일으킬 수 있다. 즉, 키다리 아저씨가 몇 번 오다가 보이지 않으면 나이 어린 피구호자client가 큰 상처를 입기 쉽다는 사실은 명약관화하다. 그러나 아이러니하게도 회사의 지시가 '자원봉사 활동'이라니 어쩔 수 없었다.

피로에 지친 그 일요일에도 낯선 아이들을 향한 봉사활동이 진행되었다. 그날의 해야 할 일도 점심 식사와 음료 및 다과 등을 준비하여 해당 가정의 아이들과 함께 놀이기구를 타며 놀아주는 일이었다. 후배 과장 한 명이 슬픈 표정을 한 채 내게 말했다.

"과장님, 우리는 집의 아이들에게는 이런 것, 한 번도 해준 적이 없잖아요······."

당시 그곳에 함께 갔던 모 선배는 이름만 대면 국민 모두가 아는 우리나라를 대표하는 호텔의 대표이사가 되었다.

"J 선배, 당신이 경영하는 회사는 그렇지 않겠지요?"

6.

 이사 때 책장 정리를 다시 하면서 「우리를 슬프게 하는 것들」이라는 오래된 책을 발견하였다. 1976년 〈문예 출판사〉. 차경아 번역……. 같은 내용의 수필은 내가 고등학교 2학년일 때 국어 교과서에 김진섭[51] 번역으로 실린 적이 있었다. 잊을 수 없는 구절이 뭔가 있었다는 생각이 강하게 들었고, 책을 찾아서 펼치니 역시 만년필로 그은 줄이 어제 작업한 것처럼 선명하게 표시되어 있었다.

 (전략) 아무도 살지 않는 고궁, 그 고궁의 벽에서는 흙덩이가 떨어지고, 창문의 삭은 나무 위에서는 "아이쎄여, 내 너를 사랑하노라……."라는 거의 알아보기 어려운 글귀가 쓰여 있음을 볼 때.
 숱한 세월이 흐른 후에, 문득 돌아가신 아버지의 편지, 편지에는 이런 사연이 쓰여 있었다.
 "사랑하는 아들아, 네 소행들로 인해 나는 얼마나 많은 밤을 잠 못 이루며 지새웠는지 모른다……."
 대체 나의 소행이란 무엇이었던가? 하나의 치기 어린 장난, 아니면 거짓말, 아니면 연애 사건이었을까. 이제는 그 숱한 허물들도 기억에서 사라지고 없는데 때 아버지는 그로 인해 가슴을 태우셨던 것이다. (후략)

 김진섭의 번역문이 실렸던 국어 교과서에는 저자를 '안톤 시냐크'로, 차경아 교수의 번역서에는 '안톤 슈낙'으로 번역되었던 그 남자

---

51) 김진섭(金晉燮, 1908 ~ ?) 수필가, 독문학자. 주요 작품으로 "인생 예찬", "생활인의 철학" 등이 있다. 1950년 한국전쟁 때 납북되었다.

'Anton Schnack'은 어떤 사람일까?

프랑크푸르트에 가까운 '칼'이란 소읍에 만년을 보낸 안톤 슈낙은 독일에도 거의 알려지지 않은 무명의 지방 작가라고 한다. 이 무명작가는 교과서에 실린 명문 하나 때문에 어떤 위대한 문호 못지않게 대한민국 중년의 가슴 속에 영원히 자리하고 있는데, 이 '우리를 슬프게 하는 것들'은 교과서에서 없어진 지 오래라고, 하는 사실이 나를 슬프게 한다. 어떤 시인은 "이 글을 대하지 못하게 된 요즘의 학생들은 참으로 불쌍하다."라고 말했다.

그러나 어디든지 양날의 칼은 존재한다. 1892년생인 이 작가는 1, 2차대전에 참전했는데 2차대전이 끝나는 1945년 미군의 포로 생활에서 풀려나 다시 작품 활동을 했다고 전해진다. 2차대전이 1939년에 시작되었으니, 그는 오십에 가까운 나이에 다시 참전한 셈인데 아마도 고위직의 직업군인이었거나 나치에 동조한 확신범 문사文士임에 틀림없다는 생각이 든다. 독일 문단의 주류가 그를 외면한 것은 이러한 이유 때문이 아니었는지? 세상은 아이러니와 또 다른 아이러니가 모여 뭉쳐진 교묘한 집합체에 불과하다.

다시 읽은, 안톤 슈낙의 '우리를 슬프게 하는 것들'이란 수필은 많은 생각이 들게 했다. 내 부모님은 당신들이 낳은 자식들이 무식하다는 이유로 두 분을 실망하게 할 때마다 얼마나 좌절하셨을까? 자식들은 배웠다는 객기와 우월감에서 부모님의 낡은 생각을 비웃는 일이 예사였다. 그럴 때마다 부모님은 우리의 어리석은 행동을 그럴 수도 있는 행동으로 애써 이해하려 하셨다.

아아, 나이가 드는 증거인지 모르겠다. 지금의 나보다 훨씬 젊은 나이에 돌아가신 아버님과 나누었던 둘만의 마지막 대화가 가끔 생각난다.

당신의 몸이 너무 아픈 관계로 앞으로 얼마 살지 못할 것 같다는 푸념과 너희들 내가 없어도 괜찮겠냐는 질문, 형제들 사이좋게 지내야 한다는 당부, 당신에게 시집와 고생 많이 한 엄마를 이제는 너희에게 부탁한다는 말씀……

아버님께서 남기신 유언, 그 어느 한 가지도 제대로 이행하지 못했다. 이런 기억은 40년 전의 장면임에도 어제 일처럼 생생해서 생각이 계속될 때마다 주체할 수 없도록 감정이 북받칠 때가 있다.

7.

이른 아침 새벽길을 걸어본 적이 있는가? 밝아오는 여명 속에 그간 보이지 않았던 모습들을 발견할 수 있다. 새벽의 빈 거리에서 폐지를 수레에 담는 노파는 승용차가 골목으로 들어오면 바짝 벽에 붙어 서고, 무거운 가방을 든 채 버스를 기다리는 나이 든 공시생, 거리를 쓸고 있는 미화원, 전동수레를 운전하는 야쿠르트 아줌마, 신문 배달하는 젊은 여성, 술이 깨지 않아 담벼락에 기대어 앉아 있는 청년, 초점 잃은 눈동자로 구석을 찾아 담배 연기를 뿌리는 중년 남자, 무슨 이유인지 눈물을 흘리며 버스를 타는 소년……

지하철 계단 옆의 엘리베이터나 성당, 교회당마다 자리 잡은 엘리베이터 설치 이유를 그간 이해하지 못했다. 단지 막연하게 노인이나 장애인을 배려하기 위해서라고 짐작하고 있었는데 요즘은 그 정확한 이유를 알게 되었다. 나 자신, 몸이 불편해지자 그것들의 존재 이유를 실감하게 되었기 때문이다. 부끄럽게도 그간 모르고 살았던 것이 어찌 이리도 많은지 모르겠다.

대낮에 전철을 탈 때면 마치 '죽음의 열차'를 탄 듯한 느낌에 휩싸이곤 한다. 열차 안에는 대부분 60대를 넘은 사람들이 자리를 차지하고 있어서 자연적으로 받게 되는 어두운 느낌이 그것이다. 나는 시내 중심부에서 전철을 타는데 먼저 앉기 위해 야생의 짐승처럼 빠른 동작으로 자리로 돌진하는 또래의 중년 때문에 민망해지기 일쑤다.

그래서 몇 가지 기준을 세우고 그것을 실천하기로 다짐하면서 전철을 타기로 했다. 설령 빈자리가 있더라도 절대 자리에 앉지 않겠다는 각오가 그것이다. 그날도 나는 서 있었다. 내 옆에는 칠십이 넘어 보이는 신사 한 분과 책을 읽는 삼십 대의 젊은이가 나란히 서 있었다. 자리가 비자 노인은 책 읽고 있는 젊은이에게 자리를 권했다.

그 장면을 보면서 나이 든다는 사실을 비관적으로 생각해 온 나 자신이 부끄러워졌다.

8.

최근에 읽은 빅터 플랭클52)의 저서 「죽음의 수용소에서」는 많은 생각을 하게 했다. 그는 지옥과 같은 나치의 아우슈비츠 수용소에서 간신히 살아 돌아와 그 경험을 책으로 남겼다. 그는 죽음의 수용소에서의 반복되는 힘겨운 상황 속에서도 자신이 어떤 사람이 되느냐, 즉 고결한 사람이 되느냐, 인간의 존엄을 잃고 짐승같이 되느냐는 개인의 선택에 달려 있다고 강조했다. 어떤 시련이 오더라도 인간에게는 단 한 가지 자유, 즉 자신의 태도를 결정하고 삶의 길을 선택할 정신의 자유만은 그 누구도 빼앗을 수 없고 그 자유를 잃게 되면 물리적인 삶을 살아가지 못한다고 강조했다. 그리하여 어떤 선택을 하느냐에 따라 홀로코스트 경험 같은 끔찍한 시련도 자신의 도덕적 가치를 실현할 중요

---

52) 빅터 플랭클(Viktor Emil Frankl, 1905~1997) : 오스트리아 빈에서 태어나, 빈 대학에서 의학박사와 철학박사를 받았다. 프로이트의 정신분석과 아들러의 개인심리학에 이은 로고테라피 학파를 창시했다. 유대인이었던 그는 나치의 강제수용소에서 겪은 죽음 속에서 자아를 성찰하고, 인간 존엄성의 위대함을 몸소 체험하였다. 저서로는 〈죽음의 수용소에서〉, 〈삶의 의미를 찾아서〉, 〈의미를 향한 소리 없는 절규〉 등이 있다.

한 가치로 만들어 낼 수 있다고 말했다. 그는 니체의 말을 인용했다.

"왜 살아야 하는지 아는 사람은 그 어떤 상황도 견딜 수 있다."

그간 모르고 살았던 것을 되새기며 하루를 살자. 새벽 빗자루들이 춤추듯 새로운 하루를 만들어 보자. 내가 살고 있는 오늘은 어제 죽은 이가 그토록 애타게 갈망하던 날이다.

봄날은 간다

5월의 마지막 날, 봄날은 간다.

대중의 봄노래는 발랄하고 활기찬 리듬이 기본이었다. 하지만 김정미의 '봄'이나, "사랑이 어떻게 변하니?"라는 영화의 대사가 기억나는 '자우림' 김윤아의 노래 '봄날은 간다'를 들어보면 개인적 감성을 드러낸 슬프고 비장한 느낌으로 변화된 듯하다. '사람도 피고 지는 꽃처럼 아름다워서 슬프다'는 김윤아 노래의 철학적인 의미도 좋지만, 약 60년 전 백설희가 부른 같은 제목의 노래에는 열아홉 순정의 봄날이 더 와닿는다. 그 노래 '봄날은 간다'는 물질적 빈곤과 피폐한 정신을 달래는 서정성이 짙어 한국전쟁 후 대중의 큰 호응을 받았다. 이후 조용필과 장사익이 그들만의 개성을 살려 부른 노래도 구슬픈 구절 때문에 다른 분위기로 애타게 들린다. '휘날리더라'로 풀어헤치는 부분에서 처연한 목청으로 돋아나는 서러운 정서를 느낄 수 있다.

옛날 노래 '봄날은 간다'는 작사가 손로원과 작곡가 박시춘이 만들었다. 이 노래는 물질적 어려움과 정신적 피로를 달래는 서정성이 짙어서 대중들의 큰 호응을 얻었다.

작사가의 부산 피란 시절, 하루 일을 마치고 용두산 언덕 기슭 거처로 돌아왔을 때는 기거하던 판잣집이 불이 나서 잿더미로 변해버린 후였다. 벽에 걸어두었던 어머니의 사진 또한 사라졌음은 작사자는 알게 되었다. 임종도 보지 못했던, 홀어머니가 시집올 때 연분홍 치마저고리를 입고 수줍게 웃고 있던 모습을 작사한 노랫말은 사진 속 어머니의 열아홉 처녀 시절과 가는 봄을 비유하고 있다.

'봄날은 간다'는 가슴 깊이 와닿는 대중가요로, 현대시보다 더욱 감동적인 노랫말을 갖추고 있다. 2004년 계간 「시인 세계」는 현역 시인 100명이 좋아하는 대중가요 노랫말 1위로 '봄날은 간다'를 선정했다.

6.25 전쟁 직후에 만들어진 이 노래는 '연분홍 치마' '산제비' '성황당' '청노새' 등 옛 단어들을 사용하여 회상적인 느낌을 주고, '휘날리더라', '흘러가더라' 등 종결어미를 구사하여 한국인의 정한을 소환한다. 어쩌면 이만큼 한국 여인들의 슬프고 한스러운 마음을 잘 표현할 수 있을까 싶을 정도로 아름다운 노래다.

이 노래의 절경絶景은 '꽃이 피면 같이 웃고 꽃이 지면 같이 울던'에 있다. 희로애락이 솟아오르는 정념과 꺼져 내리는 비탄의 느낌을 타고 세상에 둘도 없는 욕망과 비련을 순식간에 쓸어내린다. 같이 웃고 같이 울던, 아무 이유도 없이 몸과 마음이 함께 흐르던 날들을 기억하게 만든다. 맹세가 실없는 기약이 되고 끝내 얄궂은 노래가 되듯 봄날의 끝자락에 발표된 이 노래는 슬픔과 종말의 감정을 통해 새로운 희망을 품게 하는 미덕을 발휘한다. 이 노래가 세월을 넘어 변함없이 봄날에 불리는 이유일 것이다.

언젠가 내 어머니는 젊은 시절, 용두산 기슭 판잣집에 살 때 영선 고개를 힘겹게 올랐던 기억을 얘기한 적이 있다.

"그 시절, 갓 낳은 너를 둥쳐 업은 채 머리에는 짐을 이고 첫째와 둘째를 옆에 걸리며 국제시장에서 잰걸음으로 언덕을 올랐다. 그때마다 영선 고개가 무슨 백두산 꼭대기처럼 높게 느껴지곤 했다."

자라나면서 나는 그 영선 고개가 부산의 영도 섬(영도구)에 위치한 영선동의 어느 고개인 줄 알았다. 그러나 그곳이 보수동 책방골목에서 부산가톨릭센터를 지나 영주동으로 올라가는, 가파른 언덕길임을 최근에야 알게 되었다. 그러니까 작사가나 내 부모님은 같은 시기에 같은 고개를 매일 오르내렸기 때문에 어머니는 생전 백설희의 노래 '봄날은 간다'를 그토록 좋아하셨는지도 모르겠다.

봄은 가고 또 오고, 이제 나는 두 아이의 아버지가 되어 봄날을 보내고 있다. 어른이 된, 젊은 그들도 지금 봄날을 보내고 있을 것이다.

3절로 알려진, 원래는 2절이었다는 가사가 뜬금없이 떠올랐다.

열아홉 시절은 황혼 속에 슬퍼지더라
오늘도 앙가슴 두드리며 뜬구름 흘러가는 신작로 길에
새가 날면 따라 웃고 새가 울면 따라 울던
얄궂은 그 노래에 봄날은 간다

인사人事

1.

 살다 보면 자신도 모르는 사이에 판단 감각이 무뎌지는 날이 있다. 그날도 그랬다. 모처럼의 서울행이어서 더욱더 그랬는지도 모른다. 한성대 역에서 지하철 4호선을 탄 후 서울역에서 1호선으로 갈아타고 시청역으로 가는 길이었다. 오후 4시 반, 1호선 전철 안으로 들어서자, 빈자리가 하나 보였다. 그때 나는 순간적으로 실수를 하고야 말았다. 한 구역만 가면 되므로 서 있다가 다음 역에 내리면 되는데 생각 없이 빈자리에 앉고야 만 것이다.

 그 자리 옆에는 점잖은 노신사 한 분이 앉아 있었다. 어떤 기시감 때문이었을까? 그분을 잠깐 바라보다가 앉게 되었다. 그런데 앉자마자 바로 다음 역에 내려야 한다는 생각이 번뜩 들었다. 30초도 채 안 되어 나는 벌떡 일어서고 말았다. 내리기 전에는 항상 문 앞에 준비해야 한다는 오랜 강박관념 때문이었다.

 자리에 앉았다가 출입문 앞으로 되돌아가는 그 짧은 순간에 두 가지 생각이 스쳤다. 옆자리에 앉은 분으로서는 불쾌할 수도 있겠다는 생각이 하나였고, 그 노신사가 무척 눈에 익은 분이라는 생각이 나머지 하나였다.

 첫째 생각은 노인 천시의 사회적 분위기 때문에 당사자인 그분이 행여 느꼈을지 모르는 모멸감이었고, 두 번째 생각은 그분이 방송 매체나 신문, 잡지 등을 통해 여러 번 만난 분이 분명하다는 생각 때문이었다.

차이나 카라 드레스 셔츠 위에 양복 상의를 입은 그분은 지난 17대 대선 때 대통령 후보로 출마했던 강지원 변호사가 틀림없었다. 그분의 검소하고 소탈한 면모가 그대로 드러난 순간이었다. 일어서는 순간 '실례했습니다'라는 인사말을 전해야겠다는 생각이 들었으나 "시청역입니다."라는 차내 방송이 울리기 시작하자 당황한 나는 황급히 열차에서 내려야 했다. 그분으로서는 자신을 유심히 바라보는 것으로도 모자라 자리에 앉자마자 갑자기 일어선 내가 불쾌했을 것이다. 늦게나마 사과 말씀 올린다.

"변호사님, 본의가 아니었습니다. 인사人事를 빠뜨렸습니다. 호감 가진 분을 전철에서 만나 뵈리라는 생각 자체를 하지 못했고, 그날 서울에서 저의 일정은 몹시 정신없었습니다. 너그럽게 이해해주시기를 바랍니다."

2.

동창회나 모임 등에서 친구들과 살아가는 얘기를 나누다 보면 뻔한 소재의 내용과 똑같은 귀결을 만나게 된다.

"사사건건 국정에 발목을 잡고 철 지난 운동권 논리에 사로잡혀 있는 야당 꼴 보기 싫었으나, 고집불통에다 타협을 모르는 데다 민주주의의 기본조차 모르는 정부 여당이 더 싫다. 지금이 어느 시대인가, 국민을 계속 졸卒로 보고 있다."

우리 동네에는 야당 후보가 현역 여당 국회의원을 꺾는 이변이 발생했다. 낙선한 국회의원은 옥스퍼드 대학 경제학 박사 출신으로 여권에 보기 드문 전문 경제학자라고들 평가했다. 그러나 지역의 대단지 아파트에 젊은 세대들이 대거 입주한 데다, '대통령의 최측근'이라는 지난 선거의 캐치프레이즈가 득표에서 독毒이 되었다는 후문이었다.

휴일 아침, 아파트 입구에서 아내와 차를 기다리고 있었다. 오랜만에 바다가 보이는 등산로를 산책하기로 했기 때문이다. 한적한 거리에는 우리 부부 외에 아무도 없었다. 그때 누군가 승용차에서 내려서 우리 쪽으로 걸어오고 있었다. 그는 우선 아내에게 악수를 청했고 이어서 내게 악수를 청했다. 나는 악수에 응하면서 이렇게 말했다.

"그간 고생 많았어요."

이건 친하든 말든 간에 동양적인, 너무나 동양적인 인사의 화법이다. 그는 우리 부부에게 가볍게 묵례하고 곧장 사라졌는데, 골목 안의 작고 조촐한 식당으로 들어가는 모습이 보였다.

낙선한 여당 국회의원, 그였다. 언젠가, 퇴근길이었는데 당시는 선거유세가 한창이던 때였다. 그의 보좌관 중 한 명이 내게 다가와, "저기, 의원님이 계십니다. 저쪽으로 가서 의원님께 인사하시죠."라고 말해서 내가 그를 벌레 보듯 '뜨악'하고 바라본 적이 있었다.

내가 판단하기에는 '오만'이라는 덫이 그에게 패배를 안겨준 것으로 보인다. 무엇이든지 원인 없는 결과란 있을 수 없다. 선거에서는 졌지만 '인생살이'라는 무대에서는 소중한 경험을 하게 되었다고 그는 감사해야 할 것이다.

쉰 이후의 사람들이 훨씬 편안해 보이는 것은 뭘 이뤘다는 성취보다는 잃어버린 것들을 깨달았다는 삶의 무게를 지녔기 때문일 듯하다. 그 무게와 함께 사람들은 어떤 요령을 습득하기 시작한다. 가슴이 어떻게 잃어버린 부족함을 만날 수 있느냐 하는 요령이다. 이 화해를 가리켜 '인품'이라고도 부르고 '성숙'이라고 칭하기도 한다.

지금도 사랑 속에서

지난주는 운전하며 과거에 살았던 동네를 지나다 큰길 근처에서 코레일Korail의 '가야역'이란 안내 간판을 보게 되었다. 해당 역에는 부속 건물이 여러 채 있었는데 유치원과 직원 사택, 휴게시설로 여겨졌다. 내가 이렇게 판단하는 이유는 어릴 때 보았던 철도청의 건물들이 당시 위치대로 있었기 때문이다.

물자가 귀하고 가난했던 그 시절, 추석이나 설날과 같은 명절 때마다 목욕하는 일이 큰 숙제였는데 아버님은 자신이 근무하는 철도청 가야역 직원 목욕탕에서 아들 세 명을 씻기셨다. 우리 형제는 역사驛舍 옆의 가야역 직원 목욕탕에 몸을 씻으러 갈 때마다 그곳 경비원의 제지를 받았고, 목욕탕 안에서는 여러 철도원의 따가운 시선을 받곤 했다. 그 순간은 흡사 거지 취급을 받는 느낌이어서 '죽어도 그곳에 목욕하러 가지 않겠다.'라며 앙버티곤 했던 기억이 낡은 사진처럼 남아 있다.

세월이 흐르니 철도청에 근무하다 일찍 세상을 떠난 아버님과 얽힌, 여러 기억이 따스하게 다가와 '철도'에 관련된 모든 것이 필요 이상으로 소중하게 느껴진다. 그 대표적인 예가 영화 「철도원」이다.

영화 「철도원」은 1999년도 '부산국제영화제'에서 상영되었는데, 후루하타 야스오 감독이 연출하고 디카쿠라겐과 히로스에 료코가 연기한 영화로 기억한다. 일본 작가 아사다 지로의 단편 소설집 '철도원'의 표제작 단편소설로서, 원작을 영화화한 작품이다. 이 영화「철도원」을 본 시기는 내 나이 마흔에 가까울 때였는데, 철도원으로 근무하다 돌아가신, 어렸을 때 아버님의 모습이 생각나서 가슴이 먹먹해지고 또 따스한 기억이 들기도 했다.

영화의 줄거리를 정리하자면 대충 다음과 같다.

하얀 눈으로 뒤덮인 시골 마을 종착역, 호로마이역을 지켜온 철도원 오토마츠가 주인공이다. 17년 전 겨울 어느 날, 아기를 가졌다며 그에게 달려온 천진난만한 아내에게서 이야기는 시작된다. 오랜 기다림 끝에 태어났기에 부부는 '눈의 아이'라는 뜻인 유키코雪子라는 아기 이름을 지었다. 하지만 행복은 잠깐이다. 유키코는 태어난 지 두 달 만에 갑작스러운 열병에 걸려서 세상을 떠나고, 얼마 후 아내 시즈에마저 깊은 병을 얻어 유키코가 있는 하늘나라로 가버린다.

이후 세월은 화살처럼 빨리 흘러, 나이 많은 오토마츠가 정년퇴직하는 날 아침이다. 철길에서 지난 세월을 되돌아보던 그는 인형을 안고 서 있는 낯선 여학생 한 명을 만나게 된다. 소녀는 처음부터 그를 알고 있었다는 듯 웃으며 친숙하게 인사를 건넨다. 그 소녀는 바로 죽은 딸 유키코다. 그리움이 지나치면 현실로 되는 것일까? 딸의 혼령이 사람이 되어 아버지 앞에 나타난다. 그간 힘들어도 꿋꿋하게 일해 온 아버지를 위로하기 위해 딸은 다 자란 여학생의 모습으로 나타난 것이다.

영화의 배경 장면은 새하얀 눈이 내린 세상으로 눈마저도 따뜻하게 보였던 그 영화를 종종 회상하게 된다. 지금도 나는 겨울이면 영화「철도원」을 생각하는데, 그와 동시에 탤런트 최불암 님을 떠올리곤 한다. 영화「철도원」과 아무런 관계없는 최불암 선생을 기억하는 이유는 그분과 내 아버님 사이의 아주 소소한 인연 때문이다.

최불암. 1940년생. 본명 최영한. 탤런트 또는 영화배우, 전직 국회의원…….

내가 아버님에게 직접 들은, 아버님보다 11살 연하인, 최불암 선생의 인간적인 모습은 언제나 내 마음을 따뜻하게 만든다.

1929년생인 아버님은 1981년에 간암으로 별세하셨는데 돌아가시기 한 달 전까지 철도청의 노무직 철도원으로 근무하셨다. 선로 보수부터 직원 목욕탕 보일러 담당, 열차 부품 정리, 열차 수리 등 주로 몸으로 때우는 허드렛일을 맡으셨는데 마지막 5년은 운행 중인 열차에 탑승하여 오작동을 점검하는 일을 하셨다. 그러니까 경부선 열차를 탄 채로 열차에 기계적인 고장이 나면 응급조치하는, 궂은일을 하셨다. 하루를 근무하고 다음 날 하루를 집에서 쉬는 식의 근무 형태였다. 낮에 친구들이 우리 집에 놀러 오면 아버님이 집에 계시는 경우가 많았으므로 "혹시 너희 아버지, 실업자가 아니냐?"는 질문을 받기가 일쑤였다. 지금도 그런지 모르겠지만, 기차의 맨 앞쪽에는 열차를 운전하는 기관사실室이 있고 객실과 연결되는 부분에 겨우 한두 사람이 앉을 수 있는 의자를 갖춘 작은 공간이 아버님이 근무하는 검수원53)檢修員실이었다.

아버님은 병적으로 근검한 분이었지만 술과 담배를 즐기셨다. 술은 소주를, 안주는 김치와 같은 반찬을 드셨으며 담배는 최저가인 '금잔디'를 피우셨다고 기억한다.

1978년도의 일이다. 군을 제대하고 대학 3학년에 복학한 장형은 당시 최고급 담배인 '거북선'을 피우고 있었다. 아버님은 그러한 사실을 알고 계시면서도 그럴 수도 있는 일로 덮어두시곤 했다. 역지사지로 내가 아버님의 입장이었다면 그런 아들을 이해할 수 있을까 하고 내

---

53) 철도 차량의 이상 유무를 점검하고 수리하는 사람.

시각에서 지난 시절을 반추해보곤 한다. 그해 어느 날, 서울 가는 무궁화 열차를 왕복으로 타고 오신 아버님은 평소처럼 매우 지친 몸으로 퇴근하셨다.

"아버지 이제 퇴근하셨습니까?"

퇴근하신 아버님께 간단한 인사를 드렸는데 아버님의 얼굴은 화색이 넘쳐흘렀다. 소중하게 들고 계신, 신문지로 포장한 뭔가를 펼치니 담배 세 갑이 나왔다.

수정 담배. 1978년 당시 최고급 담배는 500원 가격의 거북선과 SUN이었고 바로 아래 등급은 450원 가격의 '수정'이란 담배가 있었다고 기억한다. 100원짜리 '금잔디'를 피우시던 아버지가 450원 고가의 담배를 세 갑이나 들고 오시다니 이해하기 어려운 일이었다.

사연은 이랬다. 부산역, 서울행 무궁화 열차. 아버님은 여느 날처럼 기관사실과 연결된 철도원(검수원)실에 앉아 출발 신호를 기다리는데, 40대의 건장한 남자가 문을 열고 들어왔다. 해당 장소는 일반인 출입 금지구역이라고 통보하려다 아버님은 깜짝 놀라셨다. 당시 TV 인기 드라마 '수사반장'에 출연하는 유명 배우 최불암 씨였기 때문이다.

"아니, 최 선생 아니십니까?"

"아, 예……. 맞습니다."

"그런데 여기는 어쩐 일로?"

"부탁드릴 게 있어서 그럽니다."

"저 같은 사람에게 무슨 부탁이?"

"다름이 아니라 여기 검수원 옆자리에 앉아서 서울까지 갔으면 해서요……."

"편안한 객실이 있는데 왜 여기 이렇게 불편한 곳에서요?"

"사람들이 저를 알아본 후 저를 보려고 자꾸 몰려와서 그렇습니다.

근처에 앉아 계신 분들에게 피해를 주고, 저를 구경하는 시선들이 제게는 참 불편하기 짝이 없습니다……."

아버님은 흔쾌히 그러시라고 승낙하여 그곳 작은 의자에서 둘이 함께 긴 시간 동석하게 되었다.

서울역에 열차가 도착했을 때 최불암 선생은 신문지에 싼 뭔가를 건네며 '고생하시는데 감사하다'라는 내용의 인사를 하고 내렸는데 나중에 열어보니 예의 '수정' 담배 세 갑이었다.

그로부터 2년 후에 아버님은 세상을 떠나셨다. 결과적인 이야기지만 평생을 금잔디와 백조 같은 최저가 담배만을 피우셨던 아버님은 최불암 선생으로 인해 처음으로 고가 담배를 피우는 호사를 누리신 것이다. 그리움이 지나쳐서 딸을 만난 영화 속의 그 철도원처럼, 꿈에 아버님을 뵙기도 하고 내가 최불암 선생과 조우하는 순간을 맞이하기도 한다.

내가 최불암 선생을 직접 만날 방법이란 없겠지만 살다 보면 앞으로 그럴 기회도 혹시 생길 수 있지 않겠는가? 그렇게 된다면 다음과 같이 말씀드려야겠다.

"1978년 어느 날, 최 선생님으로부터 수정 담배를 선물 받았던 철도원의 아들입니다. 선생님 덕분에 제 아버님은 그나마 좋은 담배를 한 번 피워보셨습니다. 감사합니다."라고 말이다.[54]

- 월간 〈맑고 향기롭게〉 2016. 10월 -

---

54) 이 글을 블로그에 포스팅한 후 최불암 선생을 잘 안다는 어느 네티즌의 댓글을 받았다. 최불암 선생은 그 네티즌의 결혼식에 주례를 서주었을 정도로 집안끼리 친한 사이라는데 아들로서 감사해하는 이 글의 내용을 최불암 님께 꼭 전하겠다고 썼다.

사진 수업

어제는 모 대학 사회교육원에서 실시하는 사진 수업의 마지막 날이었다. 지난 3월에 시작하여 넉 달 동안 매주 1회 3시간씩 '사진예술중급반'이라는 수업을 받았는데 나로서는 신선한 경험이었다. 매주 하루를 세 시간이나 비운다는 것이 부담스러웠지만 이러다가는 평생 배우고 싶은 내용을 미루기만 하다가 하얗게 늙어버리고 말겠다는 우려가 등록을 재촉했다. 초급반을 마친 후 한 해가 지났음에도 실력이 그다지 늘지 않았던 이유도 한몫했다.

애초 사진을 배워야겠다고 결심한 데는 병마病魔로 일찍 세상을 떠난 고故 최동원55) 선수의 영정사진을 보면서였다. 활짝 웃으면서 '화이팅'을 외치는 모습이었는데 나는 그 사진을 보면서 한 인간의 삶에 대한 깊은 애도와 마지막 순간까지 생의 의지를 놓지 않았던 그에게 존경의 마음을 동시에 갖게 되었다. 누군가 사진작가의 작품이겠지만 마지막 떠나는 장례식장에 걸린 그의 환한 웃음은 성실하게 살아온 한 인간의 인생을 돌이켜 볼 수 있는 계기가 되었다. 또한, 한 장의 사진이 그가

---

55) 최동원(崔東原, 1958~2011)은 국가대표 투수였으며, KBO 리그 롯데 자이언츠의 전설적인 투수이자 전 한화 이글스의 2군 감독이었다. 선수 시절, 구단에 대항하여 선수 권익을 주장했다.

살아온 삶의 가치를 더욱 빛나게 했음은 물론이다.

나는 평소에도 사진을 잘 찍는 방법에 관심이 많았던 터라 사진 블로그를 운영하는 지인에게 "어떻게 하면 저렇게 좋은 사진을 찍을 수 있어요?"라는 다소 엉뚱한 질문을 하게 되었다. 그분은 사진 중에 가장 어려운 사진이 인물사진이라는 대답과 함께 故 최동원 선수의 영정사진 경우에는 활짝 웃는 모습이 핵심이라고 지적했다. 그런데 멋있게 웃는, 순간의 장면을 포착하기란 쉽지 않은 일이어서 사진작가 사이에는 '계를 탄 날'이라고 부른다고 조언해 주었다.

시각디자인을 전공하는 딸아이가 어느 날 '디지털 사진'이 전공필수과목이므로 DSLR 카메라를 장만해야 한다기에 두말하지 않고 카메라를 사준 적이 있었다. 딸아이는 카메라를 메고 한 학기 동안 열심히 쏘다니다가 해당 학기가 끝나자, 카메라는 집안의 애물단지가 되어 벽장 구석에 자리하게 되었다. 디카라고 부르는 이른바 콤팩트 카메라도 집에 있었고, 휴대전화 카메라의 질도 상당히 올라가고 기능도 다양해서 덩치 큰 DSLR 카메라의 매력이 반감된 상태였기 때문이다. 집에서 놀고 있는 DSLR 카메라를 갖고 야외를 나가는 등 여러 차례 사진을 찍으며 몇 년을 독학했지만, 찍은 사진을 출력해서 보니 휴대전화 카메라와 비슷한 수준의 별 볼 일 없는 사진들만 생산되고 있었다.

그렇다면 사진작가들은 어떻게 해서 눈부시기 짝이 없는 사진을 만들어 낸다는 말인가? 나는 궁금증이 일기 시작했다. 카메라 설명서를 읽어봐도 어려운 용어 때문에 머리만 아플 뿐 실전에서 어떻게 사진을 찍으라는 설명이 없어 답답함만 더해갔다. 딸아이는 카메라 '모드 다이얼'을 AUTO에 놓으면 좋은 사진이 나올 수 없다면서, 촬영 대상의 특색을 살리기 위해서는 프로그램 AE(P) 모드, 조리개 우선 AV 모드, 셔터 우선 TV 모드, 수동 노출 M 모드[56]를 상황에 맞춰 사용해야 한다며 우선 손쉬운 프로그램 P 모드로 찍을 것을 권했다. 몇 권의 책을 사서 독학 후 서너 번 촬영을 도모했으나 뭔가가 되고 있다는 기쁨보다 좌절감만 심해져 갔다. 그러던 차에 전문가로부터 직접 강의를 들어보자고 결심하게 되었다.

시내에 있는 모 대학의 사회교육원에 등록하고 첫 수업에 출석하니 학급은 25명의 수강생으로 구성되어 있었다. 대부분은 4~50대의 중년 여성이었고 남자는 나를 포함해서 5명이었다. 이후 서서히 알게 된 사실이지만 대부분이 같은 내용의 수업을 학기가 바뀌어도 두세 번 반복해서 수강하는 분들이었다. 예를 들어 지난 학기에 중급 수업을 받은 이가 이번 학기에 또 중급 수업을 받는 식이었다. 이후 수강자 스스로 카메라 사용이 어렵지 않다고 판단할 때 한 단계 높은 수준의 수업을 등록하고 있었다.

강사는 매주 화요일 3시간 수업 중 1시간을 수강생이 찍어오는 '과제 사진'을 평가하는데 할애했다. 수강생 가운데 몇몇은 아마추어 사진작가 또는 사진동호회 회원으로 프로작가 못지않게 눈부시고 다채로운 사진들을 제출했다. 그제야 나는 자신의 사진 실력이 '막찍사' 수준이란 사실을 알게 되었다. 그러나 배움에 늦고 빠름이 어디 있겠는가?

기본적인 카메라 작동법과 적정 노출의 이해, 렌즈의 종류 및 효과에 관한 수업을 듣고 난 후에야 DSLR 카메라가 똑딱이와 무엇이 다른가를 알게 되었다. 이후 집에 있는 디카라고 부르는 똑딱이를 자세히 살펴보니 그 카메라에서도 인물이나 풍경, 접사에 관한 기능들이 다채롭게 나열되어 있는데, '자동' 기능에만 맞춰 사진을 찍어 온 사실은 나의 게으름을 다시 확인하는 계기가 되었다(디카라도 카메라의 기능을 잘 소화한다면 DSLR 카메라 비슷하게 찍을 수 있다). 이후 '조리개를

---

56) 캐논 DSLR 카메라의 모드임을 밝힌다.

활용한 표현'과 '셔터를 이용한 촬영'을 이해한 후로는 DSLR 카메라만의 다양하고 창의적인 표현을 구현할 수 있게 되었다.

지나고 나서 생각하니 초급반 시절과 마찬가지로 중급반을 공부하는 넉 달이란 시간이 금세 흘러간 듯하다. 마지막 수업인 어제의 과제는 '자녀에 관한 석 장의 사진'이었다. 사진학 박사인 강사는 조건을 내걸었다. 사진에 자녀의 얼굴이 나타나서는 안 된다는 것이었다. 또한 제출하지 않아도 상관없으니, 자율에 맡긴다고도 말했다. 받은 과제에 관하여 고심한 끝에 세 장의 사진을 찍을 수 있었다. 그러나 수업 날 아침, 다시 생각한 끝에 결국 제출하지 않았다. 다른 수강생들도 제출하지 않겠다는 의견이 다수였기 때문이다. 변변치 못한 실력의 내가 타 수강생 눈에 마지막 수업 시간에도 튈지 모른다는 우려가 들었던 것도 사실이다. 그러나 마지막 수업 날 네 명의 수강생이 제출한 열두 장의 사진은 자녀의 옷가지나 거주하는 방, 애완견 등이어서 나의 걱정은 기우였음을 깨달았다. 아마도 강사는 어떻게 하면 좋은 작품을 만들 수 있을까 고민할 시간을 원한 게 틀림없었다.

넉 달 동안 좋은 경험을 했다는 기쁨과 접하지 못한 미지의 부문에 또 한 번 새로운 발걸음을 내디뎠다는 점에 만족해 본다. 또한, 내게 깊은 감동을 주었던 '故 최동원 선수의 웃는 얼굴'을 카메라에 담은 사진작가의 따뜻한 시선에 대해서도 계속 생각해보게 되었다.

전리단길

1.

신문이나 잡지를 보면 '~리단길'이란 용어를 접하게 된다. 내가 사는 도시에도 '해리단길', '망미단길', '전리단길' 등의 거리가 있다. 이런 명칭은 서울시의 '경리단길'에서 시작되었다고 하는데, '경리단經理團'이라는 명칭은 육군 용산기지의 '육군중앙경리단'의 옛 명칭에서 파생되었으며, '경리단 근처의 거리'로 해석할 수 있다. 이 때문에 2022년 대통령실 이전移轉 전까지는 보안상 부적절하다는 까닭으로, 정식 도로명주소의 명칭은 '경리단길'이 되지 못하고 '회나무로'였다. 그러나 많은 사람이 경리단길이라 불러서 해당 구청도 '경리단길 도로 정비공사'라는 현수막을 걸고 공사를 하는 등 경리단길은 사실상 공식 명칭이 되고 말았다.

경리단길의 성공 이후 경리단길의 이름을 따라 '~리단길'들이 대거 등장했다. 모두 경리단길의 이슈화와 성공으로 인해 생겨난 아류들이다. 이후 이들 중에서는 경리단길 못지않게 성공한 길도 다수 생겼다. 그중 하나가 부산의 '전리단길'일 듯하다.

이곳은 십수 년 전만 해도 버스 공장에 부품을 공급하던 공구상가가 번성했던 지역이다. 하지만 상가의 주축이었던 버스 공장이 다른 지역으로 이전함에 따라 공구상가 역시 자연스레 이전하거나 폐업의 순서를 밟게 되었다. 쇠락한 도심의 초라한 뒷골목으로 남아있던 곳에 변화의 바람이 불기 시작했을 때는 2009년 무렵이었다. 도시의 젊은이들이 모여들어 공구 골목의 낡고 허름한 점포를 소자본으로 빌려 하나둘씩 카페를 개업하면서였다. 낡은 상가 사이로 독특한 디자인과 감성을 갖춘 가게들의 이색적인 풍경에 사람들의 발길이 이어지기 시작했고, 이후 '전포동'이란 동명에다 '~리단길'이란 접미어를 붙여 '전리단길'이라는 이름을 얻게 되었다. 해당 거리는 '전포 카페거리'라고도 불리는데 2010년 무렵부터는 아주 유명해져 뉴욕타임스(N.Y.T)가 선정한 '올해 꼭 가봐야 할 세계명소 52곳' 중 하나가 되기도 했다.

지난달은 유독 전리단길에 자주 가게 되었다. 나는 중·고등학교를 부산 황령산 언덕 아래 예의 전포동이라는 동네의 학교에 다녔다. 전리단길 바로 위쪽 동네다. 얼마전 전리단길 끝자락에 있는, 동창이 운영하는 치과의원에 갔을 때 상전벽해로 변해버린 옛 동네를 보면서 산천도 인물도 의구依舊하지 않다는 사실을 느끼게 되었다. 최근, 그곳을 자주 가게 된 이유는 치과에 정기 진료를 받으러 가야 했을 뿐만 아니라, 전리단길 중심부에 있는 모 사회복지관에 근무하는 대학 동창을 만나야 할 일도 있었기 때문이다. 해당 복지관의 관장 아무개는 대학 입학 후 친하게 지내다가 휴학·입대 후 연락이 끊겼고 서로가 제대 후 복학했을 때는 본의 아니게 데면데면하게 지냈다. 이제 세월이 많이 흘러 잠시라도 얼굴을 마주하며 지난날 소원했던 관계를 돌이켜 보면 어떨까 해서였다.

30대 중반, 내가 대기업의 간부로 근무할 때 시내의 식당에서 그를 만난 적이 있는데 그야말로 우연한 조우여서 잠시 눈인사만 하고는 헤어진 기억이 있다. 소문에 의하면 최근 그는 말기 위암 수술을 두 번이나 받았고 죽음의 문턱까지 갔다 왔다고 했다. 최근 내가 간행한 단편 소설집에는 대학 시절에 비밀로 했던 몇 가지 일화들이 암호처럼 숨겨져 있는데 관심 있는 이만이 해석할 수 있는 내용이다. 이제 세월이 많이 흘렀으므로 그에게 책을 건네주며 그 시절 서로가 쉬쉬했던 사건과 함께, 과거 우리가 함께했던 세월에 용서해야 할 사람과 용서하지 못할 이들에 관한 심경을 나누고 싶었다.

2.

1974년 나는 전리단길 위쪽에 있는 ○○중학교에 입학했다. 지금은 학생 수 부족으로 폐교된 사립중학교다. 해당 학교의 울타리 안에는 같은 사학재단의 인문계 고등학교가 있었고, 위쪽 담 건너편에는 해당 재단의 여자상업고등학교와 여자중학교가 있었다. 그럴 뿐만 아니라 남자 중학교 뒤편에는 사립초등학교와 부속 유치원까지 있었다. 그 사학재단은 유치원부터 초등학교, 남·여 중학교, 인문계 남자고등학교와 여자상업고등학교 등 6개의 학교가 망라된 대형 사학재단이었다. 남자 중학교는 야구부가 유명했고, 남자 고등학교는 평균화 이전에 삼류 학교였으며 여자상업고등학교 또한 삼류 학교여서 각각 운동부의 성적으로만 기억되는 학교였다.

집에서 배정받은 중학교까지의 거리는 무려 5km에 달해서 나의 불만이 클 수밖에 없었다. 다른 친구들 대부분은 2km 거리 내에 있는 공립중학교를 배정받아서 도보로 등하교할 수 있었지만 유독 나만이 만원 버스를 타고 먼 거리에 있는 학교로 가야 했기 때문이다. 환승버스라는 개념이 없던 시절이었으므로 버스를 타고 시내 중심지에 내려서 학교까지 3km가량을 걸어가야만 했다. 나는 전포동의 중학교에 다니게 된 사실을 커다란 불운으로 여겼다. 그런데 중학교 졸업 후 배정받은 고등학교는 마당 건너 같은 재단의 고등학교였다.

나의 중·고교 시절인 1970년대 우리나라의 경제 수준은 당시 세계 최빈국 방글라데시와 비교될 정도여서 국민 대부분의 영양 상태가 좋질 않았다. 버스에서 내려 3km가량을 걸어서 학교에 도착하노라면 아침밥 먹은 게 이미 소화가 되어서 심한 허기를 느끼곤 했다. 학생들은 2~3교시 이후의 쉬는 시간에 도시락을 꺼내먹곤 했는데 그런 행동에는 나름의 이유가 있었던 셈이다.

전리단길 위쪽에 있는 중·고등학교에 다녔던 관계로 지금도 기억에 남는 장면이 몇 있다. 교실에 앉아서 창밖을 쳐다보면 황령산 중턱까지 벌집과 같은 판잣집이 끝없이 펼쳐졌는데 그 모습이 마치 거대한 성채와 같았다. 끝없이 이어진 판자촌 풍경은 이유를 알 수 없는 답답함 때문에 정신을 아득하게 만들곤 했다.

등교를 위해 버스에 내려 로터리를 돌아 모직공장의 어두운 담벼락을 끼고 산동네 쪽으로 올라가면 황토 언덕에 무더기로 피어난 빈민촌이 또 있었다. 양편의 판잣집들 사이로는 폐廢철도가 곧게 뻗어있었고 오물처리장에서의 썩은 냄새가 거리의 특성을 이루고 있었다. ○○여인숙, ○○대폿집, 가죽공장을 지나면 으레 맡게 되는 탁한 냄새. 하교할 때쯤이면 철로 양편으로 분 바르고 기어 나온 매춘부들이 행인들에게 줄줄이 아양을 떠는 모습은 일상으로 목격하는 장면이었다.

하교 때 버스 정류장이 있는 시내 중심지까지 3km 거리를 내려가다 보면 반드시 판잣집 사이의 철길을 건너야 했다. 기찻길이라곤 하지만 중·고등학교 6년 동안 해당 철길에서 열차를 구경한 것은 두세 번에 불과했다. 그 기찻길은 아마 폐쇄 절차 중이었는지도 몰랐다. 문제는 그 철길 근처의 판잣집들이 대부분 창녀촌이었다는 점이다. 철길 옆에 빽빽하게 붙어 있는 판잣집들의 문은 항상 닫혀있었는데 그곳에서도 어떤 예외가 있는지 늦은 오후에 집 밖에 나와 남자들을 호객하는 여자들을 심심찮게 만날 수 있었다. 철길 위를 걸어서 아래편 골목으로 쭉 내려가다 보면 공립공업고등학교의 담벼락이 나왔고 그 아래편에는 지방병무청 건물이 보였다.

문제는 병무청 건물 뒤의 공터였다. 그곳에는 폐차나 쓰레기 더미, 대형 트럭 등이 부자연스럽게 방치되어 있었다. 해당 공터는 6·25 때 육군형무소 자리였다는데 철길 아래 골목이 끝나는 하굣길의 작은 공터가 과거에 군인 사형장이라는 사실을 알만한 애들은 모두 알고 있었다. 그 때문인지 늦은 밤 하교할 때 해당 골목을 지나면서 '오싹하다'라고 표현하는 친구들도 있었다.

중학교 3학년 때 유독 친하게 지내던 친구가 있었다. 함께 하교하던 그가 철길 옆 사창가를 지나서 병무청 뒤편 공터 근처에서 갑자기 사라지곤 했다. 그의 집이 어딘지 궁금했던 나는 어느 토요일 하굣길에,

"오늘 너희 집에 놀러 가면 안 될까?"

라고 물었다. 잠시 주저하던 그는 예의 쓰레기 공터로 안내했는데 병무청 뒤편의 그곳이었다. 집이란 다름 아닌 크고 작은 두 대의 고물 버스 차체車體였다. 버스 문이 대문이었고 모든 세간과 집기를 넣기에는 버스 안이 좁아서였는지 장독 단지며 솥 따위의 살림 도구들은 대문 밖 풀밭 맨땅에서 천대받고 있었다. 큰 버스에는 부모님이, 작은 버스에는 그와 동생, 형 등 삼 형제가 기거하는 듯했다. 폐차 두 대가 놓인 곳은 잡초가 드문드문 난 모래땅으로 쥐들이 이곳저곳에서 달리기 대회를 하고 있었다. 막상 그곳에 당도한 나는 당혹스럽기 시작했다. 점심때여서 그랬는지 그는 큰 버스에 들어가서 식은 밥과 국을 떠서 개다리 밥상 위에 놓더니 함께 먹을 것을 권했다. 호의를 거절할 수 없어 수저를 들었는데 찬밥의 딱딱함과 식은 명탯국의 역한 비린내

때문에 구역질이 올라오기 시작해서 삼키기가 무척 힘들었다. 그 모습을 친구에게 보이지 않으려 애쓰는 순간이었다. 마침 외출에서 돌아온 그의 어머니는 식사하는 둘의 모습을 보면서 아들을 나무랐다.

"너는 어째 이런 밥을 손님에게 먹이니?"

그의 어머니는 이어서 내게 말했다.

"○○이 친구 같은데…. 미안해요. 어휴, 집이 집 같지 않아서….'

잠시 후, 그의 형이 하교했는데 또다시 놀라운 광경이어서 나는 당황해야만 했다. 시내 중심부, 항구가 보이는 피난민촌 꼭대기에 있는 공업고등학교 교복을 입은 모습이었는데 소아마비로 다리를 심하게 절고 있었다. 친절한 미소로 동생 친구에게 다정히 대하려 애쓰던 모습이 지금도 기억에 선연하다. 어쨌든 이후로도 그와 나는 친하게 지냈으나 중학교 졸업 후 각각 다른 고등학교에 배정받은 관계로 다시는 만날 수 없었다.

3.

그로부터 10년이란 시간이 더 흘러 직장인이 된 나는 업무를 수행하기 위해 전리단길 중심부를 매일 방문하게 되었다. 그때 나는 건설기계 제작 회사의 영업부 소속이어서 제품을 판매하려면 해당 업체들이 50개가량 모여 있는 그곳을 방문해야만 했다. 그러니까 그곳이 전리단길이라고 불리기 이전이었다. 영업 부서에 배치받은 후 1년 정도의 시간이 흐르니 그곳 건설기계 운영회사들이 어떻게 해서 업業을 운영하며 먹고 사는지를 알 수 있었고 사람을 대하는 요령도 생기는 듯했다.

어느 날 몹시 바쁜 오전이었다. 그곳 어느 중장비重裝備 임대업체의 C 상무가 내게 전화를 걸어 고성을 지르기 시작했다. 취소된 계약금 어음을 그들 회사에 반환하지 않는다는 것이 이유였다. 나의 상사인 과장이 계약 후 나에게 서류만 넘긴 경우였다. 나는 해당 계약 건의 사유를 알고 있었기에 도래하는 어음 결제일 이전에 상사의 결재를 받아서 반납하겠다고 그에게 정중하게 양해를 구했으나 그는 막무가내였다.

"이봐! 너희들은 기본이 안 된 새끼들이야, 어디서 그따위 버릇을 배워 처먹었어? 어디서 배웠냔 말이야!"

간단하게 용건을 말하면 될 텐데 C 상무는 자기보다 나이가 어리다는 이유로 무려 30분 동안 막말과 하대를, 게다가 모욕을 가하고 있었다. 얼굴을 붉히며 전화를 끊은 나는 본사 경리과로 곧장 전화를 걸었다. 내 용건을 들은 담당자는 난감해하며 '일단 무슨 말인지 알겠지만 자기도 상사의 결재를 득하려면 사나흘쯤 걸리니 기다려 달라'는 식으로 말했다. 나는 초면의 그에게 '비참한 기분을 견딜 수 없어서 지금 당장 회사를 그만두고 싶은 심정이니 당장 어음을 돌려달라'고 간곡하게 부탁했다. 그는 처음 통화하는 내 말에서 어떤 심각함과 진정성을 느꼈는지 다음날 행낭 편으로 해당 어음을 돌려주었다.

며칠 후 근처의 다른 중기회사를 방문하게 되었다. 그 회사는 3~40대의 젊은 업주들이 동업한 토건 중기 임대회사로 사무실이 건설업 관련 회사라는 업종과는 판이하게 다른, 뭔가 학구적인 분위기가 있는 곳이었다. 공대 토건 학과를 졸업한 젊은 사장 둘은 내게 커피를 권하며,

"대학을 졸업하고 처음으로 접하는 영업 현장인데 이곳의 분위기가 대학 경영학 교과서와 무엇이 다른가요?"

라며 다소 아카데믹한 질문을 던졌다. 나는 며칠 전 인근 중기 업체의 C 상무에게 받은 상욕과 막말 때문에 큰 충격을 받았고 그날의 모욕을 떠올리면 나 자신이 비참하고 참담하기 짝이 없다는 심경을 이야기

했다. 그들이 좋은 사람들이라는 확신이 들었기 때문에 그와 같이 말했을 것이다. 그들은 공감하는 표정으로 내 말을 경청해주었으며 이후 내 어깨를 두드리며,

"이 동네는 원래 그런 곳이지요. 용기를 내어야 합니다."

라며 격려해주었다.

며칠 후 중기회사 C 부장으로부터 전화가 왔다. 그는 내게 막말을 한 C 상무의 친동생으로 형과는 달리 온유하고 친절한 사람으로 알려져 있었다. C 부장은 다음 날 인근 도시에 수금하러 갈 예정인데 내가 담당하는 업체가 그 도시에 있으므로 함께 가지 않겠느냐고 제의했다. 흔쾌히 그의 제안을 수락한 나는 이튿날, 그와 열차를 타고 옆 도시로 가게 되었다. 열차 안에서 그는 그간 나에게 있었던 일을 눈치라도 챘는지 에둘러서 이야기하기 시작했다. 자신은 도시를 대표하는 회사라고 할 수 있는 모 조선회사에 다니다 30대 중반에 퇴사하고 부친의 회사를 돕고 있다는 개인 사연과 앞으로 자신을 '부장님'이라고 부르지 말고 '아무개야'라고 불러 달라고 말했다. 그 말을 들은 나는 그가 나의 고객일 뿐만 아니라 열 살 이상의 인생 선배이므로 절대 그럴 수 없다고 답했다.

그가 이어서 말했다.

"우리 회사, 특히 형님 C 상무가 마음에 들지 않더라도 내 얼굴을 봐서라도 이해해주시오. 진심이오."

이후에 나는 젊은 건설업자와 C 부장이 상당히 친한 관계이리라는 추측과 젊은 영혼을 상처받지 않게 하려는 그들의 배려를 깨닫게 되었다. 인간이 이기적이고 잔인하지만, 따스한 부분도 있다는 것을 알게 된 시기였다.

3.

전리단길 중심 거리의 해당 사회복지관을 들러 아무개 관장을 찾았으나 대학 동창은 몇 달 전 타 복지관으로 직장을 옮겨서 그곳에 없었다. C 상무와 C 부장의 중기회사가 입주해있던 건물의 자리는 이미 재건축되어 산더미처럼 커다란 빌딩이 대신 자리하고 있었다. 입구의 안내판에도 해당 업체의 이름을 찾을 수 없었다.

그날, 전리단길을 둘러보면서 옛날 육군형무소 사형장 자리가 호텔로, 사창가 자리가 끝없이 이어진 카페거리로, 중기회사가 모여 있던 어둡고 칙칙했던 골목은 세계적인 명소로 변했으며, 그 규모가 예상보다 훨씬 크다는 것에 다시 한번 놀라게 되었다. 그때 버스에서 기거하던 내 친구와 가족은 어떻게 살고 있을까? 내게 위로와 용기를 주었던 젊은 사장들은? 이제는 너무 많은 세월이 흘러 그들 모두 아주 늙은 사람이 되어있을 것이다.

최근에 읽은 신문에는 우리나라가 이미 선진국으로 평가받고 있으며 '세계 6대 강국'에 속한다는 기사가 있었다. 그 시절 낮과 밤, 휴일을 가리지 않은 채 쉬지 않고 일한 젊은 우리들의 노동이 이런 결과를 뒷받침한 게 아닌가 하는 생각을 하게 된다. 그런데 나라 사정이 나아졌다지만 피부로 느껴지지는 않는다. 나는 젊은 세대들이 나와 같은 사람들의 노고를 이해해주기를 바라지도 않는다.

나이가 드니, 세상의 눈칫밥을 먹으며 갖은 고된 일을 겪으면서도 고생과 수고의 배후에 도사린 근본적인 불평등을 아랑곳하지 않고 살지는 않았는지 반성해본다.